HEYNE <

ANGIE MORGAN

TAGE in den HIGHLANDS

ROMAN

Aus dem Amerikanischen
von Nicole Hölsken

WILHELM HEYNE VERLAG
MÜNCHEN

Der Titel der Originalausgabe lautet *Scotched*.

FSC
www.fsc.org
MIX
Papier aus verantwortungsvollen Quellen
FSC® C014496

Verlagsgruppe Random House FSC® N001967

2. Auflage
Deutsche Erstausgabe 01/2020

Printed in Germany
Redaktion: Birgit Groll
Umschlaggestaltung: Eisele Grafik Design, München,
unter Verwendung der Motive von: Trevillion Images (Susan Fox),
Alamy Stock Photo (ARV, Derek Croucher),
Bigstock (Babii Anna, scaliger, Alice D, Natalia GR)
Satz: Leingärtner, Nabburg
Druck und Bindung: GGP Media GmbH, Pößneck
ISBN: 978-3-453-42331-2

www.heyne.de

Kapitel 1

Flughäfen verursachten schon immer ein gewisses Unbehagen in mir.

Eine unter Tausenden zu sein, zu den Gates, der Gepäckausgabe oder den Kaffeeständen zu hasten, um wenigstens noch einen anständigen Koffeinschub vor dem Flug zu ergattern, führt mir immer vor Augen, wie klein und unbedeutend mein Leben tatsächlich ist.

Der Flughafen von Edinburgh ist genau wie alle anderen. Ich stehe an der Hertz-Autovermietung mit dem Handy am Ohr, das Herz in der Hose, und möchte mich am liebsten irgendwo zusammenrollen und verschwinden. Ich schließe die Augen und bete darum, dass ich meine beste Freundin falsch verstanden habe.

»Warte, Leah, hast du gerade gesagt, *dass du nicht kommst?*«

»Tut mir so leid, Meg!« Ihre Stimme klingt genauso brüchig wie unsere Verbindung. »Ich kann das alles ja selbst kaum glauben.«

»Aber … dein Flug …« Mein Puls dröhnt mir in den Ohren, und der Boden scheint sich unter meinen Füßen zu bewegen wie ein zitterndes Trampolin.

»Ich habe ihn verpasst. Ich habe versucht, dich anzurufen«, erklärt Leah. »Aber du warst offenbar schon in der Maschine.«

Mein Handy war auf dem Flug von Boston im Flugmodus gewesen. Zwar hätte ich für das Wi-Fi an Bord zahlen können, aber ich finde grundsätzlich, dass Wi-Fi immer kostenlos sein sollte. Außerdem war ich froh, mich eine Weile von der Realität verabschieden zu können, in der ich als Layouterin und Aushilfsfotografin für *The Family Tribune* arbeite. Ein monatlich erscheinendes Blatt, das sich an Eltern im Raum Boston mit soliden Bankkonten, makellosen Häusern, Kindermädchen und Personal Trainern richtet – also an Menschen, mit denen ich so gar nichts gemein habe.

Leah wollte aus Denver herfliegen, und wir hatten unsere Flüge so koordiniert, dass wir nur mit einer Stunde Verzögerung ankommen würden.

Jedenfalls hatten wir das ursprünglich so vorgehabt.

»Jim hatte einen Unfall«, sagt sie, und sofort ist mein Selbstmitleid verschwunden.

»Oh Gott!«, flüstere ich. »Geht es ihm gut?«

Jim, Leahs frischgebackener Ehemann, macht alles: Skifahren, Snowboardfahren, Motorschlittenfahren – Hauptsache, es hat mit Schnee und Geschwindigkeit zu tun. Er hat sich schon sechs Knochen gebrochen, litt bereits unter diversen Gehirnerschütterungen, ist unzählige Male genäht worden, und Leah beklagt sich immer wieder, dass er von Glück sagen kann, wenn er seinen dreißigsten Geburtstag erlebt.

»Er ist gerade aus dem Krankenhaus entlassen worden, aber er hat eine Gehirnerschütterung und ein paar gebrochene Rippen. Oh, und ein gebrochenes Steißbein.«

Eine Familie, die neben mir am Mietautostand zusammentrifft, übertönt Leahs letztes Wort. Ich ziehe die Kopfhörer aus den Ohren.

»Ein gebrochenes *was?*«

»Steißbein«, wiederholt sie.

Ich kann es kaum glauben. Er hat sich den *Hintern* gebrochen?

»Ich kann ihn jetzt nicht allein lassen, Meggie, denn er kann ja kaum laufen. Tut mir so leid.«

»Ist schon gut ...«

»Nein, ist es nicht. Wir planen diese Reise schon seit über einem Jahr, und jetzt macht uns Jim mit seinem Unfall einen Strich durch die Rechnung!«

Eigentlich planen wir diese Reise schon viel länger. Ja, ich habe jeden einzelnen Urlaubstag für diese Reise aufgespart, und ich habe keinen einzigen Tag krankgefeiert. Seit dem Tag, an dem Leah und ich zu Highschool-Zeiten *Braveheart* sahen, träume ich schon davon, Schottland zu sehen, das Land der Kilts und Dudelsäcke und der heißen Typen. Seitdem schauten wir uns diesen Film mindestens einmal im Jahr an, auch während unserer Collegezeit an der Boston University. Sogar, nachdem Leah nach Colorado gezogen war, um in einem Skiresort zu arbeiten und dessen Besitzer zu heiraten, erhielt ich diese Tradition aufrecht.

Allein.

In meiner Einzimmerwohnung in Chelsea.

Und twitterte live davon.

»Im Augenblick ist doch nur wichtig, dass es Jim gut geht«, sage ich, obwohl ich ihm, wenn ich jetzt im gleichen Zimmer mit ihm gewesen wäre, am liebsten noch eine verpasst hätte. »Und natürlich musst du bei ihm bleiben.«

Ich reiße mir meinen Tweed-Hut vom Kopf, wickele mich aus der erstickenden Umklammerung meines karierten Schals und habe Mühe, mich nicht über die Ladentheke der Autovermietung zu übergeben.

»Aber unser Urlaub …«, sagt Leah, und ihre Stimme klingt schon wieder ganz undeutlich, weil die Verbindung so schlecht ist. Ja, wir *sollten* in diesem Augenblick eigentlich unser Mietauto in Empfang nehmen und uns dann auf den Weg nach Norden machen, um nach etwa einstündiger Fahrt in eine Stadt namens Drummond Mull zu gelangen. Unsere dortige Unterkunft hatte Leah auf irgendeiner Website aufgestöbert und gebucht. Von da aus wollten wir unsere Ausflüge machen. Bevor sie fest gebucht hatte, hatte sie mir den Link geschickt. Ich weiß noch, dass ich mich eines Morgens in der Zeitungsredaktion durch die Bilder gescrollt hatte und den restlichen Tag über zu nichts mehr zu gebrauchen gewesen war.

Ein Schloss! Es war ein verdammtes Schloss am Fuße eines Berges, von dessen zerklüfteten Felsen ein schmaler Wasserfall herabfiel, der sich in einen See auf dem Grundstück ergoss. Auf den Fotos wirkte der Bau ziemlich alt. Aufeinandergetürmte Steine, übersät und gezeichnet von jeder Menge Löcher und Kerben. Die alten, gebogenen, mittelalterlichen Flügelfenster waren bleiverglast und kunstvoll gemustert. Vom Inneren des Schlosses gab es nur wenige Bilder. Die Zimmer wirkten jedoch behaglich – wenn auch etwas heruntergekommen –, mit jeder Menge Rot und Gelb, Kaminen und Sofas.

»Natürlich kannst du ihn nicht allein lassen«, wiederhole ich nun und bemühe mich, nicht ganz so todunglücklich zu klingen, wie ich mich fühle. »Ich kann meinen Rückflug sicher umbuchen und geradewegs in die Staaten zurückkehren. Wir können ja ein andermal herkommen.«

»Um Himmels willen, nein! Das darfst du nicht!«, schreit Leah mir ins Ohr, so laut, dass ich das Handy ein paar Zentimeter weghalte. »Das ist dein Traumurlaub, Meg. Du darfst nicht gleich wieder abreisen.«

»Na ja, ich kann mir aber nicht vorstellen zu *bleiben*. Nicht ohne dich. Und dann auch noch geschlagene zwei Wochen lang! Allein? Würde wohl kaum Spaß machen, oder?«

Immerhin wollten wir Schottland schon immer zusammen erleben.

»Oh Meg«, seufzt Leah. »Bitte, bitte flieg jetzt wegen dieser ganzen Geschichte nicht nach Hause zurück. Ich kann versuchen, nächste Woche nachzukommen. Vielleicht haben wir dann zumindest *eine* Woche zusammen? Wenn Jim sich ein bisschen erholt hat. Und damit sollte er sich besser beeilen, denn eins kannst du mir glauben: Ich bin nicht gerade begeistert, dass ich hier die Krankenschwester spielen muss, während du da oben heiße Schotten aufreißt.«

Schöne Bescherung! Ich schließe die Augen und reibe mir die Schläfe, wünsche mir, dass die Familie neben mir nicht so wahnsinnig glücklich darüber wäre, wiedervereint zu sein. *Ja, toll! Reibt es mir nur unter die Nase, na los!*

Ich habe jetzt zwei Wochen angesparter Urlaubstage, die ich nicht mit ins nächste Jahr nehmen kann. Und die will ich nicht daheim in Chelsea mit Nichtstun vertrödeln.

»Was zum Teufel soll ich denn hier allein?«, frage ich und sehe, wie die Mitarbeiterin der Autovermietung hinter der Rezeption mich mitfühlend mustert. Na super. Ich bin kaum eine Stunde in Schottland und schon haben die Einheimischen Mitleid mit mir.

»Menschen reisen doch dauernd allein.«

»So jemand bin ich aber nicht.« Ich klinge wie eine schmollende Zwölfjährige, aber das ist mir egal.

Leah schweigt einen Augenblick lang. Lang genug, dass ich schon befürchte, unsere Leitung sei zusammengebrochen. Aber dann höre ich, wie sie tief einatmet und weiterspricht: »Du willst doch ein Buch schreiben, oder? Verbring die beiden nächsten Wochen mit der Arbeit daran. Du hast ein ganzes Schloss für dich. Du wirst ein Auto mieten. Du kannst tun und lassen, was du willst. Hat GranBetsy nicht immer gesagt, dass du das machen solltest?«

Ja, das *hatte* GranBetsy immer gesagt. Leah und meine Großmutter waren von jeher die einzigen Menschen gewesen, die mich nie ausgelacht hatten, weil ich Schriftstellerin werden wollte. Sie hatten ein paar meiner Kurzgeschichten gelesen und waren vollkommen begeistert gewesen. Aber wahrscheinlich wären sie auch von meiner Einkaufsliste begeistert gewesen, wenn ich sie in Form eines Haikus geschrieben hätte.

Doch GranBetsy war vor ein paar Jahren gestorben, und meine restliche Familie hält nichts davon, die eigenen Träume zu verfolgen. Sie hält meinen Wunsch, eine erfolgreiche Autorin werden zu wollen, für eine Schnapsidee. Noch heute habe ich die Stimme meines älteren Bruders im Ohr, mit der er mich vor ein paar Wochen an Thanksgiving abkanzelte. Bei meinem Geständnis, Romane schreiben zu wollen, prustete er dermaßen vor Lachen, dass ihm das Bier wieder aus der Nase kam. *Bleib auf dem Boden der Tatsachen, Meg. Konzentrier dich lieber auf deinen Job als technische Redakteurin. Das bringt wenigstens Geld ein.*

Ich habe einen Abschluss in Journalismus, aber ich will nicht die nächsten dreißig Jahre damit verbringen, für die verdammte *Family Tribune* oder irgendein anderes Blatt zu arbeiten. Vielleicht ist es ja tatsächlich unrealistisch, aber seit ich denken kann, habe ich das Bild vor Augen, wie ich mit einem Laptop in einem bequemen Sessel in meinem heimischen Büro sitze, umgeben von Bücherregalen und flauschigen Katzen. Meine Vorstellung von der Zukunft ist, an meinem nächsten Buch zu arbeiten und zufrieden zu sein. Schreiben macht mich glücklich, und ich weiß nicht, was so verrückt daran ist, damit seinen Lebensunterhalt verdienen zu wollen. Andere tun das doch auch. Warum also ich nicht?

Leah hat recht. GranBetsy glaubte daran, dass ich es schaffen könnte.

»Okay«, sage ich also und versuche, positiv zu denken. Ich habe meinen Laptop dabei. Ich habe eine Handvoll Ideen, die ich durchaus toll finde. »Aber ich werde dich vermissen. Ich habe mir wirklich gewünscht, dass du dabei bist.«

Ich habe einen älteren Bruder, Brian, und einen jüngeren Bruder, Luke, aber keine Schwestern. Doch seit der sechsten Klasse ist Leah wie eine Schwester für mich.

»Vielleicht in einer Woche, okay? Meg, es tut mir so leid«, wiederholt sie.

Ich nicke, obwohl das nur die Dame von der Autovermietung sehen kann, die mich immer noch mustert. »Ich weiß. Mir auch. Aber jetzt musst du dich erst mal um Jim kümmern, okay? Richte ihm aus, dass ich hoffe, dass sein Arsch bald wieder in Ordnung ist.«

Ich höre, wie sie lacht. »Mach ich. Und denk dran, dass man da drüben auf der linken Straßenseite fährt.«

Verdammt. Eigentlich hatte Leah sich ursprünglich bereit erklärt, uns überallhin zu fahren. Und jetzt ist das nur noch eine weitere, angsteinflößende Aufgabe, die ich allein bewältigen muss. Ich verabschiede mich von ihr und lege auf.

Das. Ist. Superätzend.

Ich hatte eigentlich gehofft, dass mein Schottlandurlaub den riesigen Ätzberg, der sich in meinem Leben in letzter Zeit aufgetürmt hat, ein bisschen zusammenschmelzen lassen würde. Zuerst entdeckte ich, dass mein Freund, Trent, seine heiße und bewegliche Yogalehrerin vögelt – ein Mädchen, das zu allem Überfluss auch noch *Cherry* heißt. Dann beschloss mein Boss, dass ich meine Zelle im Großraumbüro mit jemand anders teilen sollte – einem Menschen, der offenbar nichts von einer täglichen Dusche oder dem Gebrauch von Deo hält.

Und jetzt das.

»Miss?«, fragt die Hertz-Mitarbeiterin und zieht erwartungsvoll die Augenbrauen in die Höhe. »Haben Sie reserviert?«

Ich stecke mein Handy in die Tasche und nehme mein Gepäck in die Hand. *Du schaffst das*, sage ich mir. Und irgendwie schaffe ich es tatsächlich.

Weniger als eine halbe Stunde später bin ich auf der M90 und verlasse Edinburgh, und ich lebe immer noch. Auf der linken Straßenseite fahren zu müssen, ist genauso verstörend wie erwartet, aber mein GPS erinnert mich an jeder Biegung daran, und die weibliche Computerstimme ist angenehm ruhig und freundlich. Obwohl Leahs Stimme mir jetzt deutlich lieber wäre.

Eine Stunde später habe ich mich auf die A9 Richtung Norden eingefädelt. Die Fahrbahn hat nun nicht mehr drei, sondern nur noch zwei Spuren, und ich bin immer noch ganz zittrig vor Nervosität.

»Ich bin erwachsen«, flüstere ich mir selbst zu, als die Straße nach rechts abbiegt und um einen steilen Berg herumführt, dessen Spitze durch die niedrig hängenden, trüben Wolken nicht zu sehen ist. »Ich kann allein sein. Ich kann selber fahren.«

Auch wenn es schon lange her ist, dass ich irgendwo allein hingefahren bin. Zu Hause besitze ich nicht mal ein Auto, sondern ein Monatsticket für den öffentlichen Nahverkehr in Boston, die BMBTA. Im Auto unterwegs zu sein, ist irgendwie neu für mich, und der Ausblick hier ist besser als alles, was ich je von der U-Bahn aus sehe. Offene Weideflächen, Steinmauern, dicht gedrängte Hügel und Berge wechseln einander ab. Die zerklüfteten Felsen sind schneebedeckt, und zwischen den Bäumen kräuselt sich Rauch aus den Kaminen. Auf den ersten Blick wirkt die Landschaft verlassen, aber offensichtlich leben hier tatsächlich Menschen.

Wenn Leah und ich Ende Mai oder Anfang Juni hergekommen wären, wären die Felder und Hügel lila gewesen, weil überall Heidekraut wächst. Das Gras wäre leuchtend grün mit Kleeflecken gewesen und nicht hellbraun mit Büscheln, die aussehen wie Dünengras. Aber wir entschieden uns für Dezember, weil Flüge und Unterkunft zu dieser Zeit etwa tausend Dollar billiger sind.

Ich drehe die Heizung hoch und konzentriere mich auf meine Umgebung. Die karge Landschaft ist nicht gerade malerisch, aber dennoch schön. Eben schottisch. Ich habe mich so sehr auf die Tatsache konzentriert, dass ich allein hier bin, dass mir noch gar nicht richtig bewusst geworden ist, dass ich angekommen bin. Dass ich tatsächlich *hier in Schottland* bin. Es fühlt sich unwirklich an, aber vielleicht wird es ja wirklicher, wenn ich das Schloss erreicht und mich dort eingerichtet habe. Vielleicht wache ich dann morgen auf und fühle mich … anders. Besser.

Die schmale Straße führt zu einer Brücke über einem sumpfigen See. Sie ist nicht viel mehr als ein Steg aus Fels und Moos. Der Nebel ist hier dichter und berührt beinahe die Wasseroberfläche, und der intensive Geruch nach Erde dringt bis ins Auto, obwohl ich die Fenster hochgekurbelt habe. Er ist durchdringend, würzig und erdig. Gleichzeitig angenehm und unangenehm.

Die Stegbrücke führt auf eine nebelumflorte Lichtung, und als ich die Straße weiterfahre, entdecke ich eine Ansammlung aus Dächern und Schornsteinen und die riesige tiefblaue Oberfläche eines Sees. Es handelt sich um ein kleines Dorf, das in einer schüsselartigen Mulde in der Erde zu kauern scheint, und die Straße, auf der ich fahre, scheint geradewegs in dessen Mitte zu führen. Es ist erst ein Uhr mittags, aber durch die Nebelbänke mutet die Umgebung an, als läge sie im Zwielicht. Mein Navi sagt mir, dass ich in weniger als fünf Minuten an meinem Zielort sein werde, also muss das das Dorf namens Drummond Mull sein.

Gott sei Dank. Ich hab's geschafft. Ein Punkt für die »erwachsene Meg«.

Das Auto fährt über einen Buckel auf der Straße, und plötzlich muss ich pinkeln, weshalb ich die Schenkel zusammenpresse. Ich war auf dem Flughafen nicht mehr auf die Toilette gegangen. *Das Auto holen. Schnell zum Schloss. Ins Bett kriechen und nachdenken, was ich in den nächsten beiden Wochen tun soll.* An etwas anderes konnte ich dort nicht denken.

Ich trete auf die Bremse meines Mietautos, eines sportlichen, zweitürigen Fiats, als ich das Dorf erreiche. Die Gebäude sehen genauso aus, wie es in den Reiseführern und auf den Websites angekündigt wird. Häuser aus weißen Schindeln, Steinblöcken und geweißeltem Putz zwischen Holzbalken. Kleine Vorgärten, umgeben von Lattenzäunen und Steinmauern. Ein paar Bauten haben Strohdächer mit Stirnfenstern, und als die Straße eine Kurve beschreibt und ich um die mit Türmen besetzte Mauer einer alten Festung biege, erhasche ich einen Blick auf einen Fluss, der wie ein Kanal direkt hinter den Gebäuden an der Straße entlangfließt.

Es sieht gemütlich, idyllisch und perfekt aus, und wenn ich nicht so dringend auf die Toilette müsste, würde ich auf einem der leeren, rechtwinkligen Parkplätze anhalten und aussteigen, um mich wie eine typische Touristin zu benehmen und ein Foto zu machen. Stattdessen entdecke ich einen Pub mit einem Holzschild über der Tür, auf dem in Gold das Wort *Murdoch's* prangt und darüber das Bild eines riesigen Widders mit geschwungenen Hörnern. Ein Bier wäre jetzt toll. Eine Toilette noch besser.

Nachdem ich das Zentrum des Dorfes verlassen habe, wird die Straße wieder gerade und führt mich an kleineren Häusern mit weitläufigen Pferdekoppeln und Feldern vorbei. Steinmauern durchziehen die Landschaft in Zickzacklinien, und weiße wollige Schafe scharren unter einer dünnen Schneedecke nach Gras.

Das Navi gibt mir die Anweisung, nach links auf einen

unbefestigten Feldweg einzubiegen, und dann geht das GPS-Signal verloren. Ich biege ab und fahre weiter in der Hoffnung, dass die Verbindung gleich wieder steht. Die Räder des Fiats rumpeln über Kies und Staub, schlingern in den zweifachen Fahrspuren, die den Weg durchziehen. Die Straße mündet schließlich in ein Waldstück, dessen Bäume abgesehen von einer Handvoll Kiefern und immergrüner Büsche kahl sind. Immer noch kein GPS-Signal. Der neblige Nachmittag verwandelt sich in trübes Zwielicht. Die Straße führt nun bergabwärts, und die Spurrillen werden tiefer. Ich halte den Fuß auf dem Gaspedal, zwinge den Fiat weiter, obwohl er auf dem losen Kies unsicher dahinholpert.

Ich fluche leise und bin kurz vor einer Panikattacke, als ein undeutliches Licht vor mir das Ende der langen, düsteren Straße verspricht. Und schließlich endet der Weg und ich stehe plötzlich am Rand einer Klippe. Und dort thront dunkel, stolz und unheilverkündend – das Schloss.

Es sieht genauso aus wie auf den Fotos auf dem Link, den Leah geschickt hat. Moosbewachsene Steine, drei Türme mit Spitzbogenfenster, ein schmiedeeisernes Tor, umrahmt von zwei gewölbten, hölzernen Planken. An den Ecken befinden sich ein paar kleinere Ecktürme, Staffelgiebel und mindestens ein halbes Dutzend Schornsteine, die über das unebene Schieferdach verteilt sind. Aus keinem dringt Rauch wie vorher in den Dörfern, und nirgends brennt auch nur ein einziges Licht, weder drinnen noch draußen.

Nur Leah hatte bislang Kontakt zu den Vermietern. Ich hätte sie fragen sollen, wie der Check-in laufen sollte, als ich am Flughafen mit ihr telefonierte. Jetzt habe ich keine Ahnung, ob das Haus offen ist und meine Ankunft bereits erwartet wird, oder ob ich mir irgendwo anders einen Schlüssel holen soll. Oder vielleicht irgendwelche Papiere unterzeichnen muss. Und mein Handy sagt mir, dass ich immer noch kein Netz habe.

In der Auffahrt, die nur ein Rechteck aus Staub und Schlamm zwischen dem Hauptschloss und einer riesigen, steinernen Scheune ist, ist kein Auto zu sehen. Die Scheune besteht aus Platten und Balken, die zwischen großen Steinbrocken verlaufen. Das Dach ist strohgedeckt und hängt an einigen Stellen durch. An anderen Stellen ist es vollkommen verfallen.

Ich lege die Parkstellung ein und schalte den Motor aus. Sofort beschlägt die Windschutzscheibe von innen, während ich dasitze und mir die Front des Gebäudes ansehe. Nun, da die Heizung ausgeschaltet ist, dringt die feuchte, kalte Luft langsam in den Wagen. Nun ja, ich kann nicht ewig hier sitzen bleiben. Also hieve ich mein Handgepäck vom Beifahrersitz, öffne die Tür, steige aus – und sofort versinkt mein Stiefel bis zum Knöchel in einem Sumpf aus Schlamm und Schnee.

»Verdammt.«

Ich schaue mich um, ob es eine Möglichkeit gibt, den ganzen Schlamm zu umgehen, aber keine Chance. Also steige ich vollends aus, wobei auch mein anderer Stiefel im Sumpf versinkt. Mit schmatzenden Geräuschen wate ich zum Kofferraum und hole meinen Koffer heraus, während ich die bleiverglasten Fenster im ersten Stock nicht aus den Augen lasse. Dieses Schloss ist wunderschön, aber auch unheimlich – wie aus einem Roman von Charlotte Brontë oder Victoria Holt. Nur hoffentlich ohne irgendwelche Geister.

Die Holzbretter der Eingangstür sind von den Jahren

dunkel und verwittert. Tiefe Kerben lassen vermuten, dass jemand vor langer Zeit versucht hat, sich Einlass mit einem Schwert zu erkämpfen. Alt genug ist das Schloss ja, also kann es tatsächlich einmal so gewesen sein.

Ich greife nach dem Türgriff und stoße die riesige Tür auf, wobei eines der verzogenen Bretter über den gefliesten Boden schabt. Ein Hauch von Zitrone, Bienenwachs und kaltem Rauch weht über mich hinweg.

Drinnen ist es noch dunkler. Das Licht, das durch die Fenster fällt, ist gerade hell genug, dass ich die Umrisse einer breiten Treppe erkennen kann. Gemälde und Spiegel zieren die Wände des Foyers, in dem ich auch ein paar Möbelstücke entdecke.

»Hallo?« Der dunkle, leere Saal verschluckt meine Stimme, die keinen Widerhall erzeugt. Antworten tut auch niemand. Nicht, dass mich das überrascht.

Ich taste mich an der Wand entlang und suche nach einem Lichtschalter. Endlich finde ich einen runden Knopf und betätige ihn. Die Glühbirnen in einem staubigen Kronleuchter über meinem Kopf verbreiten ihren schwachen Schein.

»Ist jemand da?«, rufe ich noch einmal. Doch ich weiß, dass mir keiner antworten wird. Trotzdem will ich irgendeine Stimme hören, und wenn es nur meine eigene ist.

Die Luft hier drinnen ist irgendwie noch feuchter und schwerer als draußen. Es muss weniger als zehn Grad haben. Ich behalte meine Jacke und meinen Schal also an, schleudere so viel Schlamm wie möglich von meinen Stiefeln und schließe die Eingangstür. Dann hole ich mein Handy heraus, nur um festzustellen, dass ich immer noch keinen Empfang habe. Und natürlich auch kein WLAN.

»Fantastisch«, stöhne ich und lasse das Handy wieder in meine Gesäßtasche gleiten.

Von der Eingangshalle gehen rechts und links Räume ab, von denen jeder Einzelne von Wandteppichen verhüllt wird. Ich lupfe einen beiseite, wobei die Ringe über die Stange oben schaben, und erkenne in der Dunkelheit die Umrisse von Sofas, Stühlen und Tischen. Das gähnend leere Loch an der Wand hinten ist wahrscheinlich der Kamin.

Hinter dem nächsten Wandteppich befindet sich ein langgezogener, leerer Raum mit hohen Fenstern, einem weiteren, riesigen Kamin, und über dem Kaminsims entdecke ich einen rechteckigen Spiegel, in dem sich die schwachen Reste des schwindenden Tageslichts fangen. Auch hier hängen ein paar Porträts neben etwas, das aussieht wie ein ausgestopfter Tierkopf. Ob Wild oder Elch oder Bär, kann ich nicht erkennen. Ich will es auch gar nicht wissen. *Vielmehr* interessiert mich, wo hier das Bad ist.

Ich wandere im Erdgeschoss umher und versuche mir den Grundriss einzuprägen. Das Schloss ist ein Labyrinth aus Zimmern und Fluren, und obwohl ich alle paar Meter das elektrische Licht einschalte, will ich mich doch nicht verirren. Schließlich finde ich ein Badezimmer. Es ist nicht modern, aber es gibt zumindest eine Toilette, die ich sofort benutze. Als Nächstes suche ich nach der Küche. Sie befindet sich ganz in der Nähe, und als ich sie betrete, wird mir klar, dass die Bilder im Internet ihr in keiner Weise gerecht wurden.

Der Raum ist mindestens so tief und breit wie das Foyer, mit einem langen, hölzernen Tisch in der Mitte, über dem ein schmiedeeiserner Kronleuchter hängt. Schüsseln, Teller, Becher und Gläser stapeln sich neben Einmachgläsern mit

Besteck auf einem lang gestreckten Podest inmitten des praktischen Tisches. Grob behauene hölzerne Bänke und Stühle wurden daruntergeschoben, und ich vermute, dass die Leute ihre Mahlzeiten hier nicht nur vorbereiten, sondern auch verspeisen. Die gesamte Rückwand nehmen ein AGA-Herd, ein Gasofen und ein Kamin ein, der so groß ist wie der Eingang zu einer Garage.

Mir knurrt der Magen, was mich daran erinnert, dass ich seit dem Frühstückssandwich im Flugzeug nichts mehr gegessen habe. Ich finde den Kühlschrank und öffne ihn in der Hoffnung, dass die letzten Gäste hier irgendetwas zurückgelassen haben.

Ein paar Dosen Bier, ein Laib Käse und ein verwelkter Kohlkopf – mehr ist nicht drin. Ich nehme den Käse, suche ihn nach Schimmel ab und setzte mich an den Tisch, um mir ein paar Stücke abzuschneiden. Morgen muss ich einkaufen gehen.

Leah und ich hätten über diese Situation gelacht. Wir hätten über die Architektur geredet und uns Geschichten zur Vergangenheit des Schlosses ausgedacht. Die Kälte hätte uns nichts ausgemacht. Vielleicht hätten wir versucht, im Kaminrost ein Feuer zu entfachen. Aber während ich jetzt allein am Tisch sitze und wie eine armselige, kleine Maus an dem Käse herumknabbere, kann ich mich einfach nicht dazu aufraffen.

Ich bin nicht wirklich erschöpft, aber die Zeitverschiebung zwischen Boston und Schottland und meine niedergeschlagene Stimmung machen mich schläfrig. Also nehme ich mein Gepäck und erkunde den zweiten Stock. Hier gibt es sogar noch weniger Lampen, und ich brauche sie auch wirklich nicht *alle*, selbst wenn es durchaus nett ist, die Schatten zu verjagen, sobald ich wieder eine Tür zu einem der Zimmer öffne. Ein Arbeitszimmer. Eine Bibliothek. Ein kleines Schlafzimmer in Pink und Grün. Ein Badezimmer mit einem deckenhohen Buntglasfenster neben der Toilette.

Ich öffne eine weitere Tür und stoße auf eine schmale Treppe. Sie führt vermutlich in eines der Turmzimmer. Die Temperatur sinkt um ein paar weitere Grad, als ich die Treppenstufen erklimme. Meine Stiefel verursachen ein schlurfendes Geräusch auf dem Stein, das in der Dunkelheit umso lauter widerhallt. Durch ein Lanzettenfenster dringt schwaches Licht von außen ein, aber beileibe nicht genug, um etwas erkennen zu können. Ich sage mir, dass ich nicht so ein Angsthase sein sollte. Wie viele Menschen sind diese Treppenstufen im Laufe der Jahrhunderte wohl schon ohne die Hilfe von Strom oder Kerzenlicht hinaufgestiegen?

Als ich den obersten Treppenabsatz erreicht habe, stelle ich meinen Koffer und mein Handgepäck ab und strecke die Hände aus. Sie treffen auf eine Holztür. Ich taste nach dem Türknauf und stoße die Tür auf. Noch mehr gedämpftes Licht dringt durch die Bogenfenster hinein. Ich versuche, die Wand und einen Lichtschalter zu finden, stoße dabei aber zunächst mit den Knien gegen einen Tisch. Ein Gegenstand rutscht über den Boden, und meine Hände ertasten ungeschickt eine Lampe. Ich halte sie fest, stelle sie wieder aufrecht hin und schalte sie ein. Jetzt wird der Raum sichtbar.

Inmitten des Zimmers steht ein riesiges Queensize Bett mit vier Säulen und einem Höckerchen, mit dessen Hilfe man hineinsteigt. Auf dem Boden liegen Teppiche. Außerdem entdecke ich einen Schreibtisch, einen Kamin mit Kaminsims, ein kleines Sofa und einen Schrank wie denjenigen, der nach

Narnia führt. Von den geschwungenen Deckenbalken hängt in der Mitte des Raumes ein Kronleuchter herab.

Der Raum ist fantastisch. War aber auf den Fotos online nirgends zu sehen.

Auf dem Bett liegt eine weiße Tagesdecke über einem dicken Federbett. Ähnlich üppige Kissen stapeln sich am geschnitzten Kopfteil, und bei ihrem Anblick werden mir die Lider noch schwerer. Schlaf. Mehr brauche ich jetzt nicht. Ein kleines Nickerchen, und vielleicht später noch irgendwo ein Abendessen. Dann, morgen im Sonnenlicht, werde ich die restlichen Räume im Schloss erkunden und nach weiteren Lichtschaltern suchen. Ich werde den Kühlschrank füllen, mir ein Feuer machen, und dann fange ich mit dem Schreiben an. Leah hatte recht. Vielleicht ist diese kleine Panne genau das, was ich brauche, um mir selbst einen Ruck zu geben und endlich mit dem Schreiben zu beginnen. Meine Großmutter hätte die ganze Situation mit zwei schrumpeligen Daumen nach oben bewertet.

Ich ziehe meine Klamotten aus und streife einen weihnachtsroten Flanell-Pyjama über. Eine gute Entscheidung, wenn man bedenkt, dass die Temperatur hier der in der Kühlkammer einer Fleischerei gleichkommt. Ich ziehe die Decken zurück und inspiziere das Bettzeug.

Der taubenweiße Flanell weist weder Krabbeltiere noch sichtbare Flecken oder Körperhaare auf, aber eine meiner zahlreichen, geheimen Nachforschungsaktionen in der Vergangenheit hat mir gezeigt, dass Bettzeug und Decken alle möglichen unsichtbaren Scheußlichkeiten beherbergen können. Doch hier ist für den Augenblick alles gut.

Ich zucke mit den Achseln und schalte das Licht aus. Mir

ist es egal, dass es erst Nachmittag ist. Draußen ist es so dunkel wie am Abend, und mir fallen die Augen zu. Mein Hirn ist erschöpft. Es muss sich wieder aufladen. Ich klettere auf den Hocker und ins Bett. Die Matratze ist weich und gibt nach. Dann rutsche ich auf das oberste Kissen hinter mir zu und hoffe, dass der Kissenüberzug wenigstens *einigermaßen* sauber ist.

Die Decken bis zur Nase gezogen und den Kopf in den weichen Federkissen, ist es leicht, den nagenden Gedanken zu ignorieren, dass hier etwas nicht stimmt. Ich weiß nicht, was es ist, weshalb ich den Gedanken beharrlich verdränge. Das hier ist das Schloss, das Leah und ich gemietet haben. Ich erkenne es von den Fotos wieder. Mein Navi hat mich hergeführt. Ja, es wirkt heruntergekommener als auf den Bildern, aber derlei Unstimmigkeiten kommen ja wahrscheinlich häufiger vor.

Ich schiebe meine Sorge beiseite und denke an dieses Zimmer, in dem ich mir vorkomme wie eine Prinzessin im Turm. Es scheint weit entfernt vom Rest des großen, leeren Schlosses. Hier drin fühle ich mich nicht mehr allein. Vielleicht ist es das, was mir hilft, so schnell einzuschlafen.

Aber dann wache ich von dem Geräusch knirschender Reifen auf Kies wieder auf. Ich habe keine Ahnung, wie lange ich geschlafen habe, öffne die Augen und sehe, wie Scheinwerferlicht über die runden Mauern des Turmzimmers schweift. Das tiefe Rasseln eines Motors erstirbt.

Ich setze mich ruckartig auf, die Dunkelheit pulsiert um mich herum. Ich weiß nicht, wie viel Uhr wir haben. Aber …

Mist.

Ich habe die Eingangstür nicht abgeschlossen.

Kapitel 2

Versteck dich. Keinen Laut.

Diese beiden Ratschläge gibt mir mein Instinkt, als ich die Autotür ins Schloss fallen höre.

Mir klopft das Herz bis zum Hals, als ich die Decken zurückstoße und zur Bettkante rücke. Ich vergesse, dass ein paar Stufen zwischen Bett und Boden sind, rutsche prompt herunter und lande mit lautem *Plumps* auf dem Teppich.

Dann setzt der logische Menschenverstand ein. Das könnte die Person sein, mit der Leah Kontakt aufgenommen hat. Der Vermieter. Eine Frau … ich kann mich an ihren Namen nicht erinnern. Ich war früh zu Bett gegangen. Vielleicht ist es erst acht Uhr oder so und nicht mitten in der Nacht. Sie ist möglicherweise hergekommen, um uns zu begrüßen und willkommen zu heißen. Na ja … oder besser, um *mich* willkommen zu heißen.

Ich greife nach meiner Jeans, die ich einfach auf den Boden geworfen hatte, und taste in deren Gesäßtasche nach meinem Handy. Mir zieht sich der Magen zusammen, als ich sehe, wie viel Uhr es ist. Beinahe ein Uhr morgens.

Okay. Dann ist es wahrscheinlich nicht die Vermieterin.

Ich verfalle also wieder in den »Versteck dich und sei still«-Modus. Es gibt in diesem Gebäude Unmengen von Zimmern. Wenn es ein Einbrecher ist, wie hoch stehen die Chancen, dass er es bis hier oben schafft?

Aber dann fällt mir wieder ein, dass mein Auto draußen in der Auffahrt parkt. Die Lampen, die ich unten brennen ließ. Kein Einbrecher würde es wagen, einen hell erleuchteten Ort auszurauben.

Ich umklammere mein Handy, richte mich auf und gehe auf die Treppenstufen zu. Diesmal jedoch rufe ich die Taschenlampen-App auf. Das bläuliche Licht leuchtet die breiten, gewundenen Stufen hinab, als ich in die zweite Etage hinabsteige. Die Lichter im Flur brennen wie vor ein paar Stunden, und obwohl sie beinahe genauso schwach sind wie meine Handy-Taschenlampe, kriege ich diesmal mehr von meiner Umgebung mit. Es handelt sich um einen breiten, prächtigen Gang mit einer Glasvitrine, in der Schwerter und Speere ausgestellt sind. Dazu riesige Wandteppiche, klobige Stühle und Tische, die die Wände säumen. Ein dicker Teppich liegt in der Mitte auf dem Boden. Ich würde mich nicht wundern, wenn irgendwo noch eine Ritterrüstung aufgestellt worden wäre, aus deren Inneren mir Scooby-Doo entgegenblickt.

Von unten höre ich die quietschende Eingangstür. Sie schabt über die Bodenfliesen. Ich stehe mitten im Flur, erstarrt vor Angst.

Was, wenn jemand gesehen hat, wie mein Auto auf dem Schotterweg aufs Schloss zufuhr und nur gewartet hat, bis ich schlafe, um mich dann zu überfallen? Oder was, wenn die Vermieterin in Wirklichkeit eine verrückte Serienkillerin ist, die ihre Mieter reihenweise ermordet? Oder vielleicht spukt es hier ja auch, und ich höre einen Geist im Foyer unter mir.

Okay, dieser letzte Gedanke ist unsinnig. Ich habe eben noch ein Auto gehört – und Geister *fahren kein Auto.* Nein. Es ist ein Mensch aus Fleisch und Blut. Ein Mann. Ich kann hören, wie er leise vor sich hin murmelt und mit den Füßen stampft.

Nach oben kommt.

Mist. Vor lauter Panik bleibt mir die Luft weg. Ich blicke wieder zu den Schwertern und Speeren in der Vitrine hinüber. Sie dienen eigentlich nur der Dekoration, aber irgendwann einmal waren sie nützliche Waffen. Ich schiebe mein Handy unter den Bund meiner Pyjamahose und greife nach dem Messingknauf der Vitrine. Zu meiner Erleichterung öffnet sie sich, und ich überlege fieberhaft, was ich mir nehmen soll. Die Schwerter sind so lang wie meine Beine und sehen aus, als seien sie auch so schwer wie ich, also greife ich nach einem Speer. Er ist lang und dünn, mit einer scharfen Pfeilspitze, die mit einem Lederband oben festgebunden ist. Auch der Speer ist ziemlich schwer und lässt sich kaum halten, aber ich könnte dennoch damit zustoßen und mich verteidigen.

Ich strecke ihn vor mir aus, als der Eindringling die Treppe hinaufkommt und sichtbar wird. Er braucht ein paar Sekunden, um mich im Schatten erkennen zu können, und erstarrt plötzlich. Seine Schultern sind das Erste, was mir auffällt. Sie sind breit. Wahrscheinlich vom Baumstammwerfen oder so etwas. Oder vielleicht ist das ja nur ein Vorurteil, so wie von den Amerikanern alle annehmen, dass sie Baseball, Fried Chicken und genmanipuliertes Essen mögen. Aber dieser Typ ist wirklich ein *Muskelprotz*.

Er macht ein paar Schritte auf mich zu.

Ich strecke ihm den Speer entgegen. »Stehenbleiben!«

Er hält die Hände in die Höhe, wenn auch mit etwas zu cooler Geste. Als nähme er mich oder den Speer nicht wirklich ernst. Er trägt ein kariertes Button-Down-Hemd über einem weißen Unterhemd. Die Ärmel sind hochgekrempelt und enthüllen muskulöse Unterarme.

»Was haben Sie hier zu suchen?« Die Worte, schnell hervorgestoßen und mit weichem schottischem Akzent, sind zunächst kaum verständlich. Als es mir endlich gelingt, sie zu deuten, weiß ich nicht, was ich antworten soll. Was ist denn das für eine Frage?

»Wie bitte?«

»Ich habe Sie gefragt, was Sie hier zu suchen haben.«

»Ich will, dass Sie verschwinden.«

Er lächelt, während er die Hände noch immer hoch in der Luft hält. Das Licht von den elektrischen Leuchtern an den holzvertäfelten Wänden blitzt in seinen Zähnen. Er hat einen hübschen Mund, obwohl mir das nun wirklich nicht auffallen sollte. »Und warum sollte ich das tun?«, fragt er.

Er wirkt und klingt aufrichtig belustigt über meine Aufforderung, weshalb ich nur umso nervöser werde. Ich hieve den Speer etwas höher, obwohl meine Muskeln schon langsam anfangen zu brennen. Verdammt, ist das Ding schwer! Vielleicht hätte ich mich doch besser für ein Schwert entscheiden sollen.

»Weil … ich … ich habe dieses Schloss immerhin gemietet. Und Sie haben hier nichts verloren.«

Die Hände immer noch oben, wagt er einen weiteren Schritt auf mich zu. Ich taumele rückwärts, stoße den Speer in seine Richtung. »Nein. Kommen Sie nicht näher.«

Er bleibt stehen. Mein Herz hämmert ungleichmäßig, meine Arme zittern vom Gewicht des Speers. Wer zum Teufel ist dieser Typ? Er hat dunkles Haar und einen dunklen, zerzausten Bart und Schnurrbart. Er sieht wild aus, wie eine Art dunkler Waldarbeiter.

»Hören Sie zu, Hühnchen, ich tu Ihnen nichts.«

Hühnchen? Hat er mich gerade als Geflügel bezeichnet?

»Warum sind Sie dann hier?«, frage ich. Vor Nervosität ist meine Stimme heiser, und jedes zweite Wort kommt zittrig heraus. Trotzdem siegt so langsam die Wut über die Angst.

Er lässt die Hände sinken und stemmt sie in die Hüften. »Weil das hier *mein* Haus ist. *Ich* wohne hier. Und ganz sicher vermiete ich es nicht an Touristen.«

Ich halte den Atem an. Meine Wangen werden ganz heiß. »Nein. Nein, die Vermieterin ist eine Frau.«

Der Typ macht einen weiteren Schritt auf mich zu. Ich fahre mit dem Speer durch die Luft, und er springt zurück. Er ist jetzt nur noch wenige Schritte von mir entfernt, und ich will ihn zumindest auf Armeslänge von mir fernhalten.

»Welche Frau?«, fragt er mit heiserer Stimme, während er die Pfeilspitze beäugt.

»Ich weiß nicht mehr genau, wie sie heißt«, antworte ich. »Aber ich … ich habe noch die E-Mails da, die sie geschickt hat.«

Mein Handy befindet sich immer noch an meiner Hüfte unter dem Bund meines Pyjamas. Es ist nicht leicht, es herauszuholen und ihm dabei den Speer weiter entgegenzustrecken, aber meine Muskeln bleiben weiterhin angespannt und lassen mich nicht im Stich. Ich behalte den behaarten Mann im Auge, dessen Körper vor Kraft und Ungeduld förmlich zu bersten scheint, während ich mir den Speer unter den Arm klemme, um ihn nicht fallen zu lassen. Ich versuche, eine Internetverbindung zu bekommen, aber wie schon zuvor ist das Signal zu schwach.

»Haben Sie denn keinen Mobilfunkmast hier?«, frage ich.

»Um damit die idyllische, malerische Landschaft zu verschandeln?«, antwortet er mit bewusst seidenweicher Stimme. Wenn er langsam spricht, kann ich ihn trotz seines Akzents besser verstehen.

»Ich erinnere mich nicht an ihren Namen«, wiederhole ich und grabe angestrengt in meinem Gedächtnis. Leah hat mir den Link und eine Kopie der Bestätigungsmail geschickt. »Er fing mit einem D an. Diane? Doris?«

»Deborah«, stößt er zwischen zusammengebissenen Zähnen hervor.

»Deborah. Ja, das war's. Deb.«

»Deborah Hennessey«, sagt er vornehmlich zu sich selbst. Seine Lippen verziehen sich höhnisch, und er fährt sich mit der Hand durchs Haar.

Er kennt sie.

»Verdammte Hacke«, knurrt er, obwohl es durch seinen Akzent eher wie »Verduhmte Hucke« klingt. Was ich eigentlich witzig finde. Ich beiße mir auf die Oberlippe, um nicht zu lächeln.

»Wer … äh … wer ist sie?«, frage ich und versuche ungeschickt, mein Handy wieder in den Bund meiner Pyjamahose zu stopfen. Es hält aber diesmal nicht, sondern fällt im Innern des Hosenbeines hinunter und knallt mir auf den Fuß. Mehr als diese vier Sekunden, die ich dadurch abgelenkt bin, braucht der Mann nicht.

Er springt vor, schlingt die Hand um die Speerspitze und entzieht mir die Waffe. Gleich darauf wirft er sie beiseite, und der Speer fällt scheppernd zu Boden.

»Sie ist meine verdammte Schwiegermutter, und zum *letzten* Mal, Hühnchen, ich tu Ihnen nichts! Mein Gott, mit diesem rostigen, ollen Stab hätten Sie mir glatt eine Tetanusinfektion verpassen können.«

Ich weiche hastig zurück, falle beinahe über meine eigenen Füße und stolpere gegen die Lehne eines samtüberzogenen Sessels, der so groß und solide ist wie der Thron eines Königs. »Oder ich hätte Sie damit aufspießen können!«

Ich warte darauf, dass er sich auf mich stürzt. Aber er stemmt nur erneut die Hände in die Hüften. Er ist groß und bullig, wenn auch keineswegs übergewichtig. Nur grimmig aussehend – wie ein Komparse aus *Braveheart*.

»Sie könnten mir nicht mal 'nen Kratzer verpassen«, murmelt er.

Unsinn. Aber ich werde nicht mit ihm streiten.

»Wollen Sie damit sagen, dass Deb Hennessey diese Burg gar nicht gehört?«, frage ich.

Der Mann fährt sich wieder mit den Händen durch das zerzauste Haar. »Um Himmels willen. Nein. Vermaledeite Frau.«

Ich stoße mich von dem Sessel ab und bücke mich, um mein Handy aufzuheben, das mit dem Display nach unten auf dem Teppich liegt. »Aber … im Netz gab es tolle Kritiken. Von Leuten aus Deutschland. Aus Australien.« Ich würde sie ja jetzt alle noch mal lesen, um mich davon zu überzeugen, dass es sich bei dem Angebot nicht um Irreführung handelte. Niemand hat darin erwähnt, wie alt das Schloss war, aber wahrscheinlich war auch keiner der vorherigen Gäste im Winter hier.

»Kritiken? Sie hat mein Schloss also vorher auch schon an andere vermietet?«

Mit diesen Worten dreht er sich auf dem Absatz um und stürmt auf die Treppenstufen zu. Er fliegt förmlich hinunter und ist verschwunden. Ich überlege, ob ich wieder auf mein Zimmer gehen soll, nur … eigentlich ist es ja gar nicht mein Zimmer. Ich sollte gar nicht hier sein, nicht, wenn das, was der Typ gesagt hat, stimmt.

Also raffe ich mich auf und gehe ebenfalls zur Treppe. Mit nackten Füßen tappe ich die Holzstufen hinunter und lausche. Seine gedämpfte Stimme erklingt aus dem Flur, der von der Eingangshalle abgeht und in die Küche führt. Ich folge dem Geräusch, zitternd, denn der Steinboden ist eiskalt.

»Ich will mit ihr reden, jetzt!«, ruft er, als ich den Eingang zur Küche erreiche. Er hat den Hörer eines alten Festnetztelefons am Ohr, von dem ein langes Spiralkabel zu einem an der Wand hängenden Tastentelefon führt.

»Ist mir egal, ob sie schläft«, knurrt er. Dann entdeckt er mich und richtet sich auf. Seine Augen wandern über die Vorderseite meines Flanell-Pyjamas, und sofort wünschte ich, ich hätte daran gedacht, mir richtige Klamotten anzuziehen, bevor ich nach unten kam.

»Zum Teufel, Duff«, seufzt er. »Dann richte ihr aus, sie soll mich gleich morgen früh anrufen. Als Erstes. Wenn sie es nicht tut, tauche ich höchstpersönlich bei ihr auf.«

Er knallt den Hörer so heftig auf die Gabel, dass die Klingel im Innern des Apparats anschlägt. Ich schlinge die Arme um meinen Körper und reibe mir über die Schultern, um die Kälte zu vertreiben – und die langsam einsetzende Erkenntnis, dass diese Burg hier *tatsächlich* ihm gehört. Dass *ich* der Eindringling bin, nicht er.

»Ich hatte keine Ahnung«, sage ich. »Wir dachten, man könnte es mieten, und es gab ein paar Kritiken, und …«

»Es ist nicht Ihre Schuld«, antwortet er und klingt diesmal nicht mehr wie kurz vor einem Wutausbruch, sondern eher resigniert.

Er geht an dem langen Tisch inmitten der Küche entlang auf den AGA und den Kamin zu. Ich beobachte, wie er ein paar Zweige und Holzklötze, die neben dem Kamin aufgeschichtet wurden, aufsammelt und sie auf den Rost wirft. Gott sei Dank. Er weiß, wie man ein Feuer macht.

»Sie ist also Ihre Schwiegermutter?«, frage ich.

Er nimmt eine Schachtel mit langen Streichhölzern vom Kaminsims und zündet eines an. »Ex.«

Seine Ex-Schwiegermutter hat das Schloss ins Netz gestellt und es an Touristen vermietet. Und zwar nicht nur einmal, sondern gleich mehrfach. Ich hatte ja schon einige Abenteuer hier erwartet, aber zwischen die Fronten einer dysfunktionalen Familie zu geraten, gehörte eindeutig nicht dazu.

Er macht sich weiter an dem Feuer zu schaffen, und ich bewege mich am Tisch entlang näher darauf zu, angezogen von den Flammen, die schnell höher schlagen.

»Ich werde abreisen. Morgen früh. Dann fahre ich zum Flughafen zurück«, verkünde ich.

Offensichtlich hätte ich den Flughafen nie verlassen dürfen.

Erst konnte Leah nicht kommen und jetzt das? Das Universum will mir eindeutig etwas sagen, und das Schild vor meinem geistigen Auge mit einem roten Kreis und einem roten Strich mitten durch sieht Schottland verdammt ähnlich.

Der Mann erhebt sich aus seiner Hocke vor den Flammen. »Wie lange sind Sie denn schon hier?«

»Keine Ahnung … vielleicht zwölf Stunden.«

Drei Falten zeigen sich auf seiner Stirn, als er diese runzelt. »Und wie lange wollten Sie ursprünglich bleiben?«

Das spielt jetzt keine Rolle mehr. Diese Reise war von Anfang an zum Scheitern verurteilt. Ich wünschte nur, mir wäre das alles schon etwas früher klar gewesen.

»Ich bin morgen früh verschwunden«, versichere ich ihm noch einmal, und obwohl meine Haut von der sich schnell ausbreitenden Wärme des Feuers zu prickeln anfängt, drehe ich mich um, um wieder in die Kälte zu verschwinden.

»Nicht weglaufen, Hühnchen«, sagt er, wieder diesen seltsamen Namen benutzend. »Lassen Sie mich erst mal nachdenken. Sie haben meiner Schwiegermutter sicher die Groschen bezahlt, nehme ich an?«

Ich habe keine Ahnung, was er mit Groschen meint, aber es kann nichts allzu Tolles sein. Ich werfe einen Blick aufs Feuer und bewege mich erneut darauf zu. Wenn ich hier schon stehen bleibe, um mit diesem Typ zu reden, will ich es zumindest warm haben.

»Wir haben die volle Summe schon bezahlt, ja.«

Deb hatte unsere Kreditkartennummern erhalten und die Kosten zur Hälfte unter uns aufgeteilt. Ich hatte direkt am nächsten Tag meinen Kontoauszug gecheckt, und der Betrag war abgebucht worden. Nun, da ich weiß, dass sie eine

Betrügerin ist, muss ich dringend nachsehen, ob die Karte nicht noch weiter belastet wurde.

»Na ja, so wie ich Deb kenne, können Sie nicht mit einem einzigen Penny Rückerstattung rechnen.«

»Aber wenn es nicht mal ihr Haus ist …«

»Sie denkt mit Sicherheit, dass sie ein Recht darauf hat, so verkorkst wie sie ist«, murmelt er und dreht sich wieder um, um ein weiteres Holzscheit in die Flammen zu legen.

Ich frage mich, wie seine Ex-Frau wohl war. Vielleicht hatte sie bei den Machenschaften ihrer Mutter ja ebenfalls die Finger mit im Spiel.

»Klingt nach einer schmutzigen Scheidung«, sage ich und bedaure meine Worte sofort. Ich kenne nicht mal den Namen dieses Mannes und mache schon Bemerkungen über seine Scheidung? Ich brauche dringend Schlaf. Und ich muss *hier weg.* »Tut mir leid, geht mich nichts an.«

Der Mann stützt eine Hand am Kaminsims ab, die andere stemmt er in die Hüfte. Das Licht des Feuers zuckt über den vorderen Teil seiner Gestalt hinweg, und es herrscht einen Augenblick lang Schweigen.

»Es gab keine Scheidung«, bekennt er schließlich.

Es ist spät, und ich bin so hungrig und müde und schockiert von allem, was passiert ist, dass ich gar nicht richtig verstehe, was er damit meint. Wie kann er eine Ex-Schwiegermutter haben, wenn er immer noch verheiratet ist?

Er stößt sich vom Kamin ab und dreht sich zu mir um. »Meine Frau ist fort, und ihre Mutter hasst mich. Diese Info reicht für eine Nacht.«

Ich spüre, wie meine Ohren heiß werden und rot anlaufen, und – oh ja – mir bleibt der Mund offen stehen, sodass ich genauso idiotisch aussehe, wie ich mich gerade aufführe. Fort. Seine Frau ist also *tot*?

»Natürlich. Tut mir leid, ich …« Ich klappe den Mund zu und überlege angestrengt, was ich jetzt sagen soll. Am besten etwas, das die Lage für uns beide besser macht. »Wie schon gesagt, ich bin morgen weg.«

Ich kehre dem Feuer und seiner niedergeschlagenen Miene den Rücken zu und will gehen.

»Sie sprachen von ›wir‹. ›Wir haben die volle Summe bezahlt‹, sagten Sie. Ist also noch jemand hier? Oder erwarten Sie noch jemanden?«

Die Kälte umfängt mich, als ich am Küchenausgang angelangt bin. »Meine Freundin Leah. Sie sollte eigentlich mitkommen, aber …« Es würde zu lang dauern, alles zu erklären, was Jim zugestoßen ist, alles über den Unfall. Ich will jetzt einfach nur noch ins Bett, und sobald die Sonne aufgegangen ist, zurück zum Flughafen.

»Aber es ist ihr was dazwischengekommen«, beende ich den Satz.

Er löst sich vom Feuer und kommt auf mich zu, achtet aber darauf, Abstand zu wahren. Ich habe das eindeutige Gefühl, dass er mir keine Angst einjagen will.

»Und wie lange wollten Sie hier Urlaub machen?«, fragt er wieder, biegt in Richtung Kühlschrank ab und öffnet die Tür. Er starrt die beinahe leeren Fächer an, bevor er die Hand ausstreckt und die Dose Bier herausholt, die ich vorher schon gesehen hatte.

»Zwei Wochen«, antworte ich, und plötzlich schnürt sich mir die Kehle zu, weil alles so schrecklich ist. »Ich glaube, ich gehe jetzt lieber nach oben … wenn das für Sie okay ist?«

Er deutet auf den Eingang zur Küche. »Sie brauchen meine Erlaubnis nicht.«

Ich lächle, wenn auch etwas unsicher und zittrig, und wende mich zum Gehen.

»Warten Sie einen Moment«, ruft er mir hinterher. Ich schaue mich noch mal um, meine Augen brennen mittlerweile vor Müdigkeit. »In welchem Zimmer schlafen Sie?«

Natürlich. Wahrscheinlich will er sichergehen, dass ich nicht sein Zimmer genommen habe. »Im Turm. Da drin steht ein riesiges Bett, und ein Kronleuchter hängt von den Deckenbalken …«

»Ich wusste es«, sagt er mit belegter Stimme. Er starrt einen Augenblick lang in die Öffnung seiner Bierdose. Oh nein. Vielleicht ist es *tatsächlich* sein Zimmer.

»Wenn Sie wollen, kann ich auch woanders schlafen …«

Er hebt die Hand, um mir das Wort abzuschneiden. Da er noch immer die Bierdose umklammert, hält er eigentlich nur ein paar Finger hoch. »Ist nur ein Zimmer. Nur eine Nacht. Schlafen Sie, wo Sie wollen, Hühnchen.«

Er kehrt zu dem gigantischen Kamin zurück, sodass ich nur noch seinen Rücken anstarren kann. Das Turmzimmer ist ein wunder Punkt. Auf meinem Weg nach oben fällt mir der feminine Touch ein – die weiße Tagesdecke mit Spitzenbesatz, der Spiegel über der Ankleidekommode und der Tisch mit gläsernen Parfümfläschchen und netzbezogenen Zerstäubern, Bürsten und Kämmen und Schmuck.

Dann denke ich an seine Frau. Gehört das Zimmer ihr? War es der Raum, den sie miteinander teilten?

Nachdem ich in den Turm zurückgekehrt bin, habe ich das Gefühl, dass ein harter Knoten sich in meiner Kehle festgesetzt hat. Wahrscheinlich ist es jetzt zwei Uhr morgens, aber ich kann hier drin einfach nicht schlafen. Noch nie im Leben habe ich mich dermaßen unerwünscht gefühlt. Ich bin in das Haus dieses Mannes eingedrungen. Ich habe im Bett seiner toten Frau geschlafen. Zumindest nehme ich an, dass sie tot ist. Er hat nur gesagt, dass sie *fort* ist. Fort bedeutet doch tot, oder?

Gott, was bin ich doch für ein Arschloch.

Ich weiß, dass ich eigentlich keine Schuld daran trage, aber trotzdem mache ich das Bett, schüttele die Kissen auf und raffe meine Sachen samt Koffer und Handgepäck zusammen. Ich werde mir ein anderes Zimmer suchen. Der Speer, mit dem ich mich verteidigt habe, liegt immer noch auf dem Boden des Korridors, als ich auf Zehenspitzen über den dicken Teppich schleiche. Nach meiner Ankunft habe ich den Kopf bestimmt in etwa ein halbes Dutzend Räume gesteckt. Einer davon wirkte ordentlich und unbenutzt. Wie ein Gästezimmer.

Schließlich finde ich diesen Raum, aber unglücklicherweise entdecke ich nirgends einen Lichtschalter, nicht mal mit meiner Taschenlampen-App. Ich versuche, an der Kette der Nachttischlampe zu ziehen, stelle aber fest, dass die Glühbirne kaputt ist. Leah wäre in die Küche zurückgekehrt, um um eine Ersatzbirne zu bitten, aber ich bin verdammt noch mal einfach zu erschöpft. Ich will mich einfach nur zusammenrollen und hier schlafen. Also stelle ich meine Sachen neben dem Bett ab, schlage die schwere Überdecke zurück und klettere hinein.

Mein Kopf trifft aufs Kissen, und schon bin ich weggetreten.

Kapitel 3

Ich rieche den Bacon, noch bevor ich die Augen öffne.

Manche Leute werden vom Duft nach Kaffee wach und munter, aber bei mir bewirkt das immer Bacon. Trent war zwar kein besonders guter Koch, aber sein Bacon war immer perfekt knusprig. Er blieb nur samstags abends bei mir, denn sein Dienstplan im Krankenhaus war zu chaotisch für mehr. Und er wollte mir keine Umstände machen. Zumindest behauptete er das, wenn ich ihn fragte, warum er nicht häufiger bei mir übernachtete. Oder warum ich nicht bei ihm in Lexington schlafen konnte.

Heute frage ich mich natürlich unwillkürlich, ob er sich dort mit seinen anderen Freundinnen vergnügt hat. Ich hatte immer nur an den Wochenenden und ganz selten auch mal an den Abenden unter der Woche etwas von ihm. Und an manchen freien Tagen. Einmal waren wir für ein Wochenende nach Nantucket gefahren, und ich hatte begonnen, mir unser Leben auf dieser Insel auszumalen, in einem kleinen Strandhaus, in dem wir beim Aufwachen die Sonne über dem Atlantik aufgehen sehen konnten. Vielleicht habe ich ihm sogar von diesem Traum erzählt, obwohl ich jetzt hoffe, dass es nicht so war. Wahrscheinlich vögelte er damals schon nebenbei jemand anders.

Ich stoße die Decke zurück und setze mich hin, atme den Geruch des Frühstücks ein. Aber dann öffne ich die Augen, entdecke das fremde Zimmer, und mir fällt wieder ein, wo ich bin.

Schottland.

In einem Schloss.

Mit einem sonderbaren Mann, dessen Namen ich nicht kenne.

Wahrscheinlich ist er derjenige, der hier Bacon brät. *Verdammt.* Das heißt, dass der Bacon nicht für mich ist.

Ich stoße die schwere Daunendecke zurück, über der ein Überwurf in einem grün-blauen Schottenmuster liegt, und schwinge die Beine über die Bettkante. Beim Anblick des Teppichs auf dem Boden zucken meine Füße unwillkürlich zurück. Es handelt sich um einen schwarzen flauschigen Pelz. Der Tierkopf ist immer noch dran, und das riesige Maul steht weit offen, als hätte es vor, ein Stück aus meinem Fußknöchel herauszubeißen. Eine Sekunde später habe ich mich aber schon an das arme Tier gewöhnt und stelle die Füße nun doch darauf ab. Das Fell ist gar nicht so weich, wie es aussieht, also hüpfe ich schnell wieder herunter auf die kalten Holzdielen.

Wenn man den Zeigern auf der schmalen Standuhr in der Ecke Glauben schenken kann, ist es kurz nach acht Uhr morgens. Ich nehme mein Handy zur Hand, um es zu überprüfen, und stelle erleichtert fest, dass ich nicht zu lange geschlafen habe. Gestern Nacht war ich sicher gewesen, dass ich nur noch eine Mütze voll Schlaf brauchte, um die Batterien in meinem Hirn wieder aufzuladen. Unglücklicherweise haben sie aber immer noch nicht allzu viel Saft. Wahrscheinlich liegt das am Jetlag.

Zumindest weiß ich, was ich jetzt tun muss: mich anziehen, in mein Auto steigen und zurück zum Flughafen fahren.

Ich befinde mich in einer Behausung, in der ich kein Recht habe zu sein. Ich habe nicht mal das Recht, den Bacon zu riechen, den der Mann unten in der Küche brutzelt. Er hat gesagt, dass ich von seiner Schwiegermutter nicht die leiseste Entschädigung zu erwarten habe. Aber was, wenn ich mal an ihre Tür klopfen würde, bevor ich wieder nach Edinburgh zurückkehre? Mit ihr persönlich zu verhandeln, ist bestimmt deutlich wirkungsvoller als es per Mail oder am Telefon zu versuchen. Und allem Anschein nach wohnt sie ja ganz in der Nähe. Der Mann unten hat gestern schließlich damit gedroht, persönlich bei ihr aufzutauchen, wenn sie nicht zurückruft.

Ich ziehe den Pyjama und das Höschen aus und werfe beides auf das ungemachte Bett. Dann durchwühle ich meinen Koffer, den ich nach wie vor noch nicht ausgepackt habe, nach etwas Tragbarem. Beim Packen habe ich mich nicht auf modische Klamotten konzentriert, sondern auf Bequemlichkeit und Wärme. Also ziehe ich eine hautenge Jeans, einen Pullover mit Zopfmuster, wollene Socken und eine Strickmütze hervor, denn immerhin ist das Haus so kalt wie eine Gruft.

Neben dem Schlafzimmer befindet sich ein Badezimmer, das zwar nicht sonderlich modern anmutet, aber zumindest eine Toilette, eine Wanne, ein Waschbecken und einen Spiegel aufweist. Die Wanne ist ein emailliertes Ungeheuer ohne Duschvorhang, mit Klauenfüßen und einem Duschkopf, den ich mir mit der Hand über den Kopf halten müsste. Ich fühle mich bei dem Gedanken nicht wohl, mich nackt auszuziehen und im Haus dieses Fremden zu duschen, also mache ich mich nur ein wenig frisch, ziehe die Stiefel an und verlasse das Schlafzimmer.

Als ich den langen, breiten Korridor entlang und auf die Haupttreppe zulaufe, knurrt mir der Magen von dem Baconduft. In dem fensterlosen Flur ist es zwar immer noch dunkel, aber das Tageslicht flutet das Treppenhaus empor und enthüllt Dinge, die ich am Abend zuvor übersehen hatte. Die Porträts an der Wand leuchten heller, sodass die Gesichter deutlicher erkennbar sind. Im Vorübergehen mustere ich sie. Streng dreinblickende Männer und Frauen mit karierten Schärpen, feingliedrigen Jagdhunden im hohen Gras, hügelige Highlands. Am oberen Treppenabsatz befindet sich ein riesiges Speichenrad. Im Näherkommen erkenne ich, dass es sich dabei eigentlich nicht um Speichen, sondern um lange Schwerter handelt. Das Ganze sieht aus wie eine Fensterrosette in einer Kirche, nur weniger religiös, sondern eher tödlich.

Aus der Küche dringen Geräusche zu mir empor. Während ich die Treppe hinabsteige, höre ich, dass der Typ vor sich hin summt. Hier unten gibt es viele Fenster, sodass jede Ecke und jedes Zimmer, an dem ich vorbeikomme, in Licht getaucht ist. Die Decken sind hoch, und die Wände bestehen entweder aus Holz, das mit Stein kombiniert wurde, oder aus Holz und Gips. Es sieht beinahe aus, als habe man in den verschiedensten historischen Epochen immer wieder etwas an das Gebäude angebaut. Die Böden sind eine Mischung aus Holz und Stein. Es ist immer noch kalt, aber nicht mehr ganz so eisig wie in der Nacht.

Mein Urlaub hat sich zwar drastisch verkürzt, aber zumindest habe ich mal das Innere eines richtigen Schlosses gesehen.

Als ich in die Küche komme, bin ich wie geblendet. Die Sonne strömt durch die sechs deckenhohen Fenster, die die gegenüberliegende Wand säumen. Nachdem ich mich an die Helligkeit gewöhnt habe, sehe ich, dass man von dort aus auf eine Wiese blickt, und in einiger Entfernung entdecke ich das Ufer eines Sees.

Der Mann steht an dem AGA-Ofen, immer noch in der gleichen Kleidung, in der er vergangene Nacht aufgetaucht ist. Er blickt über die Schulter.

»Morgen.« Dann wendet er sich wieder dem Bacon auf dem Herd zu und verlagert das Gewicht von einem Fuß auf den anderen.

»Guten Morgen«, antworte ich und bleibe am Kopf des langen Tisches stehen.

Ich nutze das Sonnenlicht und die Tatsache, dass er mir den Rücken zudreht, um ihn genau zu mustern. Vergangene Nacht war es dunkel, und ich war viel zu überfordert, um allzu viel von seinem Erscheinungsbild in mich aufzunehmen. Nur die Grundzüge habe ich wahrgenommen – breite Schultern, zerzaustes Haar, struppiger Bart – aber sonst nichts.

Er ist größer als ich, obwohl das ehrlich gesagt die meisten Erwachsenen sind. Bei ihm sind es aber mindestens zwölf Zentimeter, und sein Haar sieht aus, als hätte er es irgendwann im Laufe des heutigen Morgens sogar gekämmt. Kastanienbraune Strähnen schimmern in der dunkelbraunen Mähne, und die Sonne scheint goldene Funken darauf zu zaubern, während er den Bacon mit einer Gabel wendet.

Er ist alles andere als übergewichtig, besitzt aber trotzdem keine schmale Taille. Als er sich wieder umdreht, hält er einen Teller mit fertigem Bacon in der Hand, und schnell löse ich den Blick von seinem Bauchbereich. Ich hoffe, er hat nichts bemerkt.

»Also«, fängt er an und stellt den Teller am anderen Ende des Tisches ab. »Ich kenne Ihren Namen nicht – und Sie auch nicht meinen.«

Er sieht mich an, und selbst über die Länge des Tisches hinweg bemerke ich die seltsame Farbe seiner Augen. Ein dunkelgraues Grün wie Rauch, der sich über einem Gebirgszug erhebt.

»Margaret«, antworte ich, schüttele dann aber sofort wieder den Kopf. Warum zum Teufel nenne ich ihm meinen vollen Namen? Niemand nennt mich Margaret. »Meg. Ich bin Meg.«

Ein Lächeln umspielt seine Lippen, die zum Teil von seinem Grizzly-Bart verdeckt werden. »Na ja, Margaret Meg Meg, ich heiße Finley Drummond. Man nennt mich Finn. Sie können mich auch Finley Finn Finn nennen, wenn Sie mögen.«

Ich runzele die Stirn, wenn auch eigentlich über mich selbst und mein idiotisches Verhalten.

Er verzieht einen bärtigen Mundwinkel zu einem ironischen Grinsen. »Wollen Sie ein Frühstück?«

»Keine Ahnung.« Bedauernd mustere ich den knusprigen Bacon auf dem Teller. »Ich meine, ich weiß schon, dass ich ein Frühstück haben will, und es sieht wirklich gut aus, aber ich habe keine Ahnung, ob ich Ihnen wirklich Ihre Mahlzeit wegessen sollte.«

Wo kommt dieser Bacon überhaupt her? Am Abend zuvor war der Kühlschrank doch praktisch leer gewesen.

Finn deutet auf den Teller. »Das hier ist Bacon, kein Kaviar.«

Nun erinnere ich mich an einen Artikel in einem Reiseführer, wonach die Ablehnung einer Einladung zum Essen oder Trinken in diesem Land einer Beleidigung gleichkommt. Also beeile ich mich, zu Finn ans Ende des Tisches hinüberzugehen

»Okay. Äh ... danke.« Ich ziehe einen Stuhl hervor und setze mich hin. Finn mustert mich einen Augenblick lang, bevor er sich wieder dem Ofen zuwendet.

Ich nehme mir einen Teller von dem Stapel herunter, der inmitten des Tisches steht, und lege ein paar Streifen Bacon darauf. Finn kehrt mit zwei Schüsseln zurück, in denen sich irgendetwas Heißes, Dampfendes befindet. Er stellt eine davon vor mich hin: Haferflocken mit Rosinen und gehackten Walnüssen. Mein Magen knurrt schon wieder, und ich werde rot.

Er zieht den Stuhl heraus, der meinem direkt gegenübersteht, und setzt sich, ohne meinen vorwitzigen Magen einer Bemerkung zu würdigen.

»Danke«, sage ich noch einmal und greife nach einem Löffel aus dem Glas, das ebenfalls auf dem Tisch steht.

Er stürzt sich auf sein Frühstück, die Ellbogen zu beiden Seiten der Schüssel aufgestützt. Ich bemerke, dass er Linkshänder ist und seinen Löffel wie ein Höhlenmensch hält. Alle paar Sekunden blickt er über den Tisch hinweg zu mir herüber, und ich erwarte, dass er jeden Moment etwas sagt. Aber dann wendet er sich doch wieder seinem Essen zu.

Es ist mir mehr als unangenehm, mit diesem Fremden an

dessen Küchentisch zu frühstücken. Ausgerechnet *mich* – die Person, die er letzte Nacht in seinem Haus ertappte – lädt er jetzt ein, mit ihm zu essen. Ich bin nicht sicher, ob ich das Gleiche täte. Wenn das hier mein Haus wäre, in dem ich ihn bei meiner Heimkehr vorgefunden hätte, hätte ich wahrscheinlich die Polizei gerufen.

Die Stille lastet allzu schwer auf mir. Ich muss etwas sagen. Irgendetwas.

»Ich habe nicht im Turmzimmer geschlafen.«

Er schluckt einen Löffel Haferflocken herunter und zieht die Augenbrauen hoch, obwohl sein Blick noch immer auf der Schüssel ruht. »Ich weiß.«

Noch bevor ich einen Bissen zu mir nehmen kann, lasse ich meinen eigenen Löffel wieder sinken. »Woher?«

Ist er in den Turm gegangen, um nach mir zu sehen? Oh Gott. Er *ist* ein Psycho. Ich hätte gestern Abend doch gleich abreisen sollen. Ich halte den Atem an, während er einen ganzen Streifen Bacon in den Mund wirft und mir in die Augen sieht.

»Weil Sie vergangene Nacht in *meinem* Zimmer geschlafen haben«, antwortet er mit vollem Mund.

Der Löffel fällt mir aus der Hand, sodass der Metallgriff mit einem Klappern auf den Porzellanrand meiner Schale trifft. Feuer wütet in meiner Brust, züngelt meinen Hals hinauf und droht, meine Wangen vollends zu verbrennen.

»Ich … oh Gott. Es tut mir so leid.« Ich schiebe meinen Stuhl zurück und stehe auf. »Ich hatte ja keine Ahnung. Ich habe nur nach einem anderen Zimmer gesucht, weil Sie sich so darüber aufzuregen schienen, dass ich ausgerechnet im Turmzimmer gelandet war …«

»Ist schon gut …«

»Das war *Ihr* Zimmer?« Ich fahre mir mit der Hand durchs Haar, packe ein Haarbüschel und zerre heftig daran. Was bin ich doch für ein *Idiot*.

Finn nimmt die Ellbogen vom Tisch und lehnt sich auf seinem Stuhl zurück. »Ehrlich gesagt übernachte ich dort nur ganz selten im Jahr. Ich bin nur froh, dass ich Sie unter der Decke entdeckt habe, bevor ich ebenfalls ins Bett stieg.«

Ich verberge das Gesicht in den Händen, um sein Grinsen nicht sehen zu müssen.

»Ich muss gehen.« Ich weiche vom Tisch zurück, wobei ich dem Drang widerstehen muss, wenigstens meinen Bacon noch schnell zu essen.

Finn springt von seinem Stuhl auf. »Nein, bleiben Sie. Sie haben nichts verbrochen.«

Ich wirbele zu ihm herum. »Ich habe Ihre Privatsphäre jetzt häufig genug verletzt.« Dann verlasse ich eilig die Küche und renne auf die Treppe zu.

Er holt mich ein, bevor ich sie erreiche.

»Warten Sie, Meg«, sagt er, und seine Finger streifen meinen Ellbogen. Die Berührung ist wie ein elektrischer Schlag. Er lässt schnell wieder los und schiebt die Hände wieder in die Gesäßtaschen seiner Hose, als hätte er diesen Stromstoß auch gespürt. »Sie haben für zwei Wochen in Drummond Hall bezahlt, ob mit meiner Erlaubnis oder ohne, und die werden Ihnen jetzt vorenthalten. Ich habe deswegen ein total schlechtes Gewissen.«

»Da sind Sie nicht der Einzige«, murmele ich.

Wenn ich Schottland jetzt verlasse, dann ist das ganze Geld futsch, das ich für diese Reise ausgegeben habe. Die Ersparnisse eines ganzen Jahres einfach weg. Leah hatte angeboten, den gesamten Urlaub zu finanzieren, und ja, das hätte sie auch können – durch sein Skiresort schwimmt Jim förmlich im Geld, und Leah hat mit dem Restaurant, das sie dort leitet, auch ziemlichen Erfolg. Eine Reise wie diese war für die beiden ein Klacks. Aber ich konnte trotzdem nicht zulassen, dass sie die Kosten für mich übernahm. Außerdem bin ich fest davon überzeugt, dass ich mich nicht halb so sehr amüsieren könnte, wenn jemand anders für mich bezahlt hätte. Ich habe diese Reise verdient. Ich habe sie mir buchstäblich vom Munde abgespart und im Supermarkt sogar verdammte Coupons gesammelt, damit ich sie mir leisten kann. *Coupons*. Ausgerechnet ich gehöre zu der Art von Kunden, die sie an der Kassenschlange einlösen. Das hier ist meine Reise.

Und zum Teufel, ich will nicht abreisen.

»Bitte – Sie wollten hier doch Urlaub machen, oder nicht?«, fragt Finn jetzt.

Es sollte mehr als ein Urlaub sein. Es sollte meine Chance sein, etwas Größeres zu sehen als nur eine kleine Ecke der Welt. Etwas Größeres zu erleben als nur meine kümmerliche Existenz. Und es sollte mir dabei helfen, Trent zu vergessen und all die Träume, die ich an ihn verschwendet habe.

Ich hole tief Luft und sehe Finn an, der auf meine Antwort wartet.

»Ja«, antworte ich. »Das stimmt. Aber wie es scheint, wird nichts daraus.«

Er nimmt die Hände aus den Gesäßtaschen und verschränkt die Arme über der Brust. »Das können Sie nicht wissen, Hühnchen. Ihr Urlaub hat ja noch nicht mal angefangen.«

»Warum nennen Sie mich ständig Hühnchen?«, frage ich.

Er zuckt mit den Schultern. »Männer nennen Frauen doch manchmal mal so, schätze ich. Und Kinder auch. Sie sind so ein winziges Ding. Als ich Ihnen letzte Nacht begegnet bin, hielt ich Sie zunächst für ein Kind.«

Ich starre ihn an. Ja, ich bin klein. Und ich bin auch vergleichsweise mager. Aber ein *Kind*?

»Ich dachte, ihr Schotten nennt Kinder bairns.«

»*Bairns* sind Babys. Sie sind kein Baby. Zumindest habe ich Sie nicht plärren hören.« Er macht eine Pause. »Noch nicht.«

Ich bin wegen meiner Körpergröße schon häufig gehänselt worden und weiß, wie man eine grimmige Miene zieht. Also werfe ich ihm meinen wütendsten Blick zu. Er zieht vollkommen unbeeindruckt die Augenbrauen hoch, und unwillkürlich muss ich lachen. »Hören Sie, ich danke Ihnen, dass Sie mir Frühstück gemacht haben und mich letzte Nacht hier schlafen ließen. Aber jetzt muss ich los.«

Finn stößt den Atem aus. »*Wollen* Sie denn wieder nach Hause?«

Die Frage ist leicht zu beantworten. »Nein.«

Finn zuckt wieder mit den Schultern. »Dann bleiben Sie. Im Dorf gibt es durchaus ein paar Bed & Breakfasts und ein Gasthaus. Irgendwo findet sich vielleicht sogar ein Airbnb. Ich könnte Ihnen dabei helfen, ein Zimmer zu finden.«

Er sieht so aufrichtig aus und klingt auch so, aber ich schüttele bereits den Kopf. Für diesen Ort hier habe ich bereits die volle Summe bezahlt. Ich kann es mir nicht leisten, in ein Gasthaus zu gehen oder mir über Airbnb ein Zimmer zu mieten und noch mehr Geld auszugeben. Das ist definitiv keine Lösung.

»Ich kann nicht, aber trotzdem danke«, antworte ich und komme mir bettelarm und bemitleidenswert vor. »Aber ich würde mich gern mit Ihrer Schwiegermutter über die Erstattung der Summe unterhalten, bevor ich zum Flughafen zurückkehre.«

»Ex-Schwiegermutter«, betont er erneut. »Und wie ich schon sagte, Sie könnten sie an den Füßen festhalten und ausschütteln, sie würde keinen einzigen Penny wieder rausrücken.«

Das habe ich mir bereits gedacht. Aber ich muss es trotzdem versuchen. »Wo wohnt sie?«

Finn greift nach der Jacke, die über der gewölbten Lehne eines Pförtnerstuhls hängt, der mir vergangene Nacht gar nicht aufgefallen war. »Ich kann Sie hinbringen. Die Hexe hat mich heute Morgen noch nicht zurückgerufen.«

Anscheinend hat seine Drohung, bei ihr aufzukreuzen, wenn sie sich nicht meldet, nichts gefruchtet. Und ich bin entschlossen, ihm nicht in die Quere zu kommen – oder auch nur anwesend zu sein, wenn sie miteinander streiten.

Ich halte also die Hände in die Höhe. »Nein, schon gut. Ich kann selbst hinfahren. Wenn Sie mir nur kurz sagen, wo ich ihr Haus finde?«

Er legt die Jacke wieder über den Pförtnerstuhl. »Wahrscheinlich haben Sie recht. Sie würde sowieso nicht aufmachen, wenn sie meine Visage durchs Fenster entdeckt.«

Deb wohnt weniger als zehn Minuten weit weg, und als ich mein Auto endlich um die letzte Biegung, die Finn mir beschrieben hat, lenke, entdecke ich ein kleines, weiß gekalktes Cottage inmitten eines Feldes.

Das Dach besteht aus dunklem, altem Stroh, und neben

dem Haus befindet sich eine Scheune aus Ziegelsteinen. Ein paar von Steinmauern umfriedete Koppeln erstrecken sich dahinter. Weiße und schwarze Schafe lungern dort dicht aneinandergedrängt herum, zusammen mit ein paar Ziegen und einer langhaarigen Highland-Kuh. Letztere ist so ziemlich das hässlichste Wesen, das ich je gesehen habe, und wirkt durch die Schlamm- und Schneeklumpen sowie durch den mutmaßlichen Dung in den rötlichen Strähnen ihrer Mähne sogar noch abstoßender.

Ich parke hinter einem verrosteten roten Truck und einem kleinen blauen Kombi und lege bei meinem Fiat die Parkposition ein. Da ich mich nicht besonders gern streite, bin ich ganz zittrig bei der Vorstellung, dieser Frau gleich gegenüberzustehen. Ich muss mir nur immer wieder ins Gedächtnis rufen, dass ich diejenige bin, der man Unrecht getan hat. Dass diese Frau bewusst gelogen hat und noch wer weiß wie viele andere betrogen hat, nicht nur Leah und mich.

Mein Gepäck ist bereits im Kofferraum, denn bevor ich losfuhr, habe ich in Finns Schlafzimmer noch eben meine Klamotten vom Boden und vom Bett aufgesammelt, die Kissen ausgeschüttelt und die Überdecke ausgebreitet. Sobald ich hier fertig bin, kann ich auf direktem Weg nach Edinburgh zurückkehren. Bevor ich Drummond Hall verließ, verabschiedete sich Finn von mir, wünschte mir alles Gute und entschuldigte sich nochmals bei mir. Aber eigentlich hätte ich lieber eine Entschuldigung von Deb als von ihm. Und definitiv mein Geld zurück.

Ich steige aus dem Fiat und inspiziere die Fenster des Cottages. Fenster lassen allerlei Rückschlüsse auf einen Menschen zu. Hängen richtige Vorhänge dran oder Decken? Stehen auf den Fenstersimsen allerlei bunte Flaschen oder Bierdosen? Kann man durchs Glas sehen, oder ist es blind vor Schmutz? Letzteres ist bei diesen Fenstern der Fall.

Über einen schmalen Weg durchquere ich den verschneiten Vorgarten, der voll von Hundekot ist. Zigarettenstummel bedecken den Boden vor der Tür, und eine Kaffeedose voller Asche und mit noch mehr Kippen kauert in dem harschen Schnee neben der Fußmatte. Letztere ist zur Hälfte von Schnee bedeckt. Willkommen steht darauf, wenn auch die schwarzen Buchstaben zwischen dem *i* und dem *n* abgewetzt und kaum noch zu lesen sind.

Mir sinkt der Magen in die Kniekehlen, denn mir ist schon im Vorhinein klar, dass mein Besuch hier ein Flop wird. Aber jetzt bin ich da und werde keinen Rückzieher mehr machen. Ich hebe also die Hand und klopfe. Im Innern des Hauses höre ich den Lärm eines Radios oder Fernsehers und ständigen Applaus. Vielleicht eine Sportübertragung.

Nach einer Minute klopfe ich erneut. Diesmal höre ich, wie sich der Tür Schritte nähern wie auch das schrille Jaulen einer Fußhupe. Die Tür öffnet sich ein paar Zentimeter, und eine Frau, die fast genauso klein ist wie ich, späht zu mir hinaus, wobei sie mit dem Fuß nach einem Corgi tritt, um ihn daran zu hindern, nach draußen zu hechten. Sie ist schon älter, vielleicht in den Fünfzigern oder Anfang sechzig, hat gerötete Wangen, eine kesse, kleine Nase mit roter Spitze und blond-graues Haar, das sie zu einem nachlässigen Knoten zusammengefasst hat. Ihre Augen, die von gedunsenen Augenlidern überschattet werden, mustern mich flink, bevor sie nach links flackern, um nachzusehen, ob ich in Begleitung gekommen bin.

»Sind Sie Deb Hennessey?«, frage ich.

Ihr Blick landet wieder auf mir, die Tür hält sie immer noch nur einen Spaltbreit geöffnet. »Ja.«

Sie klingt so wie ich, wenn ein Telefonverkäufer bei mir anruft: ärgerlich, ungeduldig und skeptisch.

»Ich bin Meg West. Zusammen mit meiner Freundin, Leah Carmichael, habe ich Drummond Hall gemietet. Leah hat sich um die Buchung gekümmert.«

»Damit hab' ich nichts zu tun«, sagt sie und blickt immer noch über meine Schulter. Wahrscheinlich hält sie nach Finn Ausschau. Immerhin hat er gestern Abend angerufen, also weiß Deb, dass sie aufgeflogen ist.

»Ich weiß, dass Drummond Hall nicht Ihnen gehört«, sage ich, wobei ich erwarte, dass sie mir die Tür vor der Nase zuknallt. Aber das tut sie nicht.

Stattdessen reißt sie die Tür weiter auf und richtet sich auf. »Das olle Gemäuer steht sowieso die meiste Zeit leer. Der is' ja nie da. Und den soll sowieso der Teufel holen.«

Der Hund springt nach draußen und mir um die Beine. Das Bellen ist ohrenbetäubend. Finn sagte schon, dass seine Ex-Schwiegermutter ihn hasst, deshalb bin ich nicht überrascht, dass sie ihn verflucht.

Ich nicke, während die Kälte vom verschneiten Untergrund in meine billigen Stiefel kriecht, sodass mir langsam die Zehen einfrieren. Ich versuche, den Corgi von meinem Schienbein abzuschütteln. »Ja, tut mir leid. Ich weiß, dass es zwischen Ihnen beiden nicht zum Besten steht …«

»Das wissen Se?«, blafft sie. »Was wissen Se? Blabla, das wissen Se!«

»Nana, was ist denn hier los?« Ein Mann mit schwarz-grau

meliertem Schopf kommt hinter Deb herangeschlurft und packt sie an den Schultern. Er lächelt mir über ihren unordentlichen Knoten hinweg zu. »Warum scheiß' te die arme Kleine so an?«

Er meint wahrscheinlich »schreien«, aber auch die andere Alternative wäre bei Deb denkbar. Richtig militant ist sie!

»Das ist die Amerikanerin, die in Drummond Hall wohnt«, stößt Deb hervor. »Die, wegen der Finley angerufen hat. Und jetzt hat dieses Sackgesicht se auch noch hergeschickt. Na ja, Miss America, am Arsch, richten Se ihm das aus!«

Ich weiß nicht so genau, was ein Sackgesicht ist, aber ich wette, toll ist es nicht. Außerdem bin ich ziemlich sicher, dass sie mir soeben mitgeteilt hat, er könne sich irgendetwas in den Arsch schieben.

»Na, na«, wiederholt der Mann und lacht angesichts ihres Ausbruchs unbehaglich. Er tätschelt ihr die Schultern und drängt sie beiseite. »Meine Frau ist 'n ganz schöner Temperamentsbolzen. Aber se tut keinem was zuleide. Kommen Se, wärmen Se sich die Füße auf.«

Gewaltsam schiebt er Deb von der Eingangstür weg, dann versetzt er dem Hund einen kleinen Tritt, sodass auch dieser sich wieder nach drinnen trollt. Ich klopfe mir den verharschten Schnee von den Sohlen meiner Stiefel und betrete den abgenutzten Fliesenboden im Flur. Ein Haufen Stiefel und Schuhe liegt neben der Eingangstür zusammen mit einem wackeligen Garderobenständer, der sich bedenklich nach links neigt. Sämtliche Mäntel, Hüte und Schals sind ohne Sinn und Verstand nur auf eine Seite gehängt worden.

Ich bleibe an der Tür stehen. Die Luft hier in dem kleinen Vorraum steht vor Pfeifenrauch und dem Geruch nach etwas durchdringend Beißendem. »Ich will mit Ihnen über die Rückerstattung reden.«

Verdammt. Ich klinge wie eine Pfadfinderin, die Kekse verkaufen will.

Deb grummelt etwas vor sich hin und durchquert den Eingangsbereich, um in einen Raum zu gelangen, der wie die Küche aussieht. Dann wirbelt sie herum und richtet sich kerzengerade auf. »Keine Rückerstattung. Steht im Vertrag.«

Ich habe den Vertrag nicht gelesen. Ich habe lediglich meine Kreditkartendaten geschickt und der Reise-Website vertraut, auf der Leah die Buchung vorgenommen hat. Was bin ich doch für ein verdammtes Genie.

»Aber das Schloss gehört Ihnen doch gar nicht. Sie dürfen es nicht vermieten, und ich kann da jetzt nicht mehr wohnen, nicht mit Mr. … « Ich habe seinen Nachnamen vergessen. »Finn dort.«

Deb verschränkt die Arme über der Brust und zuckt mehrmals mit den Schultern. »Drummond. Er heißt Drummond. Wie das Schloss. Wie diese verflixte Stadt. Und der hat die Kohle nich' nötig.«

Finley Drummond. Die Stadt ist nach ihm benannt? Na ja, wahrscheinlich eher nach seinen Vorfahren. Wahrscheinlich lebt seine Familie schon seit Hunderten von Jahren in diesem Anwesen.

»Na gut«, sage ich und versuche, einen klaren Gedanken zu fassen und Ruhe zu bewahren. Der Hund, der immer noch um meine Beine wuselt, ist dabei keineswegs nützlich. »Aber Sie haben fälschlicherweise behauptet, die Besitzerin zu sein … und jetzt habe ich kein Dach mehr über dem Kopf.«

Sie schnieft und reibt sich die Nasenspitze. »Wo is' die andere Kleine? Die, die mit Ihnen hier sein sollte?«

Sie versucht nur, Zeit zu schinden, aber die Erinnerung daran, dass Leah nicht bei mir ist, quält mich plötzlich doch und versetzt mir einen Stich.

»Sie konnte nicht mitkommen«, antworte ich. »Ihre Pläne haben sich kurzfristig geändert.«

Ihre Augenbrauen, gezupft zu zwei ergrauenden Bögen, ziehen sich zu einem geraden Strich zusammen. »Se war'n mit ihm allein letzte Nacht?«

Deb sieht ihren Mann an, der neben einem alten Fernseher steht und ihn mit der Fernbedienung leiser stellt. Er ist groß, mit nach vorn gebeugten Schultern, und seine Art, sich zu bewegen, erinnert mich an meinen Großvater. Aber so alt ist dieser Mann noch gar nicht. Vielleicht Mitte fünfzig. Höchstens sechzig.

Seine Augen wandern von seiner Frau zu mir, dann lächelt er zögerlich. Ein Lächeln, das man normalerweise Fremden zuwirft. Oder mit dem man die eigene Unsicherheit kaschiert.

»Nicht freiwillig«, antworte ich Deb und sehe sie wieder an. »Und deshalb bin ich auch hier, weil ich …«

»'türlich haben Se das gestern nich' gewusst, aber ich freu' mich, dass Se jetzt nich' mehr in Drummond Hall bei ihm wohnen«, unterbricht sie mich und geht dann weiter in die Küche. Der Hund rast hinter ihr her, wobei ein kleines Glöckchen an seinem Halsband klingelt.

Ich warte ein paar Sekunden, nachdem sie verschwunden ist, und frage mich, ob ich an der Tür stehen bleiben oder ihr folgen soll. Als sie nicht in die Diele zurückkehrt, entscheide ich mich für Letzteres.

Die Küche ist lang gestreckt und eng. Auf den Anrichten häufen sich Schachteln mit Cerealien, eine Schüssel mit Papierservietten und Hamburgerbrötchen, Glasbehälter mit Reis und Bohnen und eine blaue Cookie-Monster-Dose aus Keramik. Das Geschirr stapelt sich in der Spüle, während im Geschirrkorb statt der üblichen Teller und Schüsseln ein Paar Turnschuhe liegen.

Was zum Teufel?

»Hören Sie zu, ich *kann* jetzt nicht mehr auf Drummond Hall wohnen, und zwar weil Sie gelogen haben«, sage ich, und mein Herz klopft mir inzwischen bis zum Hals. Ich hasse Streit. Dann werde ich immer ganz zittrig, und meine Stimme klingt unsicher. Diese Frau ist zweifellos eine Furie. Eine kleine Schwäche, und schon geht sie zum tödlichen Angriff über.

»Ich hätt' nich' gedacht, dass er da is'«, seufzt sie und gießt sich Tee in eine Tasse, die aussieht, als wäre sie schon mehrfach zerbrochen und wieder zusammengeflickt worden. »Verbringt die meiste Zeit jetzt in Edinburgh. Hat keinen Grund, da zu sein.« Sie pustet in ihren dampfenden Tee, während sich ihre Augen über die Spüle hinweg auf das Feld vor dem Fenster richten. »Nich' mehr.«

Debs Mann, der hinter mir die Küche betreten hat, räuspert sich. »Wahrscheinlich is' er wegen Weihnachten hier. Weißt du noch, wie schön die zwei das immer fanden?«

»Ich will nicht über se reden«, sagt Deb und fährt mit dem Finger über die Haut unter dem unteren Wimpernkranz, wie Frauen es halt tun, wenn sie verhindern wollen, dass ihre Wimperntusche verschmiert.

Ich bin sicher, sie sprechen über Finns Ex-Frau, und das ist mir beinahe so unangenehm, dass ich die Rückerstattung des

Geldes am liebsten vergessen und mich aus dem Staub machen will. *Beinahe.*

»Wenn Sie mir wenigstens die Buchungsgebühren erstatten würden, dann könnte ich mir ein Zimmer im Dorf nehmen, statt jetzt sofort wieder nach Hause zu fliegen …«

Deb schleudert die Hände in die Luft, sodass ihr Tee aus der Tasse schwappt. Sie flucht, dann wirft sie mir einen stocksauren Blick zu, als sei das alles meine Schuld. »Ich hab' die Kohle nich'! Ich könnt' die Gebühren nich' zurückgeben, selbst wenn ich wollte – aber ich will auch gar nich', denn das stand in dem Vertrag, den Se unterschrieben haben, wissen Se noch? Sorry, Mädel, aber ich kann Ihnen nich' helfen.«

Der Hund fängt wieder an zu bellen, springt auf seinen winzigen Beinchen hoch und scharrt mit der Pfote an Debs Schienbeinen herum.

Na gut. Toll. Kein Geld. Ich sehe mich noch einmal um. Es besteht kein Zweifel. Ich seufze. *Fantastisch.* Aber eins verstehe ich immer noch nicht.

»Finn scheint durchaus ein netter Kerl zu sein«, sage ich deshalb. »Warum sind Sie denn froh, dass ich nicht bei ihm auf Drummond Hall bleibe?«

Klirrend stellt Deb ihre immer noch dampfende Teetasse auf den obersten Teller des Schmutzgeschirrs in der Spüle. Sie sieht mich an, ihre blauen Augen weit aufgerissen und flackernd. »Weil er 'n Mörder is. Er hat mein kleines Mädchen umgebracht. Meine Janie.«

Sie kneift die Lippen zusammen, und ihr Kinn zittert.

»Ich …« Aber dann sage ich nichts mehr, weil ich eigentlich gar nicht weiß, was ich darauf sagen soll. *Umgebracht?* Finn hat Debs Tochter getötet?

Der Mann schlurft an mir vorbei und stellt sich neben Deb an die Spüle. Sie vergräbt das Gesicht an seiner Brust und schluchzt so heftig, dass ihre Schultern zucken. Er tätschelt ihr den Rücken und versucht sie mit leisen Worten zu beruhigen.

Höchste Zeit, hier zu verschwinden. Ich habe das Gefühl, dass das Haus selbst mich zur Tür hinausdrängt. Immer wieder höre ich Debs Worte im Ohr. *Weil er 'n Mörder is. Er hat mein kleines Mädchen umgebracht.*

Ich flüchte nach draußen und atme tief ein. Die Luft ist kalt und riecht nach Schlamm und Dung, aber das ist mir egal. Ich bekomme mein Geld nicht zurück und habe die Frau, die mich übers Ohr gehauen hat, zum Weinen gebracht. Ich habe dafür gesorgt, dass der alte Schmerz sie wieder einholt, und zum Teufel – jetzt habe *ich* ein schlechtes Gewissen.

Ich bin gerade bei meinem Fiat angelangt, als die Tür zu Debs Haus sich öffnet. Ich blicke über die Schulter und entdecke dort den Ehemann, der sich eine Jacke überzieht und nach draußen hastet. Kaum hat er die Arme in den Ärmeln, läuft er auf mich zu, wobei er behände über Hundehaufen hüpft.

»Meg«, ruft er und hält einen Finger hoch als Zeichen, auf ihn zu warten. »Sorry, Mädel. Se hat sich einfach nich' im Griff, wenn's um Janie geht.«

Ich vergrabe die Hände tiefer in meinen Manteltaschen. Ein schneidender Wind fegt über das Feld und uns ins Gesicht.

»Hat Finn sie tatsächlich umgebracht?«

Er holt tief Luft, dann schürzt er nachdenklich die Lippen. »Na ja, is' 'ne ziemlich lange Geschichte. Deb hat da ihre eigenen Theorien, und manche in Drummond Mull sind ihrer Meinung, aber eigentlich weiß keiner, was passiert is'.«

»Oh, davon hatte ich keine Ahnung … ich meine, als Finn sagte, seine Frau wäre *fort*, habe ich geglaubt, sie hätte vielleicht Krebs gehabt oder einen Autounfall.«

»'türlich haben Se das geglaubt. Wer wär' schon auf Mord gekommen?«

Eine Schriftstellerin. Die ich immerhin sein wollte. Aber anscheinend ist mein Hirn einfach nicht dafür geschaffen, sich auch im wirklichen Leben auf derlei dunkle Geschichten einzulassen.

»Was ist passiert?«, frage ich also hastig. »Sofern ich das überhaupt fragen darf.«

Er blinzelt nach links, schaut zu dem schneeverkrusteten Feld hinüber und reckt das Gesicht den heftigen Windböen entgegen. Tiefe Furchen haben sich in die Haut um seine Augen eingegraben, dort, wo sich bei mir die ersten Krähenfüße bilden. Meine Mom tut sie immer mit einer Handbewegung ab. Sie behauptet, dass derlei Fältchen nur zeigen, dass man glücklich ist. Ich hingegen finde sie einfach nur ätzend.

»Sie is' verschwunden, is' sie, vor zwei Jahren«, antwortet er. »Kein Wort. Keine Nachricht. Nix außer ihrem Ehering auf dem Boden neben den Brennblasen in der Destillerie.«

Also … ist sie gar nicht tot? Sie ist nur verschwunden. Warum also vermutet Deb, dass Finn sie umgebracht hat?

Diese Frage sollte ich eigentlich zuerst stellen, aber meine Gedanken fesselt etwas anderes.

»Was für eine Destillerie?«, hake ich nach. In Schottland gibt es jede Menge davon – Leah und ich hatten vor, ein paar zu besuchen, um den schottischen Whisky zu probieren und Jim ein paar Flaschen mitzubringen.

Debs Mann sieht mich wieder an und runzelt vor Überraschung die Stirn. »Die Loch Ross Distillery in Drummond Hall. Haben Se die nich' geseh'n?«

Ich schüttele verwirrt den Kopf. »Aber wenn sie nur fort ist ... warum hält Deb sie dann für tot?«

Er schnieft und holt sein Taschentuch hervor, um sich die Nase zu putzen. Danach steckt er es wieder in die Tasche. Eklig.

»Wochen zogen ins Land. Monate. Janie hat nich' angerufen, keinen Ton haben wir von ihr gehört. Das Mädel hat auch ihre Kreditkarten nich' benutzt oder Geld vom Konto abgehoben. Sie ist ... einfach verschwunden.« Er schnippt mit den Fingern. »Einfach so.«

Okay. Das *ist* verdächtig. »Hat die Polizei denn keine Nachforschungen angestellt?«

Ich habe keine Ahnung, wie das Gesetz in Schottland funktioniert, aber ich vermute, dass eine vermisste Frau auch hier wohl kaum ignoriert wird.

»'türlich. Sie haben Finley verhört, das Schloss durchsucht, sein Auto, die Destillerie.« Er zuckt wieder mit den Schultern. »Nix gefunden.«

Von Janie fehlt also seit zwei Jahren jede Spur. Das ist mit Sicherheit verdächtig, aber trotzdem noch lange kein sicheres Indiz dafür, dass Finn seine Frau getötet hat. Hinter der Geschichte muss noch etwas anderes stecken. Etwas, das Debs Mann verschweigt. Aber eigentlich geht mich das alles nichts an, also halte ich den Mund.

Er räuspert sich und fährt mit der Hand in die Manteltasche. Dann zieht er seine Brieftasche hervor, und ich zucke zusammen und winke ab, bevor er etwas sagen kann.

»Nein, nein«, rufe ich.

»Na, ich werd' Ihnen wohl kaum mein hart verdientes Geld geben. Ich hab' Deb gesagt, sie soll den Mietschwindel eine Weile sein lassen, aber hört sie auf mich? Nee. Störrisch wie ein Esel. Hier«, sagt er und zieht einen kleinen, orangefarbenen Schnipsel hervor. Sieht aus wie ein zusammengefaltetes Post-it. Er streckt es mir entgegen. »Gehen Se ins Dorf und trinken Se sich einen im Murdoch's. Sagen Se dem Wirt, Duff hat Se geschickt, und geben Se ihm das. Der wird sich drum kümmern. Der schuldet mir noch was, und Se können das haben. Mehr kann ich nich' tun, um's wiedergutzumachen.«

Ein Drink im Murdoch's. Ich könnte tatsächlich einen brauchen. Es ist noch nicht mal Mittag, aber was hätte ich heute sonst noch zu tun, außer wieder zurück zum Flughafen zu fahren?

Ich nehme das zerknüllte Post-it an mich und stopfe es in meine Jackentasche. »Danke. Und es tut mir leid, dass ich Deb zum Weinen gebracht habe.«

Das tut es wirklich.

Ich öffne die Tür des Fiats und will gerade einsteigen. Aber dann halte ich inne und drehe mich noch einmal zu Duff um, der schon wieder auf die Eingangstür zustiefelt. »Hält denn auch die Polizei Finn für den Mörder?«

Duff wirbelt herum und sieht mich an, die Ferse einem Hundehaufen gefährlich nah. »Ich glaub' schon. Aber der Kerl hat ein Alibi für die Nacht, in der Janie verschwunden is'.«

Oh. Das ist gut. Jetzt fühle ich mich zumindest etwas besser angesichts der Tatsache, dass ich letzte Nacht mit ihm allein unter einem Dach geschlafen habe.

»Aber warum hält Deb ihn trotzdem noch für schuldig?«

Duff nimmt die Hände aus den Taschen und reckt einen langen Finger in die Luft, als wolle er jetzt etwas sehr Wichtiges von sich geben. »Sein Alibi war seine Mutter. Und ich frag Se, Mädel, was würd' 'ne Mutter nich' tun, um ihr Kind zu schützen?«

Meine Schenkel und Arme prickeln, so schmerzhaft ist die Gänsehaut, die ich bekomme. Seine *Mutter*? Dieses Alibi ist in der Tat so schwach wie ein neugeborenes Kätzchen. Die Polizei muss noch mehr entdeckt haben. Einen anderen Grund, warum Finn nicht verhaftet oder des Mordes an seiner Frau angeklagt wurde.

Duff dreht sich um und geht weiter, nur diesmal landet sein Fuß direkt in der Hundescheiße. Er flucht und hüpft auf einem Fuß zum Haus zurück. Dort zieht er den verschmutzten Schuh aus, bevor er hineingeht und die Tür hinter sich schließt.

Ich steige ins Auto. Der heftige Wind bringt den Fiat zum Erzittern und pfeift durch die Fensterritzen. Finn, ein Mörder. Ich weiß nicht, was ich denken soll. Eigentlich hatte er in der Nacht zuvor keinen merkwürdigen Eindruck auf mich gemacht. Aber was weiß ich eigentlich von ihm? Und was spielt das für eine Rolle? Ich reise ja sowieso ab. Allerdings nicht, bevor ich mir einen Drink in einem schottischen Pub genehmigt habe. Also lege ich den Rückwärtsgang ein, wende und fahre in Richtung Dorf.

Kapitel 4

Es ist nicht mal zehn Uhr an einem Donnerstagmorgen. Trotzdem sitzen im Murdoch's jede Menge Gäste mit Bierpints. Um einen Tisch in der Nähe der vorderen Fenster, von denen aus man einen Blick auf das Dorfzentrum hat, scharen sich ein paar mittelalte und ältere Frauen mit breitkrempigen Hüten und leuchtend bunten Jacken.

Als ich eintrete, erklingt ein kleines Glöckchen, das über der Tür angebracht ist, und erwartungsvoll blicken die Frauen zu mir hinüber. Bei meinem Anblick ziehen sie enttäuschte Gesichter und wenden sich wieder ihrem ursprünglichen Thema zu. Und zwar lautstark. Die beiden Tische, die sie zusammengeschoben haben, sind mit Papieren und Stoffmustern übersät. Außerdem stehen dort drei Vasen mit Blumenarrangements. Ihr Akzent ist so ausgeprägt, und sie sprechen so schnell, dass ich kein einziges Wort von dem verstehe, was sie sagen. Ich nehme an, es handelt sich um eine Art Club.

Die wenigen Männer im Pub sitzen an der Bar, Teller mit Eiern und Schinken und etwas, das wie gebackene Tomaten aussieht, vor sich. Sie nicken mir zum Gruß zu. Wenn ich gehofft hatte, mich einfach auf einen Barhocker setzen und ein Bier bestellen zu können, ohne dass alle mich beobachten, habe ich mich gründlich geirrt. Ich habe gerade Platz genommen, da verschränkt ein älterer Gentleman, erheblich älter als Duff, seine Arme auf der Bar und sieht mich direkt an.

»Niiich sagen, niiich sagen, Se wollen einen fruchtigen Rumdrink mit 'nem winzigen Schirmchen.«

»Lass sie in Ruhe, Eggie«, sagt ein Mann, der weiter barabwärts sitzt. Er ist erheblich jünger als der, der mich angesprochen hat. Doch der grimmige Blick, mit dem er in sein Bierglas blickt, lässt ihn erschöpft und alt wirken.

Eggie lässt die Hand auf die Bar herabsausen. »Ich wett' doch nur. Is' nix dabei!«

Ich lange in meine Manteltasche und hole das zusammengefaltete, orangefarbene Post-it heraus. »Eigentlich wollte ich nur ein Pint von … irgendwas. Keine Ahnung, was.«

Eggie mustert das Post-it so angestrengt, als müsse er das Kleingedruckte lesen. »Is' das einer von Duff Hennesseys Gutscheinen?«

Ich lege das Papier auf die Theke, deren Holz stumpf und voller Kerben ist.

Der Barkeeper kommt zu mir herüber, die Augen auf den Zettel geheftet. Er ist jung, etwa mein Alter, und sieht aus wie ein Hipster. Das lange Haar hat er zu einem Pferdeschwanz zusammengefasst, der Bart ist Gott sei Dank schmucklos. Die Ärmel seines grünen Wollpullovers sind hochgekrempelt und enthüllen tätowierte Unterarme. Ich wende meinen Blick von seinen Tattoos ab, denn schließlich gehört es sich nicht, jemanden anzustarren. Trotzdem sind mir die Tentakel eines Seeungeheuers, die sich um seinen rechten Unterarm schlingen, keineswegs entgangen.

»Duff hat Ihnen das gegeben, damit Se's mir geben, nehm' ich an«, sagt er und greift nach dem Zettel. Ich hatte nicht mal Gelegenheit, ihn auseinanderzufalten und zu lesen, was draufsteht.

»Dann sind Sie Murdoch?«

»Stimmt«, bestätigt er nicht ohne Stolz. »Willkommen in Drummond Mull, amerikanisches Mädchen. Wie heißen Se?«

»Gib ihr einfach ein Bier, Murdoch«, wirft der Mann am Ende der Bar ein.

»Nee.« Murdoch wendet sich den Regalen mit den Schnapsflaschen hinter sich zu. Er greift nach einer großen, bauchigen Flasche mit einer bernsteinfarbenen Flüssigkeit. »Se kriegt ein Schlückchen von Drummond Mulls Finest.«

Ich hebe die Hand wie früher in der Schule, wenn ich eine Antwort geben oder fragen wollte, ob ich auf Toilette gehen durfte. Wie blöd ist *das* denn? Sogleich lasse ich sie wieder sinken. »Oh, ich trinke keinen Whisky.«

Eggie schlägt wieder auf die Theke. »Hab euch doch gesagt, dass sie 'was mit Rum will!«

»Ich trinke auch keinen Rum«, sage ich. Nicht seit dem College und meiner Begegnung mit Captain Morgan, nach der ich den Tisch in der dortigen Bar plötzlich für die perfekte Tanzfläche hielt.

Murdoch hört weder auf mich noch auf Eggie. Er entkorkt einfach die Flasche. »Das hier ist ein Single Malt. Nich' der Jack-Daniels-Müll, den ihr Amerikaner da drüben trinkt, wissen Se.«

Er gießt einen kleinen Schluck in einen gedrungenen Tumbler und stellt das Glas vor mir ab. Ich blicke beklommen auf die bernsteinfarbene Flüssigkeit hinab. Ich mag keinen Jack Daniels. Wenn er dieses Zeug also für besser hält, dann ist es das vielleicht auch. Anscheinend ist meine Miene skeptisch, denn Eggie und Murdoch glucksen amüsiert und feuern mich mit ein paar Lauten an.

Ich schaue zu ihnen auf. Sie starren mich an, warten mit hochgezogenen Augenbrauen. »Na los«, drängt Murdoch und stützt die tätowierten Ellbogen auf der Theke ab, als warte er auf eine tolle Show.

Eggie lächelt breit. Der grimmige Mann am Ende der Bar tut, als bekäme er nichts mit, obwohl ich merke, wie er mir einen verstohlenen Blick zuwirft, bevor er das Glas an die Lippen führt. Die Rolle des klassischen, brütenden Kneipengasts ist ihm auf den Leib geschrieben.

»Oh, na gut.« Ich seufze und nehme das Glas hoch.

»Nun, das Geheimnis beim Tasting eines guten Scotch liegt vor allem im …«

Ich kneife die Augen zu und kippe den Inhalt des Glases in einem Zug hinunter. Der Whisky rinnt mir die Kehle hinab – und augenblicklich bleibt mir die Luft weg. Der Alkohol raubt mir vollends den Atem – und erfüllt meine Kehle mit einem Feuerpilz.

Ich knalle das Glas so heftig auf die Theke, dass ich wahrscheinlich eine Kerbe im Holz verursache. Murdochs Augenbrauen verschwinden beinahe am Haaransatz, sein Mund öffnet sich staunend. Oder voller Abscheu. Das kann ich nicht so genau sagen.

»…im Nippen«, beendet er seinen Satz. »Man muss daran *nippen.* Sind Sie bescheuert? Man kippt einen Scotch doch nicht einfach so runter!«

Tränen brennen mir in den Augen, und zwar so höllisch, als hätte ich Zwiebeln geschnitten. Ich kriege immer noch keine Luft und stütze mich mit den Händen auf der Theke ab, während ein heftiger Hustenanfall mir die Brust zu zerreißen droht. Ich habe durchaus schon mal Schnaps getrunken, aber noch nie hat es sich angefühlt, als hätte ich ein ganzes Lagerfeuer geschluckt.

»Sie haben doch gesagt … es sei … Whisky«, krächze ich hervor und lasse die Zunge aus dem Mund hängen, um sie abzukühlen. Dabei ist es mir vollkommen gleichgültig, wie unattraktiv das aussieht.

Bis die Glocke über der Tür klingelt und die Ankunft eines weiteren Gastes ankündigt. Schuhe schlurfen über die Schwelle und kommen zum Stehen.

»Margaret Meg Meg?«

Ich rolle die Zunge wieder ein und versuche, mir die Tränen abzuwischen, während ich um Luft ringe.

»Warum quälen die Amis ihre Kleinen mit so lächerlichen Namen?«, fragt Eggie. Wer im Glashaus sitzt, sollte nicht mit Steinen werfen, denke ich angesichts seines *eigenen* Namens.

Der Whisky hat auch die letzte Geschmacksknospe auf meiner Zunge versengt, als ich mich umdrehe und Finley Drummond an der Türschwelle entdecke. Er hat einen kleinen Karton bei sich, dessen Klappen weit genug offen stehen, um die Hälse zweier Glasflaschen zu enthüllen, welche verkorkt und mit schwarzem Wachs versiegelt sind.

»Hi«, sage ich und klinge wie ein Kettenraucher. Ich huste und zucke zusammen.

Finn rückt den Karton unter seinem Arm zurecht und mustert das leere Glas auf der Theke vor mir. Ein Grinsen stiehlt sich auf seine Lippen. »Lass mich raten. Drummond Mull's Finest?«

Ich schlucke, um mir ein weiteres Husten zu verkneifen, wodurch das Krächzen, das sich meiner Kehle entringt, nur noch schlimmer wird. Er lacht so schallend, dass der Karton ihm beinahe aus den Händen fällt.

»Aye, das ist auf jeden Fall ein Schock für den Körper«, sagt er, als sein Lachen verebbt, das Lächeln aber bleibt. Ich wische mir so diskret wie möglich die Augen, und dann schaue ich mir sogar noch verstohlener seinen Mund an. Trotz seines Holzfällerbartes ist er deutlich sichtbar.

Er besitzt eine volle Unterlippe. Die Oberlippe besteht aus zwei perfekt geschwungenen Bögen, die in der Mitte zusammenlaufen. Auch sein Kinn ist markant, kantig, ohne klobig zu wirken. Ich kann mir gut vorstellen, an dieser Art von Kinn meinen Daumen entlangfahren zu lassen. Wahrscheinlich würde sein Barthaar sich unter meinen Fingerspitzen rau anfühlen.

Genug. Ich komme wieder zur Besinnung. Deb hat ihn noch vor etwa einer halben Stunde als Mörder bezeichnet.

Als ich ihm wieder in die Augen blicke, wird mir klar, dass ich nicht ganz so diskret war, wie ich gehofft hatte. Finn hält meinem Blick einen Moment lang stand, wobei sich seine fein gemeißelten Lippen erneut zu einem Grinsen verziehen. Nicht vor Belustigung, sondern weil er weiß, dass ich ihn gemustert habe. *Na toll.*

»Ich hab ihr nur den Fünfzehner gegeben«, sagt Murdoch.

Keine Ahnung, was das heißen soll, aber die Bemerkung lenkt Finn ab und gibt mir einen Grund, mich wieder dem Barkeeper zuzuwenden.

»Du hättest mit dem Achter anfangen sollen«, antwortet Finn.

»Oder du hättest ihr den Rum-Drink geben sollen, den sie ursprünglich wollte«, fügt Eggie hinzu.

Gott sei Dank hat sich meine Kehle mittlerweile weit genug erholt, dass ich antworten kann. »Ich glaube, ich bleibe bei Bier.«

In der Bar ertönen ein paar Buhrufe, und ich schrecke zusammen, als sogar ein paar Frauen einstimmen. Es sind die Ladys mit den breitkrempigen Hüten.

»Bloß nich' gleich aufgeben«, meint eine Frau mit tomatenrotem Haar – gut frisiert, aber offensichtlich gefärbt. »Loch Ross ist das Herz von Drummond Mull.«

Finn hat mittlerweile seinen Karton zu dem Tisch mit den Frauen hinübergetragen, deren Gesichter bei seinem Anblick allesamt aufleuchten. Sie gurren vor sich hin, tätscheln seinen Arm und stehen sogar auf, um ihm sanft in die Wange zu kneifen. Er langt in die Kiste und holt die beiden Flaschen mit einer dunklen, bernsteinfarbigen Flüssigkeit heraus. Oder vielleicht sieht es ja auch nur aus wie dunkler Bernstein, weil das Glas braun getönt ist. Was immer da drin ist, die Frauen sind ganz aufgeregt deswegen.

»Finn spendet jedes Jahr zwei Loch Ross Single Malt für den weihnachtlichen Wohltätigkeitsball«, erklärt Murdoch mir mit leiser Stimme.

»Loch Ross ist seine Destillerie?«, frage ich. Nun, da ich wieder Luft bekomme, kann ich auch eins und eins wieder zusammenzählen.

»Stimmt genau. Und diese Idioten geben mehr Geld aus, als sie haben, um eine seiner Flaschen zu gewinnen«, wirft

Eggie ein, der sich auf seinem Barhocker umgedreht hat, damit er beobachten kann, wie die Frauen sich um die Flaschen scharen.

Sie reichen sie herum, jede Einzelne lässt ihre wohl manikürte Hand über das Etikett gleiten – wobei ich mich im Stillen frage, ob sie im Grunde nicht davon träumen, ihre Hände über Finns Brust gleiten zu lassen. Sie ziehen ihn auf einen Stuhl hinab, und zwei Frauen – beide gute zwanzig Jahre älter als er – rücken dicht an ihn heran.

Ich verkneife mir ein Grinsen, als er ein höfliches, aber unbehagliches Lächeln aufsetzt. Er sieht mir in die Augen, und schnell drehe ich mich wieder zu Murdoch um.

»Scheinbar mögen sie Finn *und* seinen Scotch«, sage ich, was mir ein Augenzwinkern von Murdoch einbringt.

»Wohl wahr«, stimmt er zu, bevor er dem schweigsam vor sich hin brütenden Gast am anderen Ende der Bar einen schnellen, prüfenden Blick zuwirft. Murdoch presst die Lippen zusammen und hört auf zu grinsen, als sei ihm gerade etwas eingefallen.

»Woher kennen Se ihn?«, fragt er, während er geschäftig hinter der Bar herumhantiert. Er nimmt mein Glas und stellt es irgendwo hinter die Theke, sodass ich es nicht mehr sehen kann.

»Ich sollte eigentlich in Drummond Hall wohnen«, antworte ich.

Die Köpfe von Murdoch, Eggie und dem anderen Mann wirbeln zu mir herum. Alle starren mich an.

»Ist eine lange Geschichte, aber … es war alles ein Irrtum. Duffs Frau hat mir und meiner Freundin das Schloss vermietet, ohne Finn um Erlaubnis zu fragen, und jetzt bin ich …«

Ich halte inne, als ich ihre Gesichter sehe. Diesen Ausdruck kenne ich schon. Deb hatte ihn heute Morgen ebenfalls. Den setzen Menschen auf, wenn sie inflagranti ertappt werden. Und dann fällt es mir wie Schuppen von den Augen. Daran habe ich bis zu dieser Sekunde gar nicht gedacht.

»Sie wussten Bescheid«, flüstere ich. Anders war das ja auch gar nicht möglich. Die anderen Touristen, denen Deb das Schloss vermietet hatte, Menschen aus aller Welt, von denen die Kritiken stammten, die ich gelesen habe … sie waren mit Sicherheit auch hier im Dorf.

Murdoch und Eggie und alle anderen Dorfbewohner haben die Touristen in Drummond Hall kommen und gehen sehen. Und niemand hat Finn auch nur ein Sterbenswörtchen verraten.

Murdoch holt tief Luft und legt betreten das Geschirrhandtuch von seiner linken Schulter auf seine rechte. Eggie verspürt offenbar plötzlich den unwiderstehlichen Drang, von seinem Barhocker zu steigen und in den hinteren Bereich der Bar zu den Toiletten zu stiefeln.

»Schiet«, stöhnt Murdoch.

Denn wenn ich dahintergekommen bin, dann hat Finn es mit Sicherheit ebenfalls durchschaut. Und wie aufs Stichwort setzt sich Finn nun rittlings auf den Hocker neben dem meinen und stützt die muskulösen Unterarme auf die Bar. Er verschränkt die Hände ineinander. Und wartet.

Das Schweigen dehnt sich aus. Murdoch kann Finn nicht in die Augen sehen. Stattdessen wendet er sich dem Regal mit dem Alkohol zu, entkorkt eine andere Flasche, die ebenfalls wie Scotch aussieht, und gießt die doppelte Menge von dem ein, was er mir zuvor eingeschenkt hatte.

Er stellt das Glas vor Finn hin. »Deb hat die Hall im Dezember noch nie vermietet. Sie hätt' wissen können, dass du zum Weihnachtsfestival hier bist.«

Finn nimmt das Glas und nickt, lässt die Flüssigkeit im Glas kreisen. »Und darf sie das deiner Meinung nach?«

Murdoch verschränkt die Arme über der Brust und zuckt mit den Schultern. »Keiner hat sich 'was Böses dabei gedacht. Du bist doch sowieso nie da, und se hat doch sonst nix. Macht se glücklich zu denken, dass se dir einen reinwürgt.«

Finn nippt an seinem Scotch, während ich unruhig auf meinem Barhocker hin und her rutsche. Wahrscheinlich sollte ich mich jetzt lieber verdrücken. Diese Menschen kennen einander anscheinend gut, und ihre Unterhaltung verstärkt mein Empfinden, hier Außenseiterin zu sein.

»Na ja, wenn die anderen Gäste auch alle so waren wie Margaret Meg Meg, ist ja eigentlich nichts passiert«, sagt Finn und wirft mir von der Seite ein Lächeln zu. »Aber sie ist nun mal jetzt pleite und hat kein Dach über dem Kopf.«

Murdoch zieht eine Grimasse und lehnt sich an die Bar. »Ich hab' ein total schlechtes Gewissen deswegen.«

»Deine Schwester führt doch den Inn«, sagt Finn.

Murdoch spreizt hilflos die Hände. »Wenn nicht Weihnachten wär', würd' ich ihr ja ein Zimmer besorgen. Aber alles ist ausgebucht. Überall.«

»Schon gut«, unterbreche ich die beiden. »Ich fahre jetzt nach Edinburgh zurück, und dann werde ich einfach …«

Ein andermal wiederkommen? Ja. Ganz bestimmt.

»Sie müssen nicht abreisen«, sagt Finn.

Murdoch verdrückt sich, immer noch mit schuldbewusster Miene.

»Ich hab Ihnen doch schon gesagt, dass ich nicht bleiben kann«, antworte ich und füge dann etwas verlegen hinzu: »Ich kann es mir nicht leisten.«

Er beugt sich ein wenig zu mir vor und senkt die Stimme. »Ich hab' nachgedacht, Hühnchen. Drummond Hall ist groß. Groß genug, dass wir beide ein paar Tage dort wohnen können. Oder zumindest, bis wir einen anderen Ort für Sie gefunden haben, der Sie nichts kostet.«

Moment mal. Er will, dass ich dort *mit ihm* wohne?

»Ich … nein. Nein, ich kann nicht. Ich kenne Sie doch gar nicht, und … und ich dachte, ich wäre für mich.«

Der missmutige Mann an der Bar stellt sein leeres Glas hin und steht auf. Er lässt Finn nicht aus den Augen, der seinen Tumbler hebt und ihm zunickt. Aber der Mann zieht seinen Mantel über und geht zum Ausgang, wobei er Finn vollkommen ignoriert.

Die Glocke über der Tür klingelt, als der Mann die Bar verlässt.

»Sie haben Deb kennengelernt«, sagt Finn, schürzt die Lippen und kraust die Nase, wie Menschen es machen, die entweder scharf nachdenken oder sich ein Niesen verkneifen.

»Ja«, antworte ich und erinnere mich an alles, was sie über ihren Ex-Schwiegersohn gesagt hat.

Finn lässt erneut seinen Scotch kreisen. »Ich nehme an, sie hat Ihnen erzählt, dass ich meine Frau umgebracht habe.«

Ich halte den Atem an, schockiert von dieser ruhigen und direkten Äußerung. Er sieht mich an, die Unterarme immer noch auf der Theke.

»Ja, stimmt.«

Finn reibt sich die Nasenspitze und lehnt sich zurück, wobei er Rücken und Schultern strafft. »In dieser Stadt sind davon so einige überzeugt.«

Der missmutige Mann, der gerade gegangen ist, kommt mir in den Sinn. Offensichtlich hat auch er nichts für Finn übrig.

»Sie fragen gar nicht, ob ich es glaube oder nicht?«, werfe ich ein.

Er sieht mich an und verzieht finster die Lippen. »Sie kennen mich nicht und wissen auch nicht, was passiert ist. Ich kann nicht erwarten, dass Sie sich in dieser Angelegenheit eine Meinung bilden. Aber ich kann Ihnen versprechen, dass ich in bester Absicht handele, wenn ich sage, dass Sie auf Drummond Hall bleiben können. Immerhin haben Sie bereits dafür bezahlt.«

»Aber doch nicht an *Sie*!«, widerspreche ich.

»Spielt keine Rolle. Ich brauch' das Geld nicht und will es auch nicht.« Er kippt seinen restlichen Drink herunter.

»Ich dachte, man soll nur daran nippen«, sage ich.

»Egal, Hauptsache man schluckt ihn 'runter«, antwortet er, rutscht vom Barhocker und zieht seine Brieftasche hervor.

Murdoch hebt die Hand. »Nächstes Mal wieder.«

Finn lächelt und steckt die Brieftasche wieder in seine Jeans. Die Ladys am Tisch raffen ihre Sachen zusammen und wollen offenbar ebenfalls gehen.

Meine Beine fühlen sich an wie Butter in der Sonne, wahrscheinlich kommt das vom Scotch. Trotzdem gelingt es mir, vom Barhocker herunterzurutschen, ohne gleich zu Boden zu gleiten.

»Ich weiß Ihr Angebot zu schätzen. Wirklich. Aber … ich wäre Ihnen doch nur im Weg.«

Außerdem hätte ich die Dinge, die Deb und Duff über Janies Verschwinden erzählt haben, immer im Hinterkopf; sie stünden *mir* im Weg.

»Nein«, widerspricht Finn. »Ich hab in den nächsten Wochen jede Menge zu tun. Ich werd' an den meisten Tagen beschäftigt sein.«

Die Hutträgerinnen, Finn und ich, wir alle strömen jetzt gleichzeitig zur Tür. Ich zermartere mir das Hirn, wie ich Finns Angebot ablehnen kann, und die rot-hutige Dame hilft mir, noch ein wenig Zeit zu schinden.

»Du bist doch zum Weihnachtsfestival da, oder, Finn?«, fragt sie und berührt seine Schulter. »Meine Tochter und ihre Freundinnen von St. Andrews kommen über die Ferien auch her. Wann hast du meine Kaleigh das letzte Mal geseh'n?«

Sie will ihn mit ihrer Tochter verkuppeln? Diese Frauen halten ihn also offensichtlich nicht für einen Mörder.

»Schon möglich«, antwortet Finn und öffnet die Tür, während wir auf den Bürgersteig hinausströmen. Schnell entziehe ich mich dem Strudel aus Hüten, bunten Hosenanzügen und Röcken. »Sag' Kaleigh, dass ich vorbeischaue.«

Sie verabschieden sich mit ein paar letzten Worten an Finn, der stehen bleibt und wie ein gehorsamer Schüler nickt, bis sie alle verschwunden sind. Ich stehe nur da, die Arme um meine Mitte geschlungen, wobei der Wind meine losen Haarsträhnen um meinen Kopf peitscht.

Finn macht einen Schritt auf mich zu. »Hören Sie zu, Hühnchen. Ich weiß, Sie sind misstrauisch, weil Deb Ihnen so einiges verklickert hat. Ich kann nur sagen, dass ich Ihnen nichts tun werde. Ansonsten müssen Sie Ihrem Bauchgefühl vertrauen.«

Ich nicke, beiße mir auf die Unterlippe und wippe auf den Fersen vor und zurück, um mich warm zu halten. Eigentlich habe ich eine ganz gute Menschenkenntnis. Zumindest *dachte* ich das immer. Trent jedoch war eine unangenehme Überraschung gewesen. Im Nachhinein ist alles klar. Ich hätte die Wahrheit erkennen können oder von vornherein misstrauischer sein sollen. Wenn ich mir Finn jetzt so ansehe und seine Worte gegen das abwäge, was Deb und Duff gesagt haben, habe ich das Gefühl, dass diese Entscheidung irgendwie wichtiger ist, als alles, was ich im Hinblick auf Trent zu entscheiden hatte.

Am liebsten würde ich mich auf meine Intuition verlassen … aber was, wenn diese von meinem Wunsch, in Schottland zu bleiben, getrübt ist? Wie ätzend, dass ich mir selbst nicht trauen kann!

»Ich halte Sie nicht für einen Mörder«, antworte ich schließlich. »Aber es könnte trotzdem merkwürdig sein, mit Ihnen unter einem Dach zu leben.«

Er nickt und reckt die Hände in die Höhe. »Okay. Geben Sie uns ein paar Tage Zeit. Wenn es Ihnen auf Drummond Hall nicht gefällt, kann ich Ihnen vielleicht eine andere Bleibe besorgen.«

Ich nicke, gleichermaßen erleichtert und nervös. Ich kehre also erst mal zurück, Gott sei Dank. Aber … ich wohne bei einem Fremden.

»Okay. Danke, das ist echt nett von Ihnen.« Ich hoffe nur, dass es kein schrecklicher Fehler ist, sein Angebot anzunehmen.

Er nickt, und nach ein paar schweigsamen Sekunden sagt er: »Ich hab noch ein paar Geschäfte in der Stadt zu erledigen. Ich bin bald wieder in der Hall.«

»Was sind das denn für Geschäfte?«, frage ich und versuche, mir einen Reim auf seine Aussage zu machen. »Verkaufen Sie noch woanders Whisky?«

Finn lacht.

»Ich muss noch ein paar Einkäufe tätigen«, erklärt er und zieht das »äu« dermaßen in die Länge, dass mein Magen einen kleinen Hüpfer macht. Ich liebe fremde Akzente sowieso, und seine tiefe, barsche Stimme tut ihr Übriges.

»Oh. Na gut. Ich nehme an, wenn ich bleiben will, dann sollte ich vielleicht auch ein paar, äh, Geschäfte machen.« Ich kann ja nicht jeden Morgen Finns Bacon essen und seinen Kaffee trinken.

Finn lacht wieder, wahrscheinlich über meinen Versuch, mich seinem Vokabular anzupassen.

»Gibt es denn in der Nähe einen Supermarkt?«, frage ich und beschließe, ab sofort wieder von Einkäufen zu sprechen.

Als uns die nächste eisige Windbö trifft, vergräbt er die Hände in den Manteltaschen. »Aye, gleich um die Ecke da drüben.«

Ich folge ihm. Die Kälte betäubt meine Wangen, meine Nase und Ohren. Ich habe meinen Schal im Auto gelassen. Bei dem Gedanken, dass ich heute doch nicht mehr zum Flughafen zurückfahre, werden meine Schritte plötzlich beschwingter.

»Ihr Scotch ist also das Herz dieses Dorfes?«

Er wirft mir über die Schulter hinweg einen skeptischen Blick zu. »Wenn die Leute das behaupten, werde ich wohl kaum widersprechen.«

»Sie sehen das also nicht so?«

Er macht noch ein paar Schritte, wobei er allerdings langsamer wird, damit ich ihn einholen kann.

»Früher stimmte das«, antwortet er und lässt diese rätselhafte Bemerkung eine Weile so stehen.

Wir biegen um die Ecke, wo ein gusseisernes historisches Schild steht, eine Tafel, auf der das Haus auf der gegenüberliegenden Straßenseite sowie ein paar Informationen dazu eingraviert sind. Wir gehen geradewegs daran vorbei, zu schnell für mich, dass ich etwas davon lesen könnte.

»Die Drummonds brennen Loch Ross Single Malt seit dem 17. Jahrhundert«, fährt er fort, als die nächste Straße vor uns liegt. Der kurvenreiche, leicht bergan führende Weg scheint ausschließlich aus Geschäften und Restaurants zu bestehen, und etwa zwei Blocks weiter entdecke ich eine gestreifte Markise vor einem Supermarkt. Auch wenn es unmöglich ist, aber die Straße wirkt, als führe sie direkt in eine Mauer aus zerklüfteten, schneebedeckten Hügeln, die dieses Dorf überragen.

»Duff sagt, die Destillerie befindet sich auf Drummond Hall.«

»Ist alles nicht mehr wie früher«, antwortet er hastig.

Ich denke an die lange Straße, die zum Schloss führt, und an die Scheune mit dem baufälligen Dach und den Löchern in den Mauern. Vielleicht kenne ich ja bislang nur einen Teil des Anwesens. Und möglicherweise ist die Destillerie nicht in einem ganz so schlechten Zustand wie die Scheune.

»Aber Scotch brennen Sie immer noch?«

»Verdammt guten Scotch«, bestätigt er mit einem Grinsen. Seine düstere Miene ist verflogen. »Wie hat's Ihnen geschmeckt?«

Wir erreichen den Supermarkt, und Finn öffnet mir die Tür. Eilig trete ich ein, denn der kalte Wind ist so schneidend, dass ich zittere.

»Ehrlich?« Mit klappernden Zähnen beobachte ich, wie er zwei Einkaufskörbe von dem Stapel neben der Tür nimmt. »Als hätte ich einen Baumstumpf abgeleckt.«

Er gibt mir einen der Körbe, und sein Lächeln wirkt verzerrt und absolut ungläubig. Ich nehme ihm den Korb ab und wappne mich. Jetzt gibt es bestimmt eine Diskussion. Und was weiß ich schon von Scotch?

Aber dann grinst er wieder breit und bricht in schallendes Gelächter aus, bis er sich krümmt und den Bauch hält. Schließlich richtet er sich wieder auf und schnappt nach Luft.

»Ein Baumstumpf?«, wiederholt er. »Mein Scotch wurde schon mit vielem verglichen, angefangen von Pisse bis hin zu Heilwasser, aber niemand hat ihn je mit einem Baumstumpf in Verbindung gebracht.« Er seufzt tief, und sein Lachanfall verebbt nun ganz. »Aber eigentlich ist da was Wahres dran. Er hat tatsächlich eine Holznote.«

Ich klemme den Griff des Korbs in meine Armbeuge. »Da haben Sie jetzt aber gut die Kurve bekommen.«

Finn tut, als umklammere er einen imaginären Dolch in seinem Herzen. Ich betrete einen der schmalen Gänge und beschließe, mich lieber aufs Einkaufen zu konzentrieren, als ihm zu erzählen, welche anderen Geschmacksnoten ich sonst noch mit seinem Scotch assoziiere: moosig, schmutzig, durchdringend und vor allem ungenießbar.

Ich höre, wie er an der Fleischtheke jemanden begrüßt, während ich nach Kaffee, Kaffeesahne und Cerealien Ausschau halte. Ich finde keinen Kaffee, aber immerhin Müsli und Cornflakes. Als ich beides in meinen Korb lege, werde ich von dem tiefen Timbre von Finns Stimme abgelenkt. Er lacht über etwas, das die Fleischerin sagt, obwohl ich durch ihren starken Akzent kein Wort verstehe. Erst jetzt wird mir klar, wie viel Mühe sich Finn mit mir gibt. Er spricht langsam und bewusst, um mich nicht durcheinanderzubringen.

Ich bin gleichzeitig dankbar und beleidigt.

Ich habe den Gang kaum durchquert, als Finn schon am anderen Ende auftaucht. Sein Korb ist bereits voll.

»Ich hatte ja keine Ahnung, wie schwer einkaufen in einem anderen Land sein kann«, sage ich und halte überwältigt die Hand hoch. Ich komme mir vor wie ein Erstsemester, das zum ersten Mal einkaufen geht, um seinen Minikühlschrank zu füllen. Ich stehe total auf dem Schlauch.

Finn kommt durch den Gang auf mich zu. »Essen Sie Fleisch?«

»Alles außer Hühnchen.«

»Wer mag denn kein Huhn?«

Ich deute auf mich selbst.

»Kommen Sie«, sagt er und bedeutet mir, ihm zu folgen. Während der darauffolgenden zehn Minuten stellt er mir Fragen und füllt meinen Antworten gemäß meinen Korb.

Finn: »Käse?«

Ich: »Kann man nie genug haben.«

Finn: »Erdnussbutter? Bitte sagen Sie mir, dass Sie keine Allergie haben.«

Ich: »Mandelmus. Und nein, Gott sei Dank nicht.«

Finn: »Kaffee?«

Ich: »Ich bin Amerikanerin. Was ist das denn für eine Frage?«

Finn lacht und legt mir eine dunkle Röstmischung in den Korb. Die Kaffeesahne finde ich dann sogar selbst in einem Kühlschrank, in dem sich auch Milch und Eier befinden. Und auf unserem Weg zur Kasse schnappt sich Finn auch noch eine Flasche Wein vom Ladentisch.

»Rot oder weiß?«, fragt er, wobei er bereits einen Pinot Noir in den Händen hält.

Ich lächele ihn über die Schulter hinweg an, und mir ist unerwartet leicht zumute. »Egal, Hauptsache, es ist nicht das Herz von Drummond Mull.«

Er wirft mir einen finsteren Blick zu und legt die Flasche Rotwein in seinen eigenen Korb.

Ich gehe in Schottland mit einem Typen einkaufen, den ich gerade erst kennengelernt habe. Einen Augenblick lang komme ich mir gar nicht vor wie ich selbst, Meg West, die armselige Layouterin aus Boston. Ich weiß auch nicht einmal so genau, wie ich mich fühle. Aber es gefällt mir.

Kapitel 5

Ich folge Finn in meinem Fiat zurück nach Drummond Hall. Auf meinem Beifahrersitz stehen zwei Papiertüten mit Einkäufen. Er fährt einen großen weißen Van mit fensterlosen Paneelen von der Art, wie Schlosser oder Kidnapper sie benutzen.

Ich nehme an, den Bus nutzt er für die Auslieferung seines Whiskys, aber wenn er übers Jahr gar nicht so häufig hier ist, frage ich mich doch, wie viel Scotch er tatsächlich produzieren und verkaufen kann. Allerdings weiß ich nicht das Geringste über die Whiskyproduktion. Und nur weil er ein typisches Entführerfahrzeug fährt, heißt das noch lange nicht, dass er vor zwei Jahren seine Frau ermordet hat.

Ich muss mich auf mein Bauchgefühl verlassen und diesen Urlaub zu genießen versuchen. Meinen unglaublich verkorksten Urlaub.

Ich nehme mein Handy heraus und blicke schnell zwischen ihm und der Straße vor mir hin und her. Ich habe hier doch tatsächlich Empfang, und ein paar Nachrichten sind eingegangen. Eine von meinem Bruder und zwei von Leah. Gleichzeitig Auto zu fahren und Textnachrichten zu schreiben ist allerdings lebensgefährlich, also lege ich das Handy wieder hin und konzentriere mich auf die Straße. Eine dunkle Wolkenbank hat sich über unseren Köpfen gebildet, während wir im Supermarkt waren, und nun fällt eine Mischung aus Sprühregen und Schnee. Ich schalte die Scheibenwischer an, als die Turmspitzen des Schlosses vor uns auftauchen.

Und jetzt? Gehen wir jetzt hinein und räumen alles in den Kühlschrank? Essen zusammen zu Mittag? *Zusammen?* Er ist ja durchaus kommunikativ, aber dennoch ist es mir irgendwie unangenehm, sein unerwarteter Gast zu sein. Außerdem muss ich mein Gepäck wieder ins Haus wuchten und mir irgendwann drinnen noch ein Zimmer suchen. Wieder überfällt mich die peinliche Erinnerung daran, wie ich letzte Nacht in sein Zimmer eingedrungen bin, nachdem ich den Turm verlassen hatte. Ich parke neben seinem Van und schalte den Motor aus. Dann nehme ich mir noch einmal ausgiebig Zeit, um auf mein Handy zu schauen. Kein Netz, schon wieder. Ich wische mir die plötzlich klammen Finger an meiner Jeans ab und steige endlich aus dem Mietwagen.

Es ist noch kälter geworden, und die Schlammpfützen fühlen sich unter meinen Stiefeln wie Knetgummi an.

»Wollen Sie während Ihres Aufenthalts auch etwas besichtigen?«, fragt er, während er seine eigenen Papiertüten in die Arme nimmt und auf die Eingangstür zustrebt.

»Leah und ich wollten hier herumfahren, nach Glasgow und Edinburgh und nach St. Andrews«, antworte ich und denke daran, dass ich ihr unbedingt schreiben muss. »Haben Sie WLAN?«

Er grinst mich an. »Sehe ich aus, als hätte ich WLAN?«

Ich wüsste nicht, wie man einem Menschen das WLAN

ansehen könnte, aber ich antworte nicht, als er die Tür öffnet, ohne dass er dafür einen Schlüssel bräuchte. »Schließen Sie nie ab?«

Wir betreten das Foyer, wo es nicht viel wärmer ist, dafür jedoch zumindest weniger windig.

»Braucht man hier nicht«, antwortet er, schließt die Tür mit einem Fußtritt und wendet sich der Küche zu. Er wirft mir einen Blick über die Schulter zu, die Augenbrauen in einer dramatischen Geste in die Höhe gezogen. »*Dachte* ich bisher zumindest.«

Das ist offensichtlich als Scherz gemeint, trotzdem kriege ich schon wieder ein schlechtes Gewissen.

In der Küche angekommen, stellt er die Taschen auf die Theke neben dem Kühlschrank und fängt an auszupacken.

»Wenn ich zu Hause meine Tür nicht abschließen würde, fände ich beim Aufwachen einen Obdachlosen auf meiner Couch vor, oder aber meine Couch wäre gänzlich verschwunden, ebenso wie alles andere in meiner Wohnung.«

Er öffnet den Kühlschrank und wirft ein paar Pakete Fleisch, die in weißes Papier gewickelt sind, hinein. »Klingt gefährlich. Wo wohnen Sie denn?«

»In der Nähe von Boston.« Chelsea würde ihm wahrscheinlich sowieso nichts sagen. Ich frage mich sogar, ob er überhaupt weiß, wo Boston liegt. Aber vielleicht sind es ja nur die Amerikaner, die ihr eigenes Land nicht kennen.

»Sie kommen also aus der Stadt. Dann muss diese Gegend ja ein Schock für Sie sein.«

Langsam hole ich meine Einkäufe aus den Tüten und lege sie auf die Arbeitsplatte. Ich habe keine Ahnung, wo ich die Sachen unterbringen soll, die nicht in den Kühlschrank gehören.

»Ich lebe zwar in der Stadt, habe mich aber nie so recht als Stadtmensch gefühlt«, antworte ich. »Vielleicht weil ich in einer Kleinstadt in Connecticut aufgewachsen bin. Dann bin ich in Boston aufs College gegangen und einfach … hängen geblieben.«

Nach dem Abschluss hatte ich mir gesagt, dass es in Boston sicher mehr Jobs für eine Journalistin gäbe. Allerdings gibt es dort auch viel mehr Leute, die sich um derlei Jobs reißen.

»Und was machen Sie da?«

Er ist mit dem Ausräumen fertig und tritt beiseite, streckt den Arm aus in stummer Aufforderung, jetzt meinerseits den Kühlschrank zu füllen.

»Ich arbeite für eine kleine Zeitung. Ein monatlich erscheinendes Blatt.« Wieder einmal fühle ich den Stich der Enttäuschung im Magen, wie immer, wenn ich anderen erkläre, womit ich meinen Lebensunterhalt verdiene.

Ich weiß, dass ich mich dessen nicht schämen muss, aber ich wünschte stets, ich könnte etwas anderes sagen. Etwas Eindrucksvolleres. Etwas, das meine Großmutter stolz gemacht hätte.

»Sie schreiben?«, fragt er von der anderen Seite der Küche her. Er war zum Kamin hinübergegangen, um in der glühenden Asche herumzustochern und wieder Feuer zu machen.

»Na ja, nein, noch nicht.« Ich winde mich innerlich, dann stecke ich den Kopf in den Kühlschrank und tue, als sei ich beschäftigt.

»Aber Sie wollen schreiben?«

»Ja«, antworte ich und würde es gern dabei bewenden lassen.

Wenn mein eigener Bruder und meine Eltern mich schon für eine Träumerin halten, weil ich Bücher schreiben will, was werden dann wohl andere Leute von mir halten? Leah und GranBetsy haben mich von jeher unterstützt, aber alle anderen, denen ich von meinen Plänen erzählte – angefangen von ein paar Kollegen bis hin zu meinem Ex, Trent – nannten mir unzählige Gründe, warum das ein Hirngespinst sei. Wer verdiente mit dem Schreiben schon Geld? Dieser Job war nicht sicher. Wer las denn heutzutage überhaupt noch? Niemand nahm meine Idee je ernst. Deshalb hörte ich irgendwann auf, den Leuten davon zu erzählen.

Weshalb es eigentlich vollkommen unsinnig ist, dass ich den Mund wieder aufmache und hinzufüge: »Ich schreibe ein Buch.«

Finn wirft ein Holzscheit in den Kamin. »Wirklich?«

Ich halte inne, warte auf die herablassenden Worte, an die ich mich bereits gewöhnt habe. *Wie schön!* ist die schlimmste Bemerkung, der ein *Aaaah*-Laut vorangeht, den man normalerweise nur von sich gibt, wenn man ein süßes Baby sieht. Hoffentlich wird Finn mir das ersparen, und tatsächlich, das tut er.

Ich ziehe die Schultern bis zu den Ohrläppchen hoch und füge doch allen Ernstes noch hinzu: »Na ja, keine Ahnung. Ich muss erst noch anfangen.«

Na toll. Jetzt klinge ich nicht nur wie eine Träumerin, sondern auch noch wie ein Drückeberger.

Ich schließe den Kühlschrank und lasse die anderen Einkäufe einfach auf der Arbeitsfläche liegen. Das Telefon klingelt, und ich zucke zusammen. Es befindet sich genau hinter mir und schrillt ohrenbetäubend – selbst im Turmzimmer hätte ich es noch hören können.

Finn verlässt den Kamin und geht zum Telefon hinüber,

wobei er direkt auf mich zukommt. Ich stehe stocksteif da, fasziniert von dem bedächtigen Grinsen, das seine Lippen umspielt.

»Eine Schriftstellerin«, sagt er und greift nach dem Hörer. Das Innere seines Arms streift meine Schulter. Ich weiß nicht, warum ich erröte, aber ich tue es. Eine verschämte Hitze prickelt in meinen Wangen, und ich weiche zur Seite aus. Wieso komme ich mir plötzlich vor wie eine Highschool-Schülerin im ersten Jahr, die von einem Oberstufenschüler angerempelt wird?

Er geht ans Telefon, und wieder einmal fühle ich mich wie ein Eindringling, weil ich ihn belausche. Er sagt allerdings nicht allzu viel. Ein paar Grunzer hier und da, und zweimal ein entschiedenes *»Nein«*.

Ich ziehe mich aus der Küche zurück, um ihm etwas Privatsphäre zu gönnen. Schließlich könnten am anderen Ende der Leitung Deb oder Duff sein.

Vielleicht ist dies jetzt ein guter Zeitpunkt, um mir ein neues Zimmer zu suchen. Und zu duschen. Ich hole mein Gepäck aus dem Mietwagen und kehre nach oben zurück, biege auf dem Flur nach rechts ab und gehe an Finns Zimmer vorbei weiter nach hinten.

Da ich beide Hände voll habe, muss ich die Tür zu einem der Räume mit dem Fuß aufstoßen. Dahinter verbirgt sich anscheinend ein Gästezimmer. Es gibt ein Bett, einen Kamin, ein paar karierte Sessel und eine Ottomane, einen Schreibtisch und einen großen Kleiderschrank. Ich trete ein und hoffe, dass dieses Zimmer besser für mich geeignet ist als die beiden vorherigen. An den Wänden hängen Wandteppiche, einer von ihnen auch an der Wand neben dem Bett. Darauf ist eine Einhornjagd zu sehen. Ich stelle meine Tasche aufs Bett und starre das arme Wesen an, das zurückweicht, das Maul weit geöffnet, die goldene Mähne wild zerzaust, während Männer in Tuniken und Helmen sich mit Speeren bewaffnet daraufstürzen.

Der Teppich scheint alt zu sein, die Farbe des Stoffes ist verblasst. Ich trete näher, wobei die nackten Bodendielen unter meinen Füßen knarzen. Ich berühre den Rücken des Einhorns. Das Gewebe ist so fest, dass es sich überhaupt nicht weich anfühlt, sondern hart wie Leinwand.

»Das hängt schon seit mehr als zweihundert Jahren in diesem Zimmer.«

Ich lasse die Hand sinken und wirbele herum. Finn steht im Eingang, die Schulter an den Türrahmen gelehnt.

»Es ist verstörend«, sage ich.

Er lacht und verschränkt die Arme über der Brust, was meine Aufmerksamkeit nur umso mehr auf seinen breiten Oberkörper lenkt. Anscheinend findet er alles, was ich sage und tue, amüsant.

»Fand ich auch immer. Aber nicht wegen des unglücklichen Einhorns.« Er betritt das Schlafzimmer, umrundet den Fuß des Bettes und schreitet auf die Wand zu, vor der ich stehe. »Ich habe lange gebraucht, um es zu bemerken, aber erkennen Sie es auch?«

Er tritt neben mich und tippt den Teppich mit dem Zeigefinger an. Ich trete näher und mustere die Stelle, die er mit dem Zeigefinger berührt hat. Es sieht aus wie Holz und Buschwerk, das das offene Feld säumt, auf dem das Einhorn angegriffen wird.

»Nein, keine Ahnung«, antworte ich und halte das Gesicht

so nahe an den Teppich, dass meine Nase beinahe das Gewebe berührt.

»Nein, nein, Sie müssen ein wenig zurücktreten«, sagt Finn, legt mir die Hände auf die Schultern und zieht mich zurück. Ich stolpere, weil ich ihm nicht auf die Füße treten will. Nach zwei oder drei Schritten rückwärts zieht er nicht weiter, lässt aber die Hände trotzdem auf meinen Schultern liegen.

»Schauen Sie genau in die Mitte des Waldes.« Er steht hinter mir, und sein Atem streift das Haar an meinem Hinterkopf.

Ich versuche, mich auf den Wandteppich zu konzentrieren, zu erkennen, was er mir zu zeigen versucht, aber seine Hände auf meinen Schultern und sein maskuliner Duft – eine Mischung aus Zedern und Holzrauch – lenken mich ab.

»Ich sehe … Bäume?«

Seine Hand gleitet von meiner linken Schulter herab, und er streckt neben mir den Arm aus, deutet mit dem Finger auf den Wandteppich. »Das ist mehr als nur eine Ansammlung von Bäumen«, flüstert er. Ich folge seinem Arm und Finger mit dem Blick, aber nachdem ich mich eine weitere Sekunde lang angestrengt bemüht habe, etwas zu erkennen, ermüden meine Augen und alles verschwimmt.

Und da erkenne ich es.

»Oh!«, keuche ich.

Finn lässt den Arm sinken und lässt die andere Hand von meiner Schulter herabgleiten. »Sehen Sie's?«

Ja. Die Bäume sind tatsächlich mehr als nur Bäume. Die Lücken in den Zweigen und die Schatten zwischen jedem Baumstamm und den Büschen bilden zusammen etwas, das wie ein riesiges, verwittertes Gesicht aussieht. Ich kann die dunklen Augen erkennen, eine Nase, einen Mund, der ebenso angstvoll aufgerissen ist wie das Maul des Einhorns. Und die verschiedenfarbigen Fäden, in denen die Baumstämme gewoben sind, bilden die Falten in der alten Haut.

»Das macht das Ganze ja nur noch schlimmer!«, rufe ich, denn es gruselt mich wirklich. »Ich weiß nicht, ob ich jetzt noch hier drin schlafen kann.«

Ich weiche vor dem Wandteppich zurück, aber das Gesicht, das dort hineingewoben ist, folgt meinen Bewegungen.

Finn lacht wieder. »Irgendetwas Abartiges gibt es in jedem Zimmer. Nebenan findet man den perfekt erhaltenen Fuß und die Wade meines Ururgroßonkels – der ihm in der Schlacht abgetrennt wurde –, und zwar in einem Glas mit Formaldehyd.«

Ich halte die Hände in die Höhe. »Dann bleibe ich doch lieber in diesem gruseligen Einhornzimmer.«

»Gute Entscheidung. Immerhin ist das der einzige Raum außer meinem eigenen mit einem eigenen Lokus.«

Ich lege den Kopf schief. Lokus?

»Toilette«, erläutert er und deutet mit dem Daumen auf eine geschlossene Tür hinter ihm.

Richtig. Ich nicke und fahre mir mit den Händen durchs Haar. Das erinnert mich daran, dass ich dringend duschen muss.

Finn steht einen Augenblick lang ganz still da, die Arme wieder über der Brust gekreuzt. Diesmal bemerke ich nicht nur seinen breiten Torso, sondern auch die Wölbung seines Bizeps unter seinem cremefarbenen Thermohemd.

Im ganzen Schloss ist es totenstill. In meinem Bostoner Vorort bin ich an das ständige Hintergrundgeräusch von Hupen und Türen, lauter Musik und Gelächter gewöhnt. Hier ist es vollkommen leise. Und während Finn vor mir steht, ohne sich zu bewegen oder etwas zu sagen, höre ich lediglich das Pulsieren meines eigenen Herzschlags.

Schließlich bringe ich den Mut auf, mich von seinen muskulösen Armen loszueisen und ihm in die Augen zu blicken. Seine seltsamen Bergnebel-Augen haben goldene Pünktchen und einen grünen Ring um die Pupille. Die Wimpern sind an den Spitzen ebenfalls mit einem Hauch Gold verziert. Finn hält meinem Blick stand, ohne zu blinzeln.

Er leckt sich die Lippen, langsam und zögerlich. »Ich muss gehen«, sagt er ebenso bedächtig. »Das eben am Telefon war meine Mom.«

Ich nicke wieder, aber schnell und ruckartig, sodass ich wahrscheinlich wie eine Wackelfigur auf einer holprigen Straße aussehe.

»Okay«, antworte ich, weiche zurück und stoße mir den Knöchel am Nachttisch. »Ich gehe dann mal … duschen.«

Meine Wangen überziehen sich mit sengendem Rot, als Finns schelmisches Lächeln wieder da ist. »Gut zu wissen.«

Ich schließe die Augen. Mein Gott, was bin ich doch für ein totaler Idiot. Als ich sie wieder öffne, steht er bereits wieder an der Schlafzimmertür.

»Fühlen Sie sich ganz wie zu Hause. Sie können sich gern umsehen«, sagt er und schließt nach einer verlegenen Pause wieder die Tür hinter sich.

Meine Schultern sacken nach vorn, und ich bedecke mein Gesicht mit den Händen.

»Ich gehe dann mal duschen?«, murmele ich, während ich mich meinem Gepäck auf dem Bett zuwende. Ich stöbere darin herum, bis ich meinen Kulturbeutel gefunden habe. Dann gehe ich damit auf den *Lokus*.

Auch hier befindet sich eine altmodische Klauenfußwanne ohne Vorhang und mit einem Duschkopf, den ich mir wohl selbst über den Kopf halten muss. Zumindest ist das Wasser, das aus dem Wasserhahn kommt, heiß, weshalb ich mich nicht gleich in einen Eiszapfen verwandele, als ich mich darin niederlasse. Es ist total unbequem, gleichzeitig den Duschkopf zu halten und mir die Haare zu waschen und die Seife auszuspülen. Schließlich gebe ich den Versuch auf und tauche mit dem Kopf einfach unter.

Nachdem ich mich abgetrocknet und angezogen habe, setze ich mich ans Bettende und lese endlich die Nachrichten, die vorher eingegangen waren. Leah hatte ein paarmal nachgefragt, wie es mir ging. Sie berichtete, dass Jim auf dem Weg der Besserung sei, allerdings einen kleinen Eingriff an seinem »gebrochenen Hintern« hatte über sich ergehen lassen müssen, um den Druck an seiner Wirbelsäule zu lindern. Brian hatte mir geschrieben, dass ich Dads Geburtstag vergessen hatte. Dabei hatte ich *durchaus* daran gedacht und sogar wie jedes Jahr eine Karte und eine Schachtel mit Kirschen in Schokoladenmantel gekauft. Vielleicht war beides ja einen Tag zu spät angekommen. Aber Geduld ist nun mal nicht Brians Stärke, und er liebt es, anderen Vorwürfe zu machen. Er ist eine richtige Dramaqueen.

Genau das schreibe ich ihm auch zurück, obwohl ich weiß, dass diese Nachricht nicht zu ihm durchdringen wird, nicht ohne ernst zu nehmendes WLAN. Trotzdem tut es mir gut, es loszuwerden. Dann werfe ich das Handy auf die Kissen hinter mir. Das gruselige Gesicht in den Wäldern von Finns Familien-

Wandbehang starrt mich immer noch an, also stehe ich auf, nehme meinen Laptop und verlasse das Zimmer.

Finn hat mich schließlich aufgefordert, mich umzusehen, und da ich in absehbarer Zeit sowieso nichts Besseres zu tun habe, ist dieser Plan so gut wie jeder andere.

Auf dem Website-Link, den Leah mir seinerzeit geschickt hatte, hatte ich das Foto einer gemütlichen Bibliothek oder eines Studierzimmers gefunden, das voller Sofas und Sessel stand, die mit Decken und Kissen im Schottenkaro bedeckt waren. Vor meinem geistigen Auge sehe ich, wie ich es mir dort bequem mache, ein leeres Dokument auf meinem Mac öffne und mit der Arbeit an meinem Buch beginne.

Während ich mich umsehe, geht mir die Frage, worum es in meiner Geschichte gehen soll, nicht aus dem Sinn. Ich weiß, dass ich schreiben will. Ich weiß nur nicht, womit ich anfangen soll. Keine der Geschichten, die ich jemals begonnen habe, scheint irgendwohin zu führen.

Nachdem ich jeden der höhlenartig anmutenden Räume am hinteren Flur im ersten Stock inspiziert habe, finde ich das bewusste Studierzimmer. Im Kamin brennt kein Feuer, und ich weiß nicht so genau, ob ich Drummond Hall im Zweifel nicht komplett niederbrennen würde, wenn ich jetzt eines entfachte. Also nehme ich mir einfach nur ein paar karierte Decken von den überall im Raum verteilten Sofas und bringe sie zu einem großen weißen Sessel, der an einem hohen Fenster aus buntem Glas steht. Ich schalte eine Lampe an und mache es mir auf dem Sessel bequem; die Decken lege ich auf meine Beine.

Zehn Minuten später starre ich immer noch auf den Bildschirm und habe noch kein einziges Wort in mein Word-

Dokument geschrieben. Stattdessen habe ich bestimmt schon sechs Mal versucht, ins Netz zu kommen, aber immer wieder erscheint die Meldung, dass ich keine Verbindung habe. Während des Fluges gefiel es mir durchaus, offline zu sein, aber jetzt bin ich mir nicht sicher, ob ich gleich mehrere Tage hintereinander damit leben kann. Wie wird wohl mein E-Mail-Postfach aussehen, wenn ich wieder nach Hause komme? Wie soll ich Bilder von Schottland auf Instagram posten?

Ich schließe die Augen, ärgere mich über mich selbst. Ich sollte jetzt eigentlich schreiben. Stattdessen sitze ich nur herum, denke über das Internet nach, habe noch kein Wort getippt und lediglich ein paar halb fertige Entwürfe für Geschichten im Kopf, die mir nicht gefallen. Vielleicht kriege ich es ja doch nicht hin. Schriftsteller schreiben nun mal, und ich habe schon vor dem ersten Wort Angst. Angst, dass es nicht richtig sein könnte. Oder dass ich damit nur meine Zeit verschwende.

Wenn meine Großmutter hier wäre, würde sie Hemingway, Steinbeck oder Thoreau zitieren, um mich zu inspirieren. Wenn Leah da wäre, würde sie mir raten, mich einfach kopfüber ins Getümmel zu stürzen und mit dem Schreiben anzufangen. Ich hätte gelacht, meinen Laptop zugeklappt und uns ein Bier aus der Küche geholt. Ein Bier wäre gar keine schlechte Idee.

Aber nein. *Konzentriere dich, Meg.*

Schließlich habe ich mich hier hingesetzt, um zu schreiben, und genau das werde ich jetzt tun. Nur ein Wort.

Ich lege die Hände auf die Tastatur und schreibe: *Das*

Das was?

Verdammt.

Ich stöpsele die Kopfhörer ein und finde den *Braveheart*-Soundtrack. Als die Titelmusik erklingt, schließe ich die Augen und lehne den Kopf zurück. Ich habe mir eine der Decken um die Schultern gelegt und mich mit meinem nassen Haar und den Wollsocken in den Sessel gekuschelt. Nun lasse ich mich von den Klängen der Dudelsäcke und Flöten und dem, was das London Symphony Orchestra sonst noch für die Filmmusik aufgeboten hat, einhüllen. Die Musik beschwört Bilder von einem Schloss herauf, einem Heidefeld, einem grauen Ozean, einem heißen Typen im Kilt mit stämmigen Waden. Ich lächele und lasse mich tiefer in den Sessel sinken, sodass mir die Decke bis zu den Ohren reicht.

Ich weiß, dass ich kurz davor bin, einzuschlafen, aber es fühlt sich zu gut an, um mich jetzt noch künstlich wach zu halten. Und es ist allemal besser, als nur auf das einzelne »Das« zu starren, das ich bis jetzt getippt habe. Also lasse ich mich vom Schlaf davontragen. Vor meinem geistigen Auge tauchen Blitzlichter all dessen auf, womit ich in den vergangenen vierundzwanzig Stunden konfrontiert wurde. Der Flug nach Edinburgh, das Mädchen, das in der Reihe vor mir saß und sich die Nägel lackierte, sodass das ganze Abteil von dem Nagellackgeruch erfüllt war. Das Bild, wie ich mitten auf dem Flughafen stehe und das Gefühl habe, in einem Albtraum gefangen zu sein; dann das Turmzimmer mit einem Bett so hoch, dass es sich für das Filmset zur Prinzessin auf der Erbse geeignet hätte; das Gesicht in den Wäldern dieses Wandteppichs.

Der Wandteppich.

Ich reiße die Augen auf, als mir die Idee kommt.

Dieser Wandteppich enthält eine Geschichte. Und ich kann diejenige sein, die sie erzählt.

Mein Laptop ist noch immer offen, aber der Bildschirm ist jetzt schwarz. Keine Ahnung, wie viel Uhr wir haben, aber das Sonnenlicht, das durch das Fenster hinter mir hineinfiel, ist verblasst, sodass die einzige Beleuchtung von der kleinen Lampe und vom Feuer im Kamin kommt.

Ein Feuer im Kamin? Ich hatte keins angezündet.

Ich setze mich auf, sodass der Laptop mir seitlich von den Schenkeln rutscht, und entdecke Finn, der vor den Flammen hockt.

Kapitel 6

Er wendet mir den Kopf zu, während er die Holzscheite mit einem eisernen Schürhaken in den Kamin stopft. Ich fahre mir mit einer Hand durch das mittlerweile trockene Haar, und meine Finger verfangen sich im Kabel meiner Kopfhörer. Sie fallen heraus. Wie lange habe ich geschlafen? Es kam mir vor wie ein paar Minuten, aber aus meinen Kopfhörern dringt keinerlei Musik mehr, was bedeutet, dass der *Braveheart*-Soundtrack durchgelaufen ist. Ich muss also mindestens eine Stunde geschlafen haben.

»Hallo, Hühnchen«, begrüßt mich Finn, und der Feuerschein tanzt über sein Gesicht. Er lächelt mir zu. »Ich hab' 'ne ganze Weile gebraucht, bis ich Sie hier gefunden habe.«

»Sorry«, antworte ich immer noch ganz benommen. Ist das hier real? Er ist so gut aussehend, wie er da vor dem Feuer kauert. Wohne ich tatsächlich in seinem Haus, mit ihm? Das alles kommt mir viel zu seltsam vor, um real zu sein, und doch trifft mich die Wirklichkeit dieser Situation mit aller Macht, als er sich erhebt und den Schürhaken wieder an seinen Platz hängt.

»Kein Grund, sich zu entschuldigen. Ich hatte ganz vergessen, wie sehr ich selbst diesen Raum immer mochte«, sagt er und sieht sich um, als habe er schon eine ganze Weile nicht mehr hier gestanden.

Ich klappe meinen Laptop zu. »Wie viele Zimmer hat dieses Schloss eigentlich?«

»Insgesamt? Vierundfünfzig. Allerdings einschließlich der begehbaren Schränke und Geheimzimmer.«

»Geheimzimmer?« Ich stelle meinen Computer beiseite und schiebe die schwere Decke zurück, in die ich mich gewickelt hatte. Durch das Feuer ist es jetzt schon viel wärmer.

»Aye, um die Frauen und Kinder zu verstecken, wenn das Anwesen angegriffen wurde. Ich zeige sie Ihnen, wenn Sie wollen. Allerdings muss ich Sie warnen. Ich habe keine Haushälterin.«

Die arme Haushälterin, die dieses Schloss putzen müsste! Das will ich mir gar nicht erst vorstellen. Und aufdrängen will ich mich ihm auch nicht, obwohl mich der Gedanke an Geheimzimmer auf jeden Fall neugierig macht.

Der Teppich. Deshalb bin ich aufgewacht.

»Was für eine Geschichte steckt hinter dem Wandteppich?«, frage ich. Die Frage scheint ihn unvorbereitet zu treffen. Finn runzelt die Stirn.

»Dem in Ihrem Zimmer?«

Ich nicke und erhebe mich. Meine Glieder sind immer noch ganz schlaff vom Schlafen.

»Davon hab ich keine rechte Kenntnis«, sagt er und runzelt nachdenklich die Stirn. *Kenntnis.* Die Formulierung ist so schottisch und hört sich aus seinem Mund total richtig an.

So sexy.

Ich hüstele, erschrocken über meine eigenen Gedanken. *Wach auf, Meg.*

»Warum?«, hakt er nach.

Ich zucke mit den Schultern. »War nur neugierig.«

Ein mutwilliges Grinsen umspielt plötzlich seine Lippen. »Wenn Sie wollen, dass ich das Ding abnehme, müssen Sie mich nur darum bitten.«

»Will ich gar nicht«, beteuere ich und mache eine abwehrende Geste. »Nein. Lassen Sie ihn hängen. Ich glaube, mir ist dadurch eine Idee gekommen.«

Er nickt, wenn auch ungläubig. »Okay.«

Die Lampe, die ich zuvor eingeschaltet hatte, verbreitet einen schwachen Schein um meinen Sessel, aber abgesehen davon ist das Feuer die einzige Lichtquelle, sodass der Rest des Studierzimmers im Dunkeln liegt. Finn und ich stehen im kleinen glühenden Kreis des Feuerscheins. Keiner von uns beiden sagt etwas, und doch scheint der Raum zwischen uns vor unausgesprochenen Worten zu vibrieren.

Ich wippe auf den Fersen zurück, und Finn verschränkt die Arme vor der Brust, wobei er mich alle paar Sekunden ansieht.

Schließlich stößt er den Atem aus. »Hören Sie zu, Hühnchen. Meine Mom ist hier. Sie hat davon erfahren, dass Sie hier auf Drummond Hall wohnen.«

»Warten Sie. Woher …«

»Sie sind ins Murdoch's gegangen. Das hier ist eine Kleinstadt, und Nachrichten verbreiten sich schneller, als Sie heute den Scotch 'runterkippen konnten.«

Ich werfe ihm einen finsteren Blick zu, als ich mich an das ekelhafte Brennen erinnere. Nächstes Mal nippe ich wirklich nur an meinem Glas. Wenn es überhaupt ein nächstes Mal gibt.

»Aber … warum ist sie hier?«, frage ich. Und sofort komme ich mir lächerlich vor. Was für eine bescheuerte Frage. Finn wohnt nun mal hier. Warum sollte seine Mom ihn nicht besuchen?

Er scheint sich allerdings nicht an meiner Frage zu stören. »Sie will unbedingt für Sie kochen.« Er hält die Hände hoch, um mich am Antworten zu hindern. »Ich habe ihr schon versichert, dass das nicht nötig ist. Wenn auch nur durch die Blume. Mehr geht nicht. Das können Sie aber erst verstehen, wenn Sie sie kennenlernen.«

Ich werde also Finns Mutter kennenlernen. Heute Abend. *Jetzt.* Und sie wird für mich kochen.

Es ist ausgemachte Sache. Anscheinend träume ich *doch.*

»Ich sollte …« Keine Ahnung, was ich jetzt noch sagen soll. Was genau sollte ich jetzt tun? Ihr helfen? Mich umziehen, um etwas Hübscheres anzuziehen als eine Skinny Jeans und einen Pullover?

Finn winkt ab. Es sieht aus, als lotse er ein Flugzeug auf die Rollbahn hinaus. »Sie sehen prima aus. Lassen Sie sie einfach gewähren.« Er tritt näher an den Sessel heran, in dem ich eingeschlafen war. »Das ist ihre Art, sich zu entschuldigen.« Er seufzt. »Scheinbar wusste sogar sie über Debs Machenschaften Bescheid.«

»Alle wussten es, außer Ihnen«, sage ich und versuche, nicht zu lächeln. Die ganze Geschichte ist einfach zu komisch.

Er verzieht das Gesicht, und jetzt kann ich mir das Lachen nicht mehr verkneifen. Sofort ist seine Grimasse verschwunden. Er stimmt mit ein. »Okay, ja. Jede einzelne Seele außer mir selbst wusste Bescheid. Und jetzt haben Sie einen kleinen Einblick, wie verdammt bescheuert diese Stadt ist.«

Das ist sie in der Tat. Aber auch unterhaltsam.

»Soll ich beim Abendessen helfen?«, frage ich und strecke die Hand nach dem Laptop aus.

Finn kommt näher. »Lassen Sie sie besser allein kochen. Sonst sagt sie Ihnen nur dauernd, was Sie falsch machen.«

Er bleibt kurz vor dem Sessel stehen, die Augen auf den geschlossenen Laptop gerichtet. »Sie schreiben also?«

Ich nehme den Laptop hoch und presse ihn an die Brust. »So würde ich das nicht nennen.«

»Wie denn?«

Ist er noch einen Schritt näher gekommen? Es fühlt sich so an. Ich weiß nur eins: dass meine Füße im Teppich festgewurzelt zu sein scheinen. Finn hat die Hände in den Taschen seiner Jeans vergraben, seine kräftigen Schultern sind entspannt und breit. Ich atmete den Duft nach Moos und rauchigem Holz ein.

»Ich habe bisher nur ein einziges Wort getippt«, bekenne ich und kneife die Augen zu. Ich will nicht sehen, wie er lacht.

Ein Augenblick vergeht, bevor er antwortet. »Ein Wort? Welches?«

Ich öffne die Augen und stelle erleichtert fest, dass er nicht lächelt.

»Das.«

Er denkt darüber nach, dann nickt er. »Gibt kein besseres Wort, um einen Satz zu beginnen.«

Ich warte darauf, dass er grinst. Aber das tut er nicht, und wie wir da so neben dem Sessel stehen, wirken seine Augen im

Licht wie zwei unergründliche Wunschbrunnen. Er scheint es vollkommen ernst zu meinen.

»Ich werde den Satz später beenden«, sage ich. Meine Arme sind mit einem Mal ganz schwach, der Laptop fühlt sich seltsam schwer an.

Finns Lippen bilden immer noch eine ernsthafte gerade Linie. Ich mache einen Schritt nach vorn, weil ich zur Tür gehen will. Aber er weicht mir nicht aus, und ich mache auch nicht den Versuch, ihn zu umrunden. Stattdessen stehe ich jetzt nur noch eine Armeslänge von ihm entfernt, sodass ich seine Brust direkt vor Augen habe. Ich atme. Ich sollte mich bewegen, ihm ausweichen, aber ich stehe nur da und starre die Knöpfe auf seinem Flanellhemd an, das er über das Thermoshirt von vorhin gezogen hat. Dessen Rundhalsausschnitt endet genau unter der Mulde seiner Kehle. Dort bleibt mein Blick haften. Ich sehe, wie seine Haut sich kräuselt, als ein Muskel an seinem Hals zuckt.

Finn zieht die Hände aus den Hosentaschen. Seine Arme hängen herab, er ballt die Hände zur Faust und entspannt sie wieder. Als ob er zögert. Versucht, irgendetwas nicht zu berühren.

»Wir haben noch eine Stunde oder so Zeit«, sagt er mit leiser Stimme. Vorsichtig. »Darf ich Sie herumführen?«

Eine Tour durchs Haus wäre weniger gefährlich und verfänglich als seinen Hals anzustarren. Ich lege meinen Computer auf den Sessel. »Klar.«

Finn tritt einen Schritt zurück und deutet mit ausladender Handbewegung auf die Tür zum Arbeitszimmer. Ich gehe an ihm vorbei, werfe noch einen Blick über die Schulter, um zu sehen, ob er mir folgt. Das tut er, und ich ertappe ihn dabei, wie er meinen Hintern anstarrt. Ich wende den Blick wieder nach vorn und versuche, nicht zu grinsen.

»Wollen Sie die Geheimzimmer sehen?«

»Solange es nicht unhöflich ist, in Spinnweben gehüllt zum Abendessen zu erscheinen«, antworte ich.

Finn überholt mich im Flur und hält an einem schmalen Holzpaneel in der Wand vor uns an. »Meine Mom würde das lediglich für eine neue amerikanische Mode halten.«

Er drückt auf das Paneel und öffnet damit eine verborgene Tür um einen Spalt. Das ist mehr als cool, und ich beiße mir vor Aufregung auf die Lippe. Seitlich zwängt er sich hindurch, wobei er das Paneel weiterhin aufhält, damit ich ihm folgen kann. Ich betrete eine Art Vorraum. Der mineralische, feuchte Geruch nach kaltem Stein dringt mir in die Nase. Finn lässt das Paneel los, sodass wir in der Dunkelheit eingeschlossen sind.

»Licht?«, frage ich.

»Kein Licht.« Seine Finger streifen meine Hand, greifen dann nach ihr. Seine Haut ist rau und warm, und ich versuche, nicht zu keuchen, als ich vorschlage: »Flashlight-App?«

»Wo bleibt Ihr Sinn fürs Abenteuer?«, fragt er mit belustigter Stimme. »Keine Sorge. Ich habe Kenntnis vom Weg.«

Nichts motiviert einen mehr als der Appell an die eigene Abenteuerlust. Ich hole Luft und drücke seine Hand. Er geht los, führt uns durch den schwarzen Tunnel. Obwohl ich nichts erkennen kann, weiß ich, dass die Wände nur wenige Zentimeter von unseren Schultern entfernt sind.

»Wie sind die Frauen hier durchgekommen? Trugen sie damals nicht ausladende Röcke?«, frage ich in die Dunkelheit hinein, damit er mein nervöses Keuchen nicht hört. Warum nur fühlt sich seine Hand so groß und stark um die meine an? Sie vermittelt mir ein irrationales Gefühl von Sicherheit, obwohl ich doch viel eher Bedenken haben sollte, weil ich mich von einem Fremden in ein Geheimzimmer im Schloss führen lasse. Das Ganze könnte immerhin ein schlimmes Ende nehmen. Doch anscheinend beruhigt mich die Tatsache, dass seine Mutter ebenfalls in der Burg ist und das Abendessen kocht.

»Sie haben sich wahrscheinlich dicht an die Wände gedrückt, nehme ich an«, antwortet er mit einem Lächeln in der Stimme. »Die Kinder jedoch passten gut hindurch.«

»Wurde das Schloss denn häufig angegriffen?«

Er behält ein gleichmäßiges Tempo bei, bewegt sich jedoch ohne Hast. Nimmt sich Zeit.

»Früher ja«, antwortet er. »Die MacDonnoughs gehörten im achtzehnten Jahrhundert zu den ärgsten Feinden der Drummonds. Ian MacDonnough wollte das Land an sich reißen, ebenso wie den Bergfried und sogar Robert Drummonds Frau. Er war der Gutsherr, dieser Robert.«

Er spannt den Arm an, sodass wir langsamer gehen, zieht mich seitwärts, als der Durchgang nach links abbiegt.

»Er wollte seine *Frau*?«

Finn stößt ein tiefes, kehliges Knurren aus. »Sie war eine Cameron und wurde als Kind MacDonnough versprochen. Als sie stattdessen Robert Drummond heiratete, griff MacDonnough das Schloss der Camerons an und tötete zur Strafe ihren Vater und ihre Brüder«, antwortet er mir und biegt dann nach rechts ab.

Ich bin von Schreck und Trauer förmlich überwältigt. Das alles ist zwar Jahrhunderte her, aber irgendwie fühlt man sich innerhalb dieser alten Gemäuer den Ereignissen näher.

»Das ist ja schrecklich«, flüstere ich.

»MacDonnough war ein richtiger Bastard«, antwortet er, und nachdem er mich nochmals um eine scharfe Linkskurve geführt hat, kann ich wieder etwas sehen. Es gibt nicht viel Licht, aber gerade genug, um die Mauern am Ende des Ganges vor uns zu erkennen.

Wir betreten einen großen, offenen Raum mit einer Reihe kleiner Fenster, die sich in Deckenhöhe am obersten Ende einer Wand befinden. Die letzten Strahlen blauen Dämmerlichts fallen hindurch und beleuchten das rechteckige Zimmer, wo sich vor Jahrhunderten die Frauen und Kinder Drummond Halls zusammengekauert hatten, während rachsüchtige Männer ihr Zuhause angriffen.

Finn lässt meine Hand los, und ich trete in die Mitte des Raumes. Er ist halb so groß wie das Studierzimmer, allerdings wirkt er – nur ausgestattet mit ein paar alten Möbelstücken, wie einem langen, auf Böcken ruhenden Tisch und ein paar Hockern – eher wie eine Höhle.

»Was ist mit ihr passiert?«, frage ich. »Mit Robert Drummonds Frau, meine ich.«

Mein Fuß stößt gegen irgendetwas, das mit klapperndem Geräusch über den Boden scheppert. Ich beuge mich hinab, um es aufzuheben, und meine Finger umfassen den kalten Silberfuß eines Kerzenleuchters, auf dem vor wer weiß wie langer Zeit eine kegelförmige Wachskerze befestigt wurde.

Als ich mich wieder aufrichte, ist Finn neben mir und greift nach der Kerze. »Dem Mädel ist nichts passiert«, antwortet er, nimmt die Kerze, und es vergeht kaum eine Sekunde, bis er mit einem Feuerzeug, das er anscheinend bei sich hatte, eine Flamme hervorzaubert. »MacDonnough bekam das Ende von

Roberts Schwert zu spüren.« Finns Gesicht wird vom Kerzenschein erhellt, als die Flamme den alten Docht berührt. Seine Augen heften sich ruhig auf mich. »Man kann drohen, einem Mann das Land wegzunehmen. Sein Heim. Aber niemals seine Frau.«

Er lässt das Feuerzeug wieder zuschnappen. Die Kerzenflamme beleuchtet seine grimmige Miene. Seine Worte sind ein aufrichtiges und leidenschaftliches Bekenntnis. Und so unglaublich *männlich*.

»Die Typen, die ich kenne, empfinden so höchstens in Bezug auf ihre Fernbedienung«, sage ich und erwarte, dass er daraufhin lächelt.

Aber Finn runzelt nur die Stirn. »Die Männer, die Sie kennen, haben die falschen Prioritäten.«

Ich blicke zu ihm auf, ertrinke förmlich in all der Ehrenhaftigkeit und dem Testosteron. Schließlich gestattet er sich ein winziges Lächeln.

»Gehört Ihr Freund auch zu diesen fehlgeleiteten Männern?«

Ich ziehe eine Augenbraue hoch. *Immer langsam, Schotte, immer langsam.* Er akzeptiert es mit einem Lachen.

»Ich habe keinen Freund«, antworte ich, wobei ich mich in letzter Sekunde entscheide, Trent nicht zu erwähnen, obwohl es mir auf der Zunge liegt. Gar keinen Freund zu haben, ist weniger demütigend, als zuzugeben, dass mein Ex ein untreuer Schwachkopf ist.

Finn nimmt die Information mit einem Nicken entgegen und dreht sich um, um den Rest des verlassenen Zimmers zu überblicken. Ich glaube, ein triumphierendes Lächeln auf seinen Lippen zu sehen, aber vielleicht bilde ich mir das ja auch nur ein.

»Niemand mag diesen Raum«, sagt er, und seine Stimme hallt von den Wänden wider. »Ich bin der Einzige von meinen Brüdern und Schwestern, der in unserer Kindheit hierher kam.«

»Ich finde ihn auch etwas angsteinflößend. Man hat das Gefühl, in der Falle zu sitzen.« Ich blicke in die dunklen Ecken. Das Licht, das von draußen hereinfiel, hat sich in den letzten paar Minuten drastisch reduziert. »Warum sind Sie denn als kleiner Junge hergekommen?«

»Um allein zu sein. Mit drei älteren Brüdern, die mich vermöbeln und zwei jüngeren Schwestern, die mich fein anziehen wollten, brauchte ich dringend ein Versteck«, erklärt er und wirft mir über die Schulter hinweg wieder dieses breite Lächeln zu.

Es trifft mich wie ein Schlag. Ich wippe auf den Fersen zurück und verschränke die Arme vor der Brust, um zu verbergen, welche Wirkung es auf mich hat. »Also, äh … und was haben Sie hier getrieben?«

Ich gehe zu dem Tisch hinüber und berühre das Holz, wobei an meiner Fingerspitze nur ganz wenig Staub hängen bleibt. Vielleicht ist der Raum so abgeschottet, dass der Staub gar keine Gelegenheit hat, sich hier anzusammeln.

Finn scharrt mit den Stiefelsohlen über den Steinboden und beugt sich über den Tisch. »Ich habe Whisky gebrannt.«

Ich halte inne und starre ihn wieder mit offenem Mund an. »Whisky? Hier drin?«

Er nickt.

»Wie alt waren Sie da?«

Er kratzt sich am Kopf und stellt die Kerze auf den Tisch. »Als ich anfing, war ich etwa zehn. Ich hatte hier drinnen einen Pot, unter dem ich ein Feuer machte – ganz von Steinen umgeben. Nichts hätte Feuer fangen können. Mais und Korn zermahlte ich auf dem Boden und ich stahl einen der Miniatur-Pot-Stills. Aye, ich hatte sogar ein paar kleine Fässer hier drinnen.«

Ich mustere den staubigen, schmutzigen Boden. »Sie haben Korn und Mais auf dem Boden zermahlen?«

Er gluckst vor sich hin. »Ich hab natürlich vorher gefegt.«

Ich verziehe das Gesicht und nähere mich der Kerze, sodass mir ganz heiß wird – und das trotz der Tatsache, dass die Flamme ja gar keine richtige Wärme abgibt.

Das liegt an Finn.

»Und war das damals schon Drummond Mull's Finest?«, frage ich und verdränge meine auf Abwege geratenen Gedanken.

Er kommt um den Tisch herum und stellt sich neben mich. »Oh nein, der war beschissen. Bestenfalls Moonshine. Aber es war ein Anfang, und ich wollte ihn unbedingt verbessern.«

Seine Hand gleitet am Tisch entlang. Ich selbst spüre das Holz unter meinen Fingern – glatt wie Stein.

»Wo sind denn all Ihre Brüder und Schwestern jetzt?«, frage ich, und mein Magen zieht sich zusammen, als er noch näher kommt.

Allerdings keineswegs vor Unbehagen, sondern vor Vorfreude. Was ist nur los mit mir? Ich kenne ihn doch gar nicht, und doch wünsche ich mir, ihm nahe zu sein. Dabei habe ich erst heute Morgen noch gehört, wie Deb ihn des Mordes an seiner Frau bezichtigte. Ich bin sicher, dass Deb nur verzweifelt ist und unbedingt irgendeine Theorie braucht, an der sie sich festhalten kann. Bei anderen Menschen scheint er schließlich durchaus Vertrauen zu genießen. Bei Murdoch und den Frauen im Pub zum Beispiel. Sie behandelten Finn, als sei er ihr Freund.

»Sie wollten nicht hierbleiben«, antwortet er und zuckt mit einer seiner muskulösen Schultern. Er klopft auf den Tisch, wobei seine Finger meiner Hüfte, mit der ich dagegen lehne, gefährlich nahe kommen.

»Sie selbst sind ja auch ziemlich häufig weg, oder?« Das geht mich eigentlich nichts an. Ich sollte ihm nicht noch mehr persönliche Fragen zu ihm und seiner Familie stellen. Aber er fasziniert mich, dieser Mann, der angeboten hat, mich bei sich wohnen zu lassen, obwohl ich doch hier gar nichts zu suchen habe. Dieser Mann, der mir beim Einkaufen geholfen hat, und dessen Mom mir heute das Abendessen vorsetzen wird.

Seine Finger lösen sich von der Tischkante und streifen meine Hüfte. Die Berührung ist federleicht. Fast gar nicht vorhanden. Aber ich spüre sie trotzdem durch meine Jeans hindurch. Durch die Haut hindurch.

»Aye. In Edinburgh«, antwortet er und lässt die Finger jetzt selbstbewusster über den Schwung meiner Hüfte gleiten.

Ich versuche mich auf eine gleichmäßige Atmung zu konzentrieren. »Was tun Sie da?«

Sein Blick ruht auf seiner Hand, sein Daumen wandert nach oben und streichelt mich dort, wo meine Jeans und der Pullover sich berühren. »Geld verdienen«, antwortet er, und ich höre, dass er genauso geistesabwesend ist wie ich.

Mir fällt nichts Geistreiches mehr ein. Ich kann nur noch seine Brust anstarren. Er berührt mich.

Er sollte mich nicht berühren.

Aber ich will nicht, dass er aufhört.

Finn atmet aus. »Verdammt. Tut mir leid, Hühnchen.« Mit einem Ruck zieht er die Hand zurück. »Gehen wir.«

Ohne eine Antwort abzuwarten oder einen weiteren Blick, um meine Reaktion abzuschätzen, dreht er sich um und läuft Richtung Gang zurück. Ich folge ihm, und meine Beine sind wieder so wabbelig weich wie kurz nach dem Aufwachen.

Vor dem Tunnel bleibt er stehen und streckt mir die Hand entgegen. Ich ergreife sie, und wie zuvor führt er mich durch den schmalen, gewundenen Geheimgang. Nur dass wir diesmal nicht miteinander reden.

Nachdem wir in den Hauptflur zurückgekehrt sind, lässt Finn meine Hand los und geht sofort weiter. Er führt mich durch ein paar weitere Zimmer – eine Bibliothek mit einem dieser rollbaren Leitersysteme und einem Jagdzimmer, wo in jeder Ecke präparierte Tierköpfe lauern und Geweihe die Wände zieren.

In jedem Raum sprudelt er Informationen hervor, aber die Unterhaltung ist jetzt steifer als zuvor. Es tut ihm leid, dass er mich berührt hat. Das ist allzu offensichtlich. Und ich spüre immer noch den Druck seiner Hand auf meiner Hüfte. Wir verlassen das Jagdzimmer, und alles, was er darüber und über die Bibliothek gesagt hat, ist mir schon wieder entfallen.

Ich will einfach nur seine Hand wieder auf mir spüren.

»Und hier haben wir das Esszimmer«, erläutert er, als wir einen riesigen Raum betreten, der an jedem Ende einen Kamin enthält. Hohe, gebogene Fenster sind an der gegenüberliegenden Wand eingelassen. Die Kronleuchter sind elektrisch und bereits eingeschaltet, das Feuer in einem der Kamine prasselt hell.

»Hier werden wir essen«, verkündet er und geht dann geradewegs auf ein lang gestrecktes Sideboard zu, auf dem Flaschen mit Schnaps, Gläser, eine geöffnete Weinflasche und ein Kübel mit Eis stehen.

Ich könnte mir den gesamten Eimer über den Kopf gießen und würde mir trotzdem weiterhin wünschen, mit Finn zusammen in diesem Geheimzimmer zu sein. Ich mustere den Wein, folge Finn aber nicht zum Sideboard. Ich bin jetzt schon beschwipst – von meinem Schläfchen und der überraschenden, irrationalen Lust, die seine geringfügige Berührung ausgelöst hat. Wenn ich jetzt auch noch Alkohol trinke, unterscheide ich mich wahrscheinlich in nichts mehr von einer lüsternen Milchmagd.

Er gießt sich einen Drink ein – höchstwahrscheinlich Scotch – und kippt sich den Inhalt des Glases genauso runter wie im Murdoch's. Aha. Er gehört definitiv auch nicht zur nippenden Spezies.

»Das vorhin«, sagt er, dreht sich endlich zu mir um und sieht mich an. Ich umklammere die Lehne eines der etwa zwei Dutzend Stühle, die den großen Tisch säumen. »Keine Ahnung, was in mich gefahren ist. Wenn Sie sich dadurch unwohl gefühlt haben …«

»Sie brauchen sich nicht zu entschuldigen«, antworte ich, lasse den Stuhl los und tue das genaue Gegenteil von dem, was ich tun sollte. Ich gehe auf ihn zu, nicht von ihm fort. »Ich habe mich nicht unwohl gefühlt.«

Ganz und gar nicht!

»Ich werde meine Hände ab jetzt bei mir behalten«, sagt er. »Versprochen.«

Mein Kopf nickt, obwohl Herz und Bauch förmlich in sich zusammenfallen. Er hat natürlich recht. Ich bin nur ein paar Tage hier, bis er eine andere Unterbringungsmöglichkeit für mich gefunden hat. Mit Finn Zärtlichkeiten auszutauschen ist eine ganz schlechte Idee.

»Das werde ich auch«, verkünde ich.

Er neigt das leere Glas und deutet damit auf mich. »Sie haben sich doch nichts zuschulden kommen lassen, Hühnchen.«

Ausgerechnet in diesem Augenblick kommt Finns Mutter ins Esszimmer. Ich werde sofort rot, aber das Lächeln, das mir seine Mom über das Tablett in ihrer Hand hinweg zuwirft, lässt darauf schließen, dass sie die Bemerkung ihres Sohnes nicht gehört hat.

»Hallo, Margaret!«, begrüßt sie mich gut gelaunt und stellt das Tablett, auf dem irgendeine Art Fleisch liegt, auf dem Tisch ab. »Ich bin Beatrice Drummond.«

Sie ist nur halb so groß wie Finn, und obwohl ihr ehemals braunes Haar von dunkelsilbernen Strähnen durchzogen ist, verströmt sie eine unbändige Energie. Es würde mich nicht überraschen, wenn sie als Nächstes auf den Tisch springen und einen schottischen Reel tanzen würde.

»Ich bin erfreut, Sie kennenzulernen, Mrs. Drummond«, antworte ich, und sogleich werden meine Handflächen feucht. »Sie hätten sich aber wirklich nicht so eine Mühe machen müssen. Ich komme mir vor wie ein Eindringling …«

Mit einer Handbewegung stoppt sie meinen Redefluss. »Unsinn. Sie gehören genau dahin, wo Sie gerade sind.«

Sie zieht den Stuhl links vom Kopf des Tisches heraus und wartet darauf, dass ich mich hinsetze. Ich gehorche und lasse zu, dass sie mich wieder näher an den Tisch heranschiebt.

»Finley, hol doch bitte das andere Tablett aus der Küche, ja?«

Sie setzt sich mir gegenüber, will Finn wohl den Platz am Kopf überlassen. Ich sehe mich nach ihm um, aber er hat das Zimmer bereits verlassen.

»Es tut mir wirklich leid, Margaret. Ich wusste immer, was Deb im Schilde führte, und ich hab' kein Problem darin geseh'n. Mein Sohn ist kaum hier, und um ehrlich zu sein, es gefällt mir gar nicht, dass das Schloss immer leer steht.« Sie streicht sich eine Stoffserviette auf dem Schoß glatt. »Aber sie hat es noch nie so kurz vor dem Weihnachtsfestival vermietet. Sie hätte es sich denken können, dass Finley dann hier sein würde, wie jedes Jahr.«

Ich schüttele meine eigene Serviette aus – ein leichtes, spitzenbesetztes weißes Ding, das ruiniert wäre, wenn auch nur ein Klacks von dem Essen darauf landete – und lege sie mir auf den Schoß. Dann frage ich mich, warum Deb die Vermietung riskiert hat, wo sie doch wusste, dass Finn womöglich hier aufkreuzen würde. Vielleicht *wollte* ein Teil von ihr ja sogar erwischt werden. Oder sie hat einfach nur nicht nachgedacht.

»Es ist sehr freundlich von ihm, mich hier wohnen zu lassen«, antworte ich, und mein Blick wandert zu dem Fleisch auf dem Tablett. »Haggis?«

Finns Mutter lächelt, und plötzlich weiß ich, woher ihr Sohn sein umwerfendes Grinsen hat. »Ich habe gehört, dass alle Amerikaner es mal probieren wollen. Allerdings hab ich keine Ahnung, inwiefern es sich von Ihren heißen Würstchen unterscheidet, bei denen ja schließlich auch alle Zutaten zusammengerührt werden«, sagt sie, wobei sie mit den Händen wild herumfuhrwerkt.

»Aber ...« Ich unterbreche mich, weiß nicht genau, was ich mit dieser Information anfangen soll. »Gehören zum Haggis nicht auch ...« Ich kann es nicht aussprechen. Diese Frau mit der eleganten Frisur und dem Tweed-Kostüm sollte ein solches Wort nicht am Esstisch hören müssen.

»Die Eier?«, souffliert sie.

»Mutter, ich habe dir doch gesagt, du sollst am Abendbrottisch nicht über Eier reden«, sagt Finn, der das Esszimmer nun wieder betritt, in den Händen ein zweites Tablett, auf dem sich Kartoffeln, Karotten und kleine grüne Kügelchen türmen, die ich nicht kenne. Rosenkohl?

Ich muss unwillkürlich kichern. Ich kann mich einfach nicht beherrschen.

Mrs. Drummond wirft ihm einen strengen Blick zu. »Sei nicht so ungehobelt.«

Er geht zum Sideboard und gießt Wein in zwei kleine Gläser. »Du warst doch diejenige, die gesprochen hat über ...«

»Nicht aussprechen!«, zischt sie, lacht und schlägt ihn mit der Serviette auf die Schulter, als er zum Tisch zurückkehrt und den Wein vor sie hinstellt, bevor er mich mit dem zweiten Glas versorgt.

»Danke«, sage ich, und Finn setzt sich auf den großen Stuhl am Kopf des Tisches. Im Geheimzimmer habe ich ihn nicht nach seinem Vater gefragt, aber wenn dieser Stuhl jetzt Finn gehört, nehme ich an, dass er tot ist.

»Und nein, Margaret, es sind keine Eier im Haggis«, antwortet seine Mom, und wir lachen wie Kinder im Biounterricht.

Ich mustere den Wein, den Finn vor mich hingestellt hat. Ich würde liebend gern einen Schluck trinken, und sei es nur, um mein Gesicht hinter dem Glas zu verbergen, bis meine Wangen nicht mehr so rot sind. Aber ich bin jetzt schon beinahe beschwipst und habe den ganzen Tag noch nichts gegessen.

»Sie müssen ihn nicht trinken«, bemerkt Finn, der mein Zögern offenbar bemerkt.

Seine Mutter richtet sich auf.

»Warum sollte sie nicht davon trinken wollen?«, fragt Beatrice.

Er erhebt sich erneut mit einer Gabel und einem Tranchiermesser in der Hand und beugt sich über den Haggis. »Weil sie im Murdoch's einen Loch Ross hatte, und danach ist sie fast aus den Pantinen gekippt.«

Ich starre ihn mit offenem Mund an. »Ich bin nicht fast aus den Pantinen gekippt!«

Er schneidet ins Haggis. Es sieht aus wie ein riesiger, runder Fleischklops in einer schimmernden Haut. Ich weiß, dass es sich dabei um Schafsmagen handelt. *Diesen* Teil esse ich ganz bestimmt nicht.

»Wenn Sie es sagen«, murmelt er.

»Genau das sage ich.« Ich greife nach meinem Glas und trinke einen Schluck.

Seine Mutter prostet mir mit ihrem Weinglas zu. »Warum meinen Männer immer, alles besser zu wissen?«

Finn löffelt mir einen Haufen Haggis auf den Teller, allerdings ohne jede Haut, und ich bemerke das spitzbübische

Lächeln, das er sich zu verkneifen sucht. Sowohl er als auch Mrs. Drummond beobachten mich erwartungsvoll. Offensichtlich warten sie darauf, dass ich einen Bissen von dem Haggis probiere. Plötzlich fühle ich mich wieder wie im Pub, mit Murdoch und dem alten Mann – Eggie –, die mich anstarren, während ich mein Schnapsglas hochnehme.

Diesmal greife ich stattdessen zur Gabel. Spieße etwas von dem krümeligen Fleisch auf. Und unter ihren aufmerksamen Blicken werfe ich es mir in den Mund. *Gott, hoffentlich muss ich jetzt nicht kotzen.*

Es schmeckt würzig. Eine solche Geschmacksexplosion habe ich nicht erwartet – aus Pfeffer und Zwiebeln und Rosmarin. Mit der Konsistenz von Hackfleisch.

Ich schlucke. »Kaum zu glauben, aber es schmeckt mir.«

Finn hält sich die Hand vor den Mund und wendet sich ab, während Mrs. Drummond die Augen verdreht. »Natürlich schmeckt es Ihnen! Ich mache den besten Haggis in ganz Drummond Mull.«

Ich huste vor Verlegenheit über meine Unhöflichkeit. »Tut mir leid. So habe ich es nicht gemeint. Es ist nur … na ja …«

Sie tut meine Entschuldigung mit einer Handbewegung ab und nippt noch einmal an ihrem Wein. »Ich weiß, ich weiß.«

Und dann spricht sie mit Finn über jemanden aus der Stadt, und meine unhöfliche Bemerkung ist vergessen. Ich esse mein Haggis auf und bediene mich an den Kartoffeln und den grünen Kugeln, die sich als Fenchel entpuppen.

Mrs. Drummond berichtet mir von den Weihnachtsfeierlichkeiten und davon, dass die ganze Stadt mit Lichtern geschmückt wird. Sie schildert gerade die Musikveranstaltungen und die Wettbewerbe wie die Highland Games im Winter, als ein lautes Klopfen von irgendwo hinter dem Esszimmer sie unterbricht. Finn beugt sich in seinem Stuhl vor und stellt sein zweites Glas Scotch ab. Runzelt die Stirn.

»Klingt, als sei jemand an der Tür, Finley«, sagt seine Mutter und zieht eine Augenbraue hoch.

Das Klopfen ertönt erneut, diesmal lauter, und wird von ersticktem Geschrei begleitet. Es ist ein Mann. Und wer immer der Besucher ist, er ist wütend.

Kapitel 7

Finn stößt den Stuhl zurück und steht auf. »Hierbleiben.«

Ich weiß nicht, ob dieser Befehl mir oder seiner Mutter gilt.

Er verlässt das Esszimmer, und wir Frauen starren einander nur an. Sie stellt ihr Weinglas ab. »Sehen Sie, was ich meine? Die Jungs glauben immer, sie wüssten es am besten.«

Sie steht auf, und schnell tue ich es ihr gleich. Finn ist augenscheinlich bereits an der Eingangstür, denn das Geschrei ist jetzt deutlicher und lauter, als Beatrice und ich durch den Flur gehen.

»Aaaus'm Weg!«, höre ich den Neuankömmling rufen, als wir um die letzte Ecke biegen und die Eingangshalle erreichen. Ich weiche unwillkürlich zurück, als ich sehe, wie Finn versucht, einem Mann, den ich schon einmal gesehen habe, den weiteren Zutritt zum Schloss zu versperren.

Es ist der Mann aus dem Murdoch's. Der am anderen Ende der Bar saß, schweigsam und brütend. Jetzt aber schweigt er umso weniger. Sein Gesicht ist gerötet, seine Augen blicken wild, und Finn schiebt ihn zurück.

»Du bist hackedicht, Fergus«, knurrt er. »Beruhige dich, dann bring' ich dich nach Hause.«

Fergus entdeckt mich und Beatrice und reißt die Augen auf. Dann versetzt er Finn seinerseits einen Stoß, der diesen beinahe umhaut.

»Ich geh' nich' ohne sie«, sagt Fergus, wobei er mich unverwandt ansieht.

»Ohne mich?« Ich schüttele den Kopf. Er hatte mir heute Morgen im Pub nicht halb so viel Aufmerksamkeit geschenkt wie Murdoch und Eggie.

Finn wirft mir über die Schulter hinweg einen Blick zu, die gleiche Frage in den Augen.

»Fergus McCleven, dieses Mädchen geht nirgendwo hin ...«

Er schneidet Beatrice das Wort ab, stürmt an Finn vorbei und stürzt sich auf mich. »Se sollte nich' hier mit ihm sein. Du weißt doch, Bea, du weißt doch, und ich lass' nich' zu, dass er ihr 'was tut!«

Ich kann den Whisky in seinem Atem und in seiner Kleidung riechen, noch bevor er nahe genug ist, um nach meinem Arm zu greifen. Finn fängt ihn ab, schlägt seine Hand zurück und packt ihn am Mantelkragen.

»Schluss jetzt!« Er schiebt Fergus zur Tür. Sie stehen einander an Gewicht und Muskeln in nichts nach, aber Finn kommt seine Nüchternheit zugute. »Du gehst jetzt besser, und wenn du wieder nüchtern bist, kannst du wiederkommen und dich entschuldigen. Diesem Mädchen droht hier keine Gefahr, du Schwachkopf.«

Er schubst ihn noch einmal, und diesmal purzelt Fergus geradewegs zurück durch die offene Tür. Finn schlägt sie zu. Er bleibt mit dem Rücken zu uns stehen, fährt sich mit der Hand durchs Haar und holt tief Luft.

»Ich bring' ihn nach Hause«, seufzt Beatrice einen Augenblick später, berührt mich leicht an der Schulter und sagt: »Gute Nacht.«

»Danke für das Dinner«, sage ich zu ihr, während mein Herz immer noch heftig und schnell in meiner Brust klopft.

Sie greift nach ihrem Mantel an der Garderobe, aber Finn hat ihn bereits in der Hand und hilft ihr hinein. Dann gibt sie ihm einen Kuss auf die Wange und geht zur Tür. »Das Dessert steht im Kühlschrank.«

Sie winkt mir noch einmal zu und verlässt das Haus. Ich höre, wie sie Fergus hinterherruft.

»Er wird doch nicht wütend auf sie werden, oder?«, frage ich. Beatrice ist bestimmt mindestens sechzig Jahre alt, und Fergus ist total in Rage.

Finn seufzt, steht immer noch zögernd an der geschlossenen Tür. Ich merke, dass er eigentlich nicht hier bleiben will.

»Nein«, antwortet er und versucht zu lächeln. Aber das misslingt. »Er tut seiner eigenen Familie nichts zuleide. Machen Sie sich keine Sorgen um meine Mom.«

»Sie sind verwandt?«

Er nickt und kehrt in den Flur zurück, der ins Esszimmer führt. »Aye, er ist mein Cousin.«

Ich laufe neben ihm her. Mir war ja schon aufgefallen, dass die beiden nicht allzu gut aufeinander zu sprechen sind, aber dass er hier aufgetaucht ist … herumgebrüllt hat, dass ich mit ihm gehen solle. Das finde ich mehr als beunruhigend.

»Hat es mit Ihrer Frau zu tun?«, frage ich, als wir im Esszimmer anlangen. Finn geht langsam auf den Tisch zu.

Nach kurzem Zögern greift er nach der Platte mit dem Haggis. »Ich habe Ihnen doch gesagt, dass es einige gibt, die es mit Deb halten.«

Ich nehme das andere Tablett. »Und Ihr Cousin ist einer davon.«

Er verlässt das Esszimmer ohne eine Antwort. Ich hole tief Luft und folge ihm, aber als wir in der Küche sind, hat er noch immer keinen Ton gesagt. Ich nehme an, ein Ja erübrigt sich. Fergus' Auftritt ist Antwort genug.

Ich stelle mein Tablett neben Finns. »Tut mir leid.«

Er stützt sich auf der Arbeitsfläche ab und beugt sich vor, lässt den Kopf zwischen den Schultern hängen. Sie sind stark und muskulös – ich kann kaum den Blick davon abwenden. Würde sie gern berühren.

»Ich war genau wie er«, sagt er leise, mit gedämpfter Stimme.

Ich reiße den Blick von seinen Schultern los. »Was meinen Sie damit?«

Er hebt den Kopf, beugt sich aber immer noch über die Theke, als habe man ihm einen Schlag in die Magengrube versetzt. »Granatenvoll. Immerzu.« Er errät, dass er mir das übersetzen muss, wirft mir einen Blick zu und erklärt: »Betrunken.«

Oh.

Ich rühre mich nicht. Jeder Schritt nach vorn oder rückwärts wäre ein Signal für ihn, nicht weiterzureden. Wenn ich auf ihn zugehe, erscheine ich vielleicht viel zu interessiert. Ein Schritt zurück würde ihm signalisieren, dass ich mich nicht wohlfühle. Doch in Wirklichkeit bin ich fasziniert. Von seiner Geschichte. Von *ihm*. Ich stehe ganz und gar in seinem Bann.

»Aber … heute sind Sie nicht mehr so?«, frage ich und denke an den Scotch, den er zum Abendessen getrunken hat.

Er richtet sich auf, reckt den Rücken. Jetzt erinnert er mich an einen ruhelosen Löwen im Käfig. »Nicht mehr. Ich hab es unter Kontrolle.«

Er hat seine Drinks heruntergekippt, als wären sie Wasser. Das schafft man nur mit Übung. Aber wenn er seit dem zehnten Lebensjahr Whisky brennt, hatte er davon bestimmt jede Menge.

»Denken die anderen deshalb, dass Sie sie …?« Ich will nicht unverblümt *ermordet haben* sagen. Die Frage ist auch so schon riskant genug. »Weil Sie so viel getrunken haben?«

Ich kenne ihn noch kaum, und schon stecke ich die Nase in seine Privatangelegenheiten. Aber Deb und Fergus machten sich anscheinend Sorgen um meine Sicherheit, und immerhin habe auch ich es mir zweimal überlegt, ob ich auf Drummond Hall bleiben soll.

Finn nimmt die Platte mit dem Haggis wieder hoch und lässt den Rest in den Mülleimer gleiten. »Ich hab' meine Frau nicht umgebracht.«

»Ich wollte damit nicht andeuten, dass …«

»Ich kann hier sauber machen, Hühnchen.«

Er macht dicht. Es fühlt sich an, als schlage man mir die Tür vor der Nase zu. Aber ich habe es verdient. Das alles geht mich schließlich nichts an.

»Wenn Sie meinen. Ich kann Ihnen aber auch gerne dabei helfen«, sage ich.

Er schüttelt energisch den Kopf und wendet sich ab, um an einer anderen Theke herumzuwirtschaften. »Ziehen Sie los und schreiben Sie Ihren Satz fertig.«

Es gibt nichts mehr zu sagen. Ich verlasse die Küche und wünsche mir, nicht nachgebohrt zu haben. Wenn Finn betrunken war, als seine Frau verschwand, ist es durchaus nachvollziehbar, dass Deb befürchtet, er habe ihr etwas angetan. Aber sie befürchtete es nicht nur. Sie *glaubte* es. Welchen Beweis hatte sie also?

Ich kehre ins Studierzimmer zurück, um meinen Laptop zu holen. Dann ziehe ich mich in mein Zimmer zurück, wo der unheimliche Wandteppich auf mich wartet.

Ich krieche unter die Decke, schalte das Licht aus und lege mich schlafen.

Aber kurz bevor ich einschlummere, stehe ich noch mal auf und schließe die Tür ab.

* * *

Bacon. Schon wieder.

Ich öffne bei dem Geruch die Augen – und sofort überfällt mich die Erinnerung an den Abend zuvor. Die Tour durch das Geheimzimmer. Finns Hand auf meiner Hüfte. Ein betrunkener Fergus, der außer sich ist und mich mitnehmen will. Finn, der in der Küche vor mir dicht macht. Ich, die ins Bett ging, ohne mir das Gesicht zu waschen oder mir die Zähne zu putzen.

Mit den Füßen stoße ich die Decke zurück, den Geschmack des Haggis von gestern Abend noch auf der Zunge. Angewidert von mir selbst stehe ich auf, gehe auf direktem Weg ins Bad und sorge dafür, dass ich besser rieche und schmecke als durch den Fleischwolf gedrehte Schafsinnereien.

Nachdem das erledigt ist, ziehe ich mich an und eile zur Tür, wobei sich mein Magen vor Nervosität und Hunger meldet. Als ich den Flur betrete, greife ich nach hinten, um die Tür hinter mir zu schließen – und entdecke ein Höschen.

Mein Höschen.

Pinkfarbene Pünktchen auf Schwarz mit schwarzer Spitze am Bund. Und es hängt am äußeren Knauf meiner Schlafzimmertür.

Ich hatte es gestern Morgen ausgezogen, als ich mich in Finns Zimmer entkleidete – und aufs Bett gelegt.

Oh Gott. Ich zerre es von dem Knauf herunter und blicke mich im Flur um. Beinahe kommen mir die Tränen. Ich habe es dort vergessen. Ich habe doch tatsächlich mein Höschen auf seinem Bett liegen lassen.

Ich stürze zurück in mein Schlafzimmer und werfe es in meine Tasche, die ich immer noch nicht ausgepackt habe. Vor Verlegenheit wird mir so heiß, dass ich einen Augenblick lang keine Luft mehr kriege. Er hat es gefunden, wahrscheinlich gestern Abend, als er zu Bett ging. Dann hat er es wahrscheinlich hochgenommen, ist damit über den Flur gegangen und hat es über den Türknauf gehängt. Und wahrscheinlich ist er lachend in sein Zimmer zurückgekehrt.

Heilige Haggis Eier. Und jetzt gleich muss ich ihm gegenübertreten. Der Bacon zieht mich mal wieder magisch an. Ich muss mich entschuldigen – und zwar für mehr, als nur dafür, dass ich meine Unterwäsche auf seinem Bett vergessen habe. Ich bin gestern Abend mit meinen Fragen über seine Frau zu weit gegangen.

Wieder steht Finn an dem AGA, während der Bacon in einer gusseisernen Pfanne brutzelt. Er hört mich hereinkommen.

»Wissen Sie, pinkfarbene Pünktchen hab' ich am liebsten«, sagt er, ohne sich vom Ofen zu mir umzuwenden.

Oh verdammt. Ich verberge das Gesicht in beiden Händen.

»Es tut mir so leid. Ich bin so schnell aus Ihrem Zimmer verschwunden, dass ich es wohl zwischen dem Bettzeug vergessen habe.«

Er dreht sich um und konfrontiert mich mit einem strahlenden Lächeln und glatt rasiertem Gesicht. Ich blinzele, bin nicht sicher, ob ich wirklich den gleichen Mann vor mir habe.

»Ist schon lange her, seit eine Lassy zum letzten Mal ihr Höschen in meinem Bett vergessen hat. Hab' also keinen Grund zum Klagen«, sagt er und schaufelt den Bacon mit einer Gabel auf einen Teller.

Ich stelle mir vor, wie ein Mädchen aus Finns Bett klettert, vollkommen hingerissen und ohne Höschen, und sofort bin ich neidisch auf sie, so sehr sie auch meiner Fantasie entspringen mag. Entspannter als am Morgen zuvor nähere ich mich. Ich nehme mir den Teller und setze mich, denn diesmal gehe ich davon aus, dass der Bacon auch für mich gedacht ist.

»Trotzdem … es tut mir leid«, sage ich und verkneife mir mühsam das Lachen. Was hat dieser Finn nur an sich? Ich kann anscheinend gar nicht aufhören zu lächeln, wenn ich in seiner Nähe bin. Und mit ihm zu reden ist leicht. Natürlich nur, wenn es um etwas anderes geht als seine vermisste Frau.

»Mir tut es ganz und gar nicht leid.« Er setzt sich an den Tisch mir gegenüber. Er trägt wieder ein Thermoshirt, nur ist dieses blau, was seine Augen dunkler erscheinen lässt. Ohne seinen Bart wirkt Finn fünf Jahre jünger. Außerdem hat er ein Grübchen, genau auf der linken Wange.

»Gestern Abend«, sage ich, schüttele den Kopf und lege ein paar Streifen Bacon auf meinen Teller. Er macht ihn genau so, wie ich ihn mag, knusprig bis zur schwarzen Perfektion. »Ich habe meine Nase in Dinge gesteckt, die mich nichts angehen.«

Er verzieht das Gesicht. »Mein Cousin hat vor meiner Tür herumrandaliert und damit gedroht, Sie mit sich zu nehmen. Sie hatten also jedes Recht, nachzufragen. Ich bin nicht sauer auf Sie.« Er nimmt einen Bissen von seinem Bacon, die Ellbogen auf dem Tisch abgestützt. »Ich werde Ihre Fragen beantworten. Und wenn Sie nicht hier bei mir bleiben wollen, wenn Sie Angst haben … dann geh ich.«

Ich lege den Bacon wieder auf den Teller zurück. »*Sie* gehen?«

Er nickt. »Ich habe drüber nachgedacht. Ich kann schließlich jederzeit nach Drummond Hall kommen.«

Natürlich. Es gehört ihm ja. Und er ist bereit, sein eigenes Schloss zu verlassen, wenn ich Angst vor ihm habe?

Ich schüttele den Kopf. »Ich habe keine Angst.«

Er steht auf und geht zur Kaffeemaschine hinüber, einem alten Mr.-Coffee-Kaffeebereiter, der aussieht wie der, den meine Eltern in meiner Kindheit benutzten. Er gießt sich einen Becher voll ein, dann einen zweiten. Den bringt er zu mir hinüber und stellt ihn vor meinem Teller ab.

»Was halten Sie davon, wenn ich Ihnen heut' den Rest zeige? Ich habe Kenntnis, dass Sie meinen Scotch nicht mögen, aber Sie mögen Geschichte.«

Ich lege den Kopf schief und mustere ihn, während ich an meinem Kaffee nippe. Normalerweise trinke ich ihn mit Sahne und Zucker, aber nach einem Schluck wird mir klar, dass es gar nicht so furchtbar ist, ihn schwarz zu trinken. »Woher wissen Sie, dass ich was für Geschichte übrig habe?«

»Das hab ich gemerkt, als ich Ihnen das Geheimzimmer gezeigt habe.«

Ich bin angenehm überrascht. Tatsächlich habe ich im Laufe der Jahre einiges über schottische Geschichte gelesen. Sie ist kompliziert und blutig, aber niemals langweilig. Ich lächele und nippe noch einmal an meinem Kaffee. »Okay.«

Er scheint noch nicht bereit zu sein, mir meine Frage von gestern Abend zu beantworten, warum Deb und sein Cousin glauben, dass er seine Frau umgebracht hat. Aber ich kann warten. Der Morgen ist zu sonnig, der Tag immer noch viel zu vielversprechend, um ihn mit irgendetwas Ernstem zu beschweren.

Er räumt ab, nachdem wir zu Ende gefrühstückt haben, und ich bestehe darauf, zumindest zu spülen. Wir unterhalten uns über dies und das, als wir schließlich unsere Jacken überstreifen, um nach draußen zu gehen. Ich erfahre, dass sein Vater tatsächlich vor etwa zehn Jahren gestorben ist, und dass seine Schwestern und Brüder fast nie nach Drummond Hall kommen. Er ist irgendwo in der Mitte, das vierte Kind von sechsen, und er hat ebenfalls einen Bruder namens Brian, nur dass dieser sich Bryan schreibt und keinen Stock im Hintern hat wie meiner.

Draußen hat sich das Wetter inzwischen verändert. Die Sonne kann die dichten, schneegefüllten Wolken kaum durchdringen. Wir stapfen durch den Schlamm. Ältere Fuß- und Radspuren sind mit einer dünnen Eisschicht bedeckt.

»Loch Ross ist genau hinter dem Felsen, der sich hinter dem Schloss befindet«, sagt er und deutet mit einem Kopfnicken nach hinten. Ich folge der Bewegung mit meinem Blick, aber ich sehe nur das Schloss. »Dort holen wir das Wasser für den

Scotch. Es hat einen besonderen Geschmack, von den Mineralien – und jede Destillerie hat ihr spezielles Wasser. Dadurch kann ein Malt erdig oder wie Medizin schmecken. Süß oder salzig. Die meisten können die Unterschiede gar nicht schmecken. Das schafft man nur, wenn man sich mit Scotch auskennt.«

Nachdem wir die Scheune mit dem windschiefen Dach umrundet haben, kommt ein Außengebäude aus geweißelten Ziegeln ins Blickfeld. Dorthin scheint Finn mich führen zu wollen. Wir betreten es durch eine doppelte Rundtür aus Holz. Im Inneren befinden sich mindestens hundert hölzerne Fässer, allesamt mit aufgeprägten schwarzen Zahlen und Buchstaben. Manche stehen aufrecht wie eine kleine Armee aus Fässern, die Kampfformation eingenommen haben, während andere daneben in weit verzweigten Gerüsten aufgestapelt sind.

Ich trete näher, lese die Aufschrift und kombiniere: »Der hier ist fünf Jahre alt?«

»Aye«, bestätigt Finn, während er sich zwischen den Fässern entlangschlängelt. »Ist noch nicht fertig. Single Malt muss mindestens acht Jahre reifen, bevor er in Flaschen abgefüllt und als richtiger Scotch verkauft werden kann. Wenn kein Jahr auf dem Label draufsteht, nicht trinken. Ist Schiet.«

Ich erklimme ein paar steinerne Stufen, folge ihm in einen anderen Teil des Gebäudes. Dort stehen noch mehr Fässer, aber auch unzählige Regalreihen mit Flaschen. Einige sind gefüllt, andere leer.

»Ich glaube, so schnell trinke ich überhaupt keinen mehr. Punkt«, antworte ich.

Im Vorbeigehen nimmt Finn eine volle und verkorkte

Flasche aus einem Regal. Dann wandert er durch einen weiteren Türdurchgang in einen anderen Raum.

Ich folge ihm, bleibe aber ein paar Schritte zurück. Ich habe das Gefühl, in der Probierstube von Willy Wonkas Schokoladenfabrik zu sein.

Vier seltsam geformte, kupferne Kessel befinden sich inmitten des Raumes, verbunden durch Kupferleitungen. Jeder Kessel verjüngt sich an der Spitze und hat unten einen runden, flachen Bauch. Die verlängerten Spitzen von zwei der Kessel neigen sich wie Arme nach unten und schaffen so eine Verbindung zum Kessel daneben.

»Dies sind die Brennblasen.« Er zeigt mit dem Finger auf die Kessel. »Das Brennen ist der letzte Schritt, bevor der Whisky in Fässer gefüllt wird – das Mälzen, das Mahlen, das Fermentieren, das alles geschieht in unterschiedlichen Außengebäuden. Loch Ross ist eine der wenigen Destillerien, die noch ihren eigenen Malt produzieren.«

Ich habe keine Ahnung, was das heißt, aber ich nicke und gebe ein beeindrucktes Summen von mir. Den eigenen Malt zu produzieren, macht ihn offensichtlich glücklich, und ich muss lächeln, als ich Stolz in seinen Augen aufleuchten sehe.

Wir umrunden die kupfernen Brennblasen, und ich mustere sie eingehend. »Sie sehen aus wie Kessel im Laboratorium eines verrückten Wissenschaftlers des Atomzeitalters.«

Er lässt eine Hand über das schimmernde Kupfer gleiten. »Single Malt herzustellen ist eine Art Wissenschaft. Und eine Kunst.« Er tätschelt den Kessel, und ein hohles Geräusch erklingt. »Im Augenblick sind sie leer. Ich war nicht lang genug hier für einen neuen Ansatz.«

Er betrachtet die Kessel noch ein paar wehmütige Sekunden lang. Ich erinnere mich an Duffs Worte über Janies Ehering, den man auf dem Boden neben den Brennblasen gefunden habe. Ich betrachte den Zementboden, fleckig vom Alter und wahrscheinlich von verschüttetem Scotch. Warum sollte sie ihn hiergelassen haben? Diese Geste hatte doch sicher etwas zu bedeuten.

»Sie werden ihn sicher noch mal probieren, Hühnchen«, verkündet Finn und entkorkt die Flasche, die er aus dem anderen Raum mitgebracht hat. »Und diesmal werde ich Sie Schritt für Schritt 'ranführen.«

Ich vergesse den Ehering und konzentriere mich auf Finn. Irgendwo, irgendwie hat er ein Shot-Glas aufgetan. Er stellt es vorsichtig auf einem Vorsprung in der Wand neben den Brennblasen ab und gießt einen Schluck Loch Ross ein. Die bernsteinfarbene Flüssigkeit sieht wunderschön aus – wie von der Sonne vergoldetes Stroh.

»Sieht zumindest aus, als müsse er gut schmecken«, sage ich, obwohl ich mich noch ganz gut an das scheußliche Gefühl erinnern kann, das mein letzter Drink in Murdochs Pub in mir hinterlassen hat.

»Um sich wirklich darauf einzulassen, dürfen Sie nicht davon ausgehen, dass er gut schmeckt«, sagt er. »Er ist nicht *gut.* Er ist *exzellent.* Scotch eben. Den darf man nie auf die leichte Schulter nehmen.«

Er ist vollkommen ernst, sein Gesichtsausdruck konzentriert, genau wie bei meinen Professoren am College während einer Vorlesung.

Ich versuche, es ihm gleichzutun, breche aber in schnaubendes Gelächter aus. »Tut mir leid, tut mir leid.« Ich halte entschuldigend die Hände hoch.

Finn wartet, bis ich mich wieder gefangen habe, bevor er weiterspricht. »Ich will, dass Sie die Augen schließen.«

Er tritt einen Schritt auf mich zu und streckt mir das Glas entgegen.

»Warum?« Ich nehme das Glas und spüre, wie sich mir der Magen zusammenzieht, und das kommt nicht nur von der Vorstellung, gleich wieder Scotch trinken zu müssen. Die Augen zu schließen macht mich verletzlich.

»Weil ich will, dass Sie ihn wirklich schmecken. Dass Sie die Aromen zergliedern. Das können Sie nicht, solange Sie den lautesten all Ihrer Sinne nutzen.« Er deutet auf seine Augen.

Mir gefällt die Metapher vom lautesten Sinn. Er hat recht, aber so hätte ich es nie formuliert.

»Die Augen schließen«, wiederhole ich immer noch misstrauisch.

Er kommt noch näher, so nah wie am Abend zuvor im Geheimzimmer. »Genau.«

Was wäre das Leben ohne ein paar Risiken? Ich hole tief Luft und schließe die Augen. Jetzt bin ich mir seiner Präsenz und meiner Umgebung viel bewusster. Ich spüre seine Nähe – er steht immer noch dicht vor mir. Meine Nase nimmt einen seifigen, holzigen Duft wahr. Es fällt mir schwer, stillzustehen, und meine Füße scharren auf dem Zementboden.

»Jetzt …« Seine Stimme pulsiert in meinen Ohren. »Führen Sie das Glas an die Lippen, aber nippen Sie nicht daran.«

Ich führe den Rand des Glases an den Mund und gehorche.

»Atmen Sie ihn ein«, befiehlt er.

Das tue ich. Sogar der Geruch ist scharf. »Ist immer noch nicht besonders verlockend.«

»Noch nicht«, pflichtet er mir bei, wobei seine Stimme klingt, als hebe er den Finger und mahne mich zur Geduld. »Aber jetzt denken Sie daran, was Sie bislang von diesem Ort gesehen haben. Stellen Sie sich vor, wie er war vor all den Straßen, den Telefonkabeln, der Elektrizität und dem WLAN.«

»Sie haben doch gar kein WLAN.«

»Unterbrechen Sie mich nicht immer.« Ich lächele, halte die Augen weiterhin geschlossen. »Das Leben in den Highlands war nicht leicht. Das Land ist rau. Nackt. Denken Sie an die Frauen und Kinder der Drummonds, die sich in dem Geheimzimmer versteckten.« Seine Stimme wird leiser. »Das Leben hier konnte sehr brutal sein.«

Ich hole tief Luft, und der Duft des Whiskys dringt mir in die Nase. Mit geschlossenen Augen kann ich mir leicht vorstellen, wie Frauen und Kinder zusammenkauern. Ich denke an das Land, durch das ich von Edinburgh bis hierher gefahren bin – an die steilen Hügel und die weitläufigen Felder, den Nebel, der über den Gipfeln hing wie graue Wolken aus Wolle.

»Und jetzt …«, fährt er fort, und wenn ich meinen Sinnen trauen kann, kommt er sogar noch einen Schritt näher. »… nehmen Sie einen winzigen Schluck in den Mund. Behalten Sie ihn dort, auf Ihrer Zunge.«

Seinem Befehl zu folgen ist leichter als erwartet. Obwohl ich mich noch immer an das Feuer in meiner Kehle gestern im Murdoch's erinnere, weiß ich, dass dieser Schluck anders sein wird. Vielleicht liegt es daran, dass Finn mich so langsam und Schritt für Schritt heranführt. Vielleicht ist es der Klang seiner Stimme oder die Tatsache, dass ich die Augen vor der Welt verschlossen habe.

Die Flüssigkeit sammelt sich auf meiner Zunge, dornig und warm.

»Eigentlich wollen Sie jetzt instinktiv schlucken, aber tun Sie das nicht. Haben Sie keine Angst vor dem Geschmack. Bewegen Sie die Zunge und lassen Sie die Flüssigkeit darauf rollen. Das erwärmt sie und öffnet die Aromen, die in der Flasche mit verschlossen waren.«

Steht er jetzt sogar noch näher bei mir? Keine Ahnung. Der Scotch überwältigt meinen Geschmacks- und Geruchssinn. Ich bewege die Zunge wie vorgegeben, und sie kullert in wogenden Explosionen aus heiß und kalt durch meinen Mund. Vielleicht liegt es an mir, aber dieses ganze Gerede von Zungen und Geschmack ist überraschend verführerisch.

»Geduld«, flüstert er. »Darum geht es beim Scotch. Er braucht Jahre, um zu reifen, um die Aromen des Fasses anzunehmen. Um den Geschmack des Landes hervorzubringen, auf dem das Korn geerntet wurde. Der Erde. Des Wassers.«

Über den Whisky hinweg, der meine Sinne erfüllt, nehme ich Finns ausgeprägten Duft wahr. Ich sehe ihn vor mir, wie er in der Klauenfußwanne in seinem Badezimmer sitzt und sich mit einem Stück Seife die Haut einreibt. Ich stelle ihn mir in der Küche vor, wie er im Herd ein Feuer entfacht.

»Und wenn Sie gleich schlucken, müssen Sie die gleiche Geduld an den Tag legen. Scheuen Sie vor der Schärfe nicht zurück. So ist nun mal das Leben, und manchmal ist es brutal. Sie müssen auf die Untertöne achten.«

Als der Loch Ross meine Kehle durchflutet, überlasse ich mich dem Geschmack. Er beißt auf meinen Lippen, aber ich muss nicht würgen wie tags zuvor. Ich schrecke nicht zurück, genau wie Finn geraten hat. Meine Augen sind noch immer geschlossen, und ich sehe Farben hinter den Augenlidern – Purpur, Gelb, Weiß. Finns holziger Duft vermischt sich mit dem Geschmack des Fasses.

Ich öffne die Augen, und beinahe sofort verändern sich sämtliche Aromen, die ich noch auf der Zunge habe. Ich vergesse sie ganz und gar, als ich sehe, wie nahe Finn bei mir steht – und von welch unmissverständlichem Verlangen sein unverwandter Blick durchdrungen ist. Ich lasse die Hand sinken, in der ich das Glas mit dem kleinen Rest Scotch halte. Er packt sie und umschließt sie mit den Fingern, dann zieht er sie wieder nach oben. Er hält meinen Blick fest, als er meine Finger öffnet und mir das Glas entwindet.

»Was denken Sie jetzt?«, fragt er.

Er führt das Glas an die Lippen und nippt, kurz und bedächtig. Ich beobachte, wie er den Scotch im Mund behält, wie sein Kinn sich bewegt, als er die Zunge im Mund kreisen lässt. Die starken Muskelstränge an seinem Hals bewegen sich beim Schlucken. Und die ganze Zeit über lässt er mich nicht aus den Augen.

»Ich denke …« *Ich will dich küssen. Ich will, dass du mich noch einmal berührst.* »… dass er immer noch nach Baumstumpf schmeckt.«

Finn lacht, schließt die Augen und schüttelt den Kopf.

»Aber diesmal habe ich für ihn zumindest was übrig«, füge ich hinzu. Er seufzt.

»Ich gebe nicht auf«, antwortet er. »Bevor Sie Schottland verlassen, werde ich Sie dazu bringen, Loch Ross zu wollen.«

Das kann ich mir so gar nicht vorstellen, aber ich habe ihm die Wahrheit gesagt. Ich weiß den Scotch diesmal mehr zu schätzen. Er tut immer noch in der Kehle weh, aber solange

Finn nur wenige Zentimeter vor mir stand und mich anleitete, den Drink langsam zu schlucken, was man sonst so mechanisch und ohne nachzudenken tut, war die ganze Sache … *heiß*.

Er lässt das leere Shot-Glas sinken, weicht jedoch keinen Zentimeter von mir.

»Das hier lieben Sie, nicht wahr?«, frage ich. »Nicht nur den Scotch, sondern ihn zu brennen. Diesen Ort. Das ganze Leben.«

Er klopft mit dem Glas gegen seinen Schenkel. Er trägt eine Baumwollhose mit Schlaufen an den Beinen für Werkzeug – wie ein Dachdecker oder Maler.

»Ja. Das habe ich im Blut«, antwortet er. »Was ist mit dir, Meg? Was hast du im Blut?«

Die Frage könnte unschuldig gemeint sein. Vielleicht fragt er mich ja tatsächlich, was ich vom Leben will. Wofür mein Herz schlägt. Aber an Finns Blick ist so rein gar nichts unschuldig. Seine dunklen Augen sind nicht mehr neckend. Sie suchen die meinen, suchen nach irgendetwas. Einer Erlaubnis vielleicht.

Ich lasse die Augen auf seinen geschwungenen Lippen ruhen, und mehr Erlaubnis braucht er nicht.

Finn schließt die verbleibende Lücke zwischen uns. Er berührt mein Kinn und schiebt es sanft nach oben. Er lässt den Daumen über meine Unterlippe gleiten, streichelt sie sanft.

Und dann liegt sein Mund auf dem meinen, umfängt langsam und bedächtig meine Unterlippe, zerrt daran. Finn stöhnt. Der Laut hallt in meiner Kehle wider, zieht mich magisch zu ihm hin. Ich lasse die Hände nach oben gleiten und berühre endlich die harten Muskeln, die ich so lange schon bewundere. Er ist ungeheuer stark. Den Beweis spüre ich unter meinen Händen, die flach auf seiner Brust liegen. Wenn er so schon in entspanntem Zustand ist, kann ich mir kaum vorstellen, wie hart er sich anfühlt, wenn er körperlich arbeitet.

Finns Hände umfangen meine Taille und ziehen mich stärker zu sich heran, bis meine Schenkel die seinen berühren. Ich spüre, wie sein Körper an meinem schwankt, und merke, dass wir gehen. Er bewegt mich nach hinten. Blind folge ich, weiß nicht, was hinter mir ist, und es ist mir auch egal. Es zählt nur eines, nämlich die Berührung seiner Zunge, die die meine umfängt und tief in meinen Mund eindringt.

Ich höre mich stöhnen, und Finns Hände wandern zu meinem Gesäß und ziehen mich noch dichter zu sich heran. Ich pralle mit dem Rücken gegen eine Wand und bin dankbar, mich nun irgendwo abstützen zu können. Er hebt mich hoch, und als meine Füße keine Bodenhaftung mehr haben, umklammere ich mit den Beinen automatisch seine Schenkel.

Ich weiß, ich sollte ihn bitten, aufzuhören. Ich weiß, dass das hier Wahnsinn ist. Aber er fühlt sich so stark an und schmeckt einfach himmlisch, und seine Hände geben mir das Gefühl, in einem Feuerball der Lust zu verglühen.

Gefährlich.

Das hier ist unglaublich gefährlich.

Und zum ersten Mal im Leben finde ich es aufregend, etwas Falsches zu tun. Wissentlich eine schlechte Entscheidung zu treffen und sie anzunehmen, so wie sie ist.

Finn presst mich härter gegen die Wand und schiebt mich noch weiter nach oben, wobei seine Hände meine Beine höher um seine Hüften schlingen. Ich spüre seine Erektion, als er an meiner Unterlippe saugt. Ich presse die Schenkel zusammen, versuche, ihn noch näher zu mir heranzuziehen. Meine Hände verlassen seine muskulöse Brust und wandern zu seinem harten Bauch hinab. Ich zerre an seinem Shirt, bis ich die warme, glatte Haut berühre.

Er lässt meinen Mund los und vergräbt den Kopf an meinem Hals. »Herrgott im Himmel«, keucht er.

Und dann verkrampft er sich, spannt sich unter meinen Händen und Beinen an, atmet bewusst, als versuche er die Kontrolle wieder zu erlangen, die er vorübergehend verloren hat.

Oh mein Gott.

Die Kontrolle, die wir *beide* verloren haben.

Ich keuche und löse die Schenkel um seine Hüften, und meine Füße plumpsen zu Boden.

Finn stößt sich von der Wand ab und weicht zurück, fährt sich mit den Händen durchs Haar und verschränkt sie am Hinterkopf.

»Meg«, sagt er schwer atmend und leckt sich die Lippen. »Verdammt, tut mir leid.«

Er schließt die Augen und flucht leise, bevor er sich auf dem Absatz herumdreht und davonstürmt. Dann bleibt er noch einmal stehen, um das Shot-Glas vom Boden aufzuheben. Ich kann mich gar nicht daran erinnern, dass es zu Boden gefallen ist.

»Nein, mir … mir tut es leid. Ich kann nicht glauben, dass ich …«

Dich besprungen habe wie einen Pogo Stick. Meine Beine fühlen sich immer noch an wie Gelee, meine weiblichen Teile pulsieren, und ich kann nicht glauben, dass ich gerade die Worte »weibliche Teile« gedacht habe, ganz zu schweigen davon, dass ich Finn mit meinen Beinen umklammert habe wie ein Gürtel.

Er stellt das Shot-Glas auf die niedrige Mauer neben die entkorkte Flasche Loch Ross. »Du musst dich nicht entschuldigen. Du hast nichts verbrochen.« Finn geht auf eine andere Tür zu. Die Holzdielen sind alt, und durch ein kleines Mittelfenster fällt das Sonnenlicht herein.

»Ich hab' versprochen, dich nich' mehr anzufassen und hab' mein Versprechen gebrochen.« Er öffnet die Tür und bleibt zögernd auf der Schwelle stehen.

Ich beobachte ihn, und das Bedauern lastet schwer auf mir. Sowohl seins als auch meins.

Finn sieht aus, als wolle er noch etwas sagen, aber er verkneift es sich. Und dann geht er hinaus.

Kapitel 8

Den restlichen Tag verbringe ich nicht auf dem Schloss. Leah und ich hatten ein paar Tagestouren auf einer Reisewebsite, die wir studiert hatten, herausgesucht. Ich muss also nur eine Route in mein Navi eingeben und mich auf den Weg machen. Ich fahre nach Süden, nach Perth, zum Scone Palace, wo sämtliche schottischen Könige wie Macbeth und Robert the Bruce gekrönt wurden. Auch wenn der Stein von Scone, ein einfacher Block aus Sandstein, der für diese Krönungen genutzt wurde, fehlt, wandere ich dennoch über das Gelände. Und nachdem ich die ganze Zeit über Scone und demzufolge auch Scones nachgedacht habe, fahre ich ins Stadtzentrum und esse zu Mittag. Die Stadt liegt genau am River Tay, auf dessen Oberfläche dünne Eisstücke dahintreiben, und ich wandere am Ufer entlang, um noch mehr Zeit totzuschlagen.

Als ich nach Drummond Mull zurückkehre, ist es schon lange dunkel. Finns Van steht nicht in der Auffahrt, aber die Lichter brennen, und er hat ein Feuer im Herd angelassen. Ich mache mir ein Sandwich und gehe nach oben auf mein Zimmer. Ich bleibe noch eine Weile wach, schreibe etwas an meiner neuen Geschichte und lausche nach draußen, ob ich seine Reifen in der Auffahrt knirschen höre. Aber als ich erschöpft die Lampe ausschalte, ist er immer noch nicht wieder aufgetaucht.

Am darauffolgenden Morgen weckt mich kein Bacon-Duft. Ein Blick aus dem Fenster meines Zimmers zeigt mir, dass mein Fiat allein in der Auffahrt steht. Er hält sich also fern. Wahrscheinlich ist es so am besten. Wenn er im Schloss wäre, würden wir unweigerlich aufeinandertreffen, und das wäre entweder furchtbar peinlich, oder wir würden wieder anfangen, uns zu küssen. Denn wir fühlen uns voneinander angezogen. Daran besteht kein Zweifel.

Ich beschließe, eine weitere Besichtigungstour zu unternehmen, und nach einem spärlichen Frühstück gebe ich die Adresse einer Schlossruine in mein Navi ein. Diesmal führt mich der Weg nach Norden. Ich sehe die Straße und horche auf die Anweisungen meines Navis, aber es ist Finn, an den ich denke.

Ich weiß, warum er sich so aufgeregt hat – genug, um sich jetzt von seinem eigenen Heim fernzuhalten. Er hat sein Wort gebrochen, seinen Ehrenkodex verletzt, und er war enttäuscht über sich selbst. Wenn ich mit dieser Vermutung richtig liege, macht ihn das in meinen Augen sogar noch attraktiver. Und mich weniger skeptisch und neugierig in Bezug auf die Umstände des Verschwindens seiner Frau. Kein Mann mit einem solchen Ehrenkodex hätte seine Frau getötet und dann jedermann in dem Glauben gelassen, dass sie sich nur aus dem Staub gemacht hat.

Während ich zum Castle Haig fahre, gaukeln der blaue Himmel und die strahlend hell scheinende Sonne mir vor, dass es draußen warm ist. Ich schalte das Radio nicht ein und versuche, nicht an Finn zu denken, sondern mich auf die Ausgestaltung meiner Buchidee zu konzentrieren. Einen Teil der Geschichte, die er mir über Robert Drummond und Ian Mac Donnough erzählt hat, habe ich schon in mein neues Manuskript einfließen lassen. Aber Finns Worte in jenem Geheimzimmer scheinen alles andere zu überlagern: *Man kann drohen, einem Mann das Land wegzunehmen. Sein Heim. Aber niemals seine Frau.*

Diese eine Äußerung zeigte eine Menge. Finn hatte seine Frau geschätzt. Sie geliebt. Und gestern hatte er den Gast, der in seinem Haus weilte, in der Destillerie seiner Familie bis zur Besinnungslosigkeit geküsst. Kein Wunder, dass er sich den restlichen Tag über nicht mehr hatte blicken lassen. Wahrscheinlich hat er jetzt zu allem Überfluss auch noch das Gefühl, seine Frau betrogen zu haben.

Selbst jetzt, während ich auf den Parkplatz des Castle Haig fahre, ist das Gefühl des Kusses noch präsent. Ich ertappe mich dabei, wie ich mit den Fingerspitzen über die Lippen fahre und versuche mich an das letzte Mal zu erinnern, als die bloße Erinnerung an einen Kuss stark genug gewesen war, um eine dermaßen heftige physische Reaktion hervorzurufen. Während ich ein paar Pfund in die Spendenbox des Castles werfe, wird mir klar, dass die Antwort *niemals* lautet.

Ich wandere durch die Räume und Flure, um mich abzulenken und das prickelnde Gefühl in Schach zu halten. Es sind noch ein paar andere Touristen da, einige mit einer Reisegruppe, angeführt von einer Frau in einem Schottenkaro-Kostüm und einer kecken Tweed-Kappe, an der eine leuchtend rote Filzblume prangt. Ich folge der Gruppe, halte mich am Rand und lausche ihrer geübten Rede über das Schloss.

Aber nichts davon bleibt mir im Gedächtnis haften. Sie spricht über die Schlacht zwischen zwei Clans, und ich habe Finn vor Augen, der den Rest von meinem Scotch trinkt. Sie erzählt, wie viel die Errichtung des Schlosses gekostet hat, und ich habe Finns Lachen im Esszimmer im Ohr, als seine Mutter ihn wegen seines Geredes über »Eier« tadelte.

Ich löse mich wieder von der Gruppe und erkunde den Rest des Schlosses auf eigene Faust. Als ich ein paar Fotos mit meinem Handy mache, sehe ich an der Balkenanzeige, dass der Empfang schlecht ist. In Perth war er hervorragend, weshalb ich tags zuvor dort meinen Posteingang und Facebook checken konnte. Ich postete ein paar Bilder, und Brian antwortete auf meine Nachricht von neulich und betonte, dass er *keine* Dramaqueen sei. Aber kein Ton von Leah. Auch keine Textnachrichten. Ich fragte sie ein paarmal, wie es Jim ging, und ob sie glaubte, nächste Woche doch noch nachkommen zu können, wie ursprünglich erhofft.

Aber hier auf dem Land wollen sich meine E-Mails einfach nicht aktualisieren. Ich seufze und versuche stattdessen, Leah telefonisch zu erreichen. Die Verbindung ist brüchig, und ich erreiche nur ihre Mailbox, genau wie gestern, als ich allein in einem Café in Perth zu Mittag aß. Ich bin sicher, dass sie mit Jim alle Hände voll zu tun hat, aber ich möchte doch sehr gern erfahren, ob es ihm besser geht.

Ich lasse mein Handy wieder in die Tasche gleiten und verlasse das Schloss, gehe nach unten auf die Ruine der Familienkapelle zu, die schräg gegenüber vom Schloss liegt. Dort finde ich einen moosbewachsenen Stein. Ich setze mich darauf und schaue auf das Tal unter mir, wo Hügel, einige grün, andere schneebedeckt, wieder andere braun und zerklüftet, die Landschaft durchziehen. Heute herrscht kein Nebel, sodass ich die Dächer des kleinen Dorfes sehen kann, das ich auf dem Weg hierher durchquert habe.

Finn sagte, dass das Leben in den Highlands nicht leicht war. Sogar heute, mit der ganzen Technologie, den Straßen und dem Tourismus, ist es sicherlich unbequemer als mein Leben in Boston. Die Welt ist so groß und weit, und Finn wohnte immer in einem vollkommen anderen Teil, einem Teil, den ich weder kenne noch verstehe. Der Gedanke macht mich schwermütig und überwältigt mich. Wie können zwei Menschen auch nur hoffen, einander zu verstehen, wenn sie die Welt auf vollkommen unterschiedliche Art und Weise erfahren haben?

»Sind Sie das, Meg?«

Ich drehe mich auf meinem Stein um und blinzele ins Sonnenlicht. Eine große, schlaksige Gestalt bewegt sich über den von kurzem, braunem Gras bewachsenen Abhang auf mich zu.

»Duff?«, frage ich, überrascht, ihn hier zu sehen. Castle Haig liegt mindestens eine halbstündige Autofahrt von Drummond Mull entfernt.

»Ah, Sie sind's«, sagt er, kommt näher, die Hände in den Hosentaschen vergraben. »Hab Ihren Namen doch richtig im Kopf? Meg?«

»Jep«, antworte ich und will aufstehen.

»Bleiben Se sitzen. Ich komm hier immer mal wieder her, um mir das anzusehen«, erklärt er, den Blick auf das Panorama gerichtet, das sich vor uns ausbreitet.

»Es ist wunderschön hier«, sage ich. »Aber haben Sie nicht in der Nähe von Drummond Mull eine ähnliche Aussicht?«

Ich blicke über die Schulter und entdecke eine Touristengruppe, die zur Kapelle hinabsteigt. »Das hier ist eine Touristenattraktion.«

Duff lacht, sodass seine wettergegerbte Haut sich an den Augen kräuselt. »Stimmt, aber auch mein Erbe. Seh'n Se, die Haigs sind meine Sippe.«

Ich setze mich kerzengerade auf. Er nickt, als er meine Überraschung bemerkt.

»Aye. Das war ihre Burg.«

Das erklärt wahrscheinlich sein Auftauchen hier.

»So etwas haben wir in Amerika gar nicht«, sage ich. Damit spreche ich nur das Naheliegende aus, aber Duff geht trotzdem darauf ein.

»Zu neu, die States. Wissen Se, es gibt viele hier, denen es gar nich' gefällt, dass die Amis hier 'rumlaufen und ihre Nase überall 'reinstecken. Aber das machen se ja nur, weil se nicht so 'ne langjährige Geschichte haben wie wir. Se suchen ihre Wurzeln, und in Amerika ist die Erde nich' tief genug dafür.«

Ich nicke, verstehe, was er meint. Wir haben durchaus eine Geschichte, aber vierhundert Jahre sind ein Tropfen auf dem heißen Stein im Vergleich zu der Geschichte, auf die die Länder jenseits des Atlantiks zurückblicken. Und die Leute hier sind stolz darauf. Ich konnte den Stolz in Finns Stimme ebenso hören wie jetzt in Duffs.

Schweigend betrachten wir die hügelige Landschaft.

»Se bleiben bei Finley, hab' ich gehört«, sagt er schließlich.

Ich nicke schnell und lächele. »Ja. Ich habe neulich abends seine Mutter kennengelernt.«

Duff lächelt nicht. Er nickt nur. »Beatrice. Eine gute Frau.«

Ich erinnere mich daran, wie er sagte, dass eine Mutter alles tun und wagen würde, um ihren Sohn zu beschützen. Ich frage mich, ob Duff der Überzeugung ist, dass Beatrice die Polizei belogen hat, als sie ihrem Sohn ein Alibi für die Zeit gab, in der seine Frau verschwand.

»Kennen Sie Fergus?«, frage ich stattdessen.

Das verblüfft ihn. Duff dreht sich zu mir um und sieht mich an. Auf seiner von braunen Altersflecken übersäten Stirn erscheint eine steile Falte. »Fergus McCleven?«

»Er ist letztens ebenfalls am Abend in Drummond Hall aufgetaucht.«

Duff seufzt. »Voll wie eine Haubitze, nehme ich an.«

Ich ziehe die Augenbrauen hoch und staune über die kreativen Wortschöpfungen der Schotten, wenn sie sagen wollen, dass jemand betrunken ist.

»Er ist der gleichen Ansicht wie Deb«, fahre ich fort. Aus irgendeinem Grund kommt es mir weniger indiskret vor, mit Duff zu reden als mit Finn. »Er glaubt, dass Finn Ihre Tochter ermordet hat.«

Duff zieht seine Kappe ab und kratzt sich den schwarzen Schopf. An den Schläfen zeigen sich ein paar Spuren Grau, aber ohne die Kappe wirkt er gleich um zehn Jahre jünger.

»Janie war nich' meine Tochter«, erklärt er, die Augen auf dem Gras zu seinen Füßen. »Ich hab' Deb vor fünf Jahren geheiratet, kannte Janie aber ihr Leben lang. Ihr Pa war mein Freund.«

Aus irgendeinem Grund überrascht mich das nicht. Wahrscheinlich war mir vor zwei Tagen in Debs Haus nicht entgangen, dass er nicht die gleiche emotionale Bindung zu Janie hatte wie sie. Er tröstete seine weinende Frau, war aber nur um Debs willen traurig. Nicht weil er selbst einen Verlust erlitten hatte.

»Aber ja, Fergus glaubt, dass Finn es getan hat«, sagt Duff und setzt seine Kappe wieder auf.

»Ich nicht.«

Sofort wünschte ich, meine Worte zurücknehmen zu können. Sie klangen so überzeugt. Als spielte es eine Rolle, was ich denke. Ich, eine Außenseiterin. Diese Leute haben seit Jahren mit Janies geheimnisvollem Verschwinden zu tun gehabt, und ich mache mir schon nach ein paar Tagen ein Bild.

Aber Duff reagiert trotzdem nicht negativ. »Wieso nich', Lassy?«

Er klingt tatsächlich neugierig.

»Das sagt mir mein Instinkt«, antworte ich. »Mehr hab' ich nicht.«

Duffs Lächeln schneidet tiefe Furchen in seine stoppeligen Ein-Tage-Bart-Wangen. »Mehr baucht 'ne Lassy auch nicht.«

Er dreht sich auf dem Absatz um, als die Stimme der Reisebegleiterin näher kommt. »Ich sollte besser gehen. Kann bei diesem Geschwafel keinen klaren Gedanken fassen.«

Ich stehe auf, bereit, ebenfalls zu gehen. Wir kehren zum Parkplatz zurück, einem kiesbedeckten Viereck vor dem Schlosseingang. Ich frage mich, was Duffs Vorfahren davon halten würden, wenn sie wüssten, dass ihr Heim jetzt eine Touristenattraktion ist.

»Sagen Se Finley, ich komm' mal vorbei«, sagt er auf dem Weg zu seinem Auto, einem kleinen blauen Gefährt, von dem ich mir nicht vorstellen kann, dass er damit durch ein Schlammloch kommt, geschweige denn die Straße entlang, die zu Debs Haus führt.

Ich nicke und sehe seinem davonfahrenden Wagen hinterher. Er ist eine halbe Stunde gefahren, um fünf Minuten lang die Landschaft zu betrachten. Aber wahrscheinlich bin ich auch nicht besser. Ich bin erst eine Stunde hier, und jetzt gebe ich meinem Drang nach, nach Drummond Hall zurückzukehren. Zurück zu Finn. Falls er überhaupt schon beschlossen hat, zurückzukehren.

Ich steige in meinen Fiat und fahre vorsichtig aus der Parklücke heraus, wobei mir bewusst wird, dass mein Herz bereits Purzelbäume schlägt.

Das ist übel. Sehr, sehr übel.

* * *

Im Zentrum von Drummond Mull wimmelt es vor Menschen, Vans und Baugerüsten, als ich auf dem Weg zu Finns Heim dort hindurchfahre. Einen Augenblick lang wundere ich mich, doch dann fällt mir das Weihnachtsfestival wieder ein, von dem alle reden. Die rothaarige Frau aus dem Murdoch's erwähnte schließlich, ihre Tochter käme für das Fest extra aus St. Andrews nach Hause. Während mich ihre Kuppeleiversuche vor Kurzem noch amüsierten, spüre ich nun ein leises Brennen im Bauch.

Ich trete auf die Bremse, um zwei Männer vorbeizulassen, die einen Tisch über die Straße schleppen, und verdränge meine irrationale Eifersucht. Wer immer dieses Mädchen aus St. Andrews ist, auf jeden Fall ist sie Schottin. Sie stammt von hier. Wenn Finn überhaupt jemanden küssen wollte, dann sie. Oder jemanden wie sie.

Jemanden, der nicht in knapp zwei Wochen wieder abreist. Um genau zu sein, in zehn Tagen.

Ich winke Murdoch zu, der auf der Schwelle zu seinem Pub steht, eine Zigarette raucht und den Vorbereitungen für das Festival zusieht. Er hebt ebenfalls die Hand, und obwohl das Autofenster hochgekurbelt ist, kann ich ihn im Vorbeifahren rufen hören: »Margaret Meg Meg!«

Ich lache, fahre zum Dorf wieder hinaus und auf die lange Straße zu, die nach Drummond Hall führt. Der Himmel ist immer noch wolkenlos, als ich die Anhöhe, auf die die Straße führt, erreiche und Finns weißen Van vor dem Schloss stehen sehe. Ich parke daneben und steige aus. Ich zögere, hineinzugehen, denn die Aussicht, Finn zu sehen, macht mich nervös. Was soll ich zu ihm sagen? Was, wenn er verkündet, dass er wieder verschwindet und sich für die Zeit meines restlichen Urlaubs vom Schloss fernhält?

Ich will nicht, dass er geht.

Ich nehme mein Handy heraus und checke, ob ich Empfang habe. Es sieht schlecht aus. Der Netzaufbau hier ist ätzend, aber er ist mit einem Balken schon besser als sonst. Ich halte das Handy höher, gehe ein paar Schritte nach links und öffne den Browser. Der Bildschirm bleibt leer, ich kann meine Mails immer noch nicht lesen.

Ich umrunde die Schlossmauern bis dorthin, wo ein Türmchen einen Schatten über den Rasen wirft. Ein zweiter Balken erscheint, und ich mache vor Freude beinahe einen Luftsprung. Die Wiese ist flach, und ich erkenne darin jenes Rasenstück, das man von den großen Küchenfenstern aus sehen kann. Ich halte das Handy so hoch, wie es geht, und wandere zu der angrenzenden Steinmauer.

Mein Browser hat den Vorgang fast abgeschlossen, als ich die Mauer erreiche – und dann sind beide Balken wieder verschwunden.

»Verdammt!«, rufe ich und hätte mein Handy beinahe über die Mauer geworfen. Ich hasse es, so vollkommen von der restlichen Welt abgeschnitten zu sein. Wie hält Finn es hier nur aus, so ganz ohne Internet? Bislang habe ich im ganzen Schloss nicht einmal einen Fernseher entdeckt. Hört er sich etwa die Nachrichten im Radio an? Schickt er Brieftauben los, wenn er andere erreichen will? Vielleicht kümmert es ihn ja auch gar nicht, was in der Welt passiert?

Ich lehne mich gegen die Mauer und hole tief Luft. Es ist so kalt, dass es mir fast den Atem nimmt. Die Mauer grenzt an eine Klippe, deren steiler Abhang von zerklüfteten Felsen, Moos und Grasflecken gezeichnet ist. Unten schimmert die wellige Oberfläche eines dunklen blau-grünen Sees im Sonnenlicht. Das Wasser erstreckt sich nach links und rechts in die Ferne. Auf der gegenüberliegenden Seite des Sees befindet sich eine weitere steile, felsige Bergkette. Der nächstgelegene Hügel auf der gegenüberliegenden Seite hat eine moosbewachsene Oberfläche, und ein schmaler Wasserfall strömt über die Felskante in den See hinab.

Doch meine Augen bleiben direkt unter mir haften, auf dem halbkreisförmigen Vorsprung aus Fels und Kies am Fuße der Klippen. Denn dort steht Finn.

Es ist bestimmt ein Grad unter null, und doch sehe ich ihn dort mit nacktem, muskulösem Oberkörper stehen. Im Vergleich zu der dunklen Oberfläche des Wassers ist seine Haut blass, aber keineswegs geisterhaft. Seine Muskeln, die, wie ich selbst aus der Ferne sehen kann, wohl definiert sind, entsprechen genau meiner Vorstellung. Ich schwelge noch eine weitere, schuldbewusste Sekunde lang in dem Anblick, dann beginne ich mich von der Felskante zurückzuziehen.

Er dreht sich um, als könne er meinen Blick körperlich spüren. Jetzt gibt es kein Entkommen mehr.

»Warst du das, die den Himmel verflucht hat?«, ruft er die Klippen hinauf.

Ich halte ihm mein Handy entgegen. »Eigentlich habe ich mein Handy verflucht. Kein Netz.«

Ich merke, dass er etwas in den Händen hält. Irgendwelche Gläser. »Ich könnte deine Hilfe brauchen, wenn du gerade keine Internetrecherche machen musst.«

Oh, ich muss jede Menge Internetrecherchen machen. Ich kann sie nur jetzt nicht erledigen, zumindest hier nicht. Die äußere Welt macht momentan Pause. Das gibt mir ein Gefühl der Klaustrophobie und macht mich seltsam nervös.

Ich suche nach dem Pfad, den er zum See hinunter genommen hat, und finde einen verborgenen Spalt in der Mauer zu meiner Rechten. Von dort aus führen Stufen hinab. Sie sind nicht gleichmäßig, sondern grob und unbehauen. Eine Ansammlung von Erde, Stein und Wurzeln, die eine Art natürlicher Treppe bilden. Seit Jahrhunderten sind Menschen hier hinabgestiegen, denke ich, haben die Steine mit ihren Füßen abgeschliffen und Schmutz und Wurzeln abgetragen. Außerdem vermute ich, dass sich hier durchaus auch eine Anzahl von ihnen zu Tode gestürzt hat. Ich verdränge den Gedanken, als ich mich an den Abstieg mache.

»Was tust du denn da?«, frage ich, kaum dass ich das Ende der Stufen erreicht habe. Allerdings muss ich immer noch drei unförmige Felsbrocken hinabspringen, bevor ich ganz unten angelangt bin.

Finns Shirt liegt auf dem Kiesstrand und ist völlig durchweicht. Er hat eine Gänsehaut; ich versuche, seiner nackten Brust keine Beachtung zu schenken und scheitere.

Er sieht so gut aus.

»Ich entnehme Wasserproben«, erklärt er und schraubt den Deckel auf das Becherglas in seinen Händen.

Ich springe von dem letzten Felsbrocken hinab und lande neben ihm. »Warum?«

»Für die Destillerie«, antwortet er und klingt, als sei das doch offensichtlich.

Bislang verhalten wir uns beide, als sei bei den Brennblasen nichts passiert. Als seien wir nicht kurz davor gewesen, einander die Kleider vom Leib zu reißen. Als wäre er nicht die Nacht über verschwunden, damit wir nicht in Versuchung geraten, es noch einmal zu machen.

»Worauf testest du das Wasser denn, auf Bakterien?« Ich beuge mich hinab, um ein weiteres Glas mit Schraubverschluss aufzuheben, in dem ein pH-Streifen herumschwimmt.

»Unter anderem«, antwortet er. »Wenn das Wasser zu hart ist, filtern manche Destillierien beinahe alle Mineralien heraus, bevor sie es nutzen. Andere wiederum sagen, dass sie dem Scotch sein besonderes Aroma geben.«

Ich lasse das Wasser in dem Glas ein bisschen kreisen. »Du sagtest, dass du meine Hilfe brauchen könntest?«

Eigentlich scheint er doch fertig zu sein. Sämtliche Gläser zu seinen Füßen sind verschlossen und gefüllt, einige sprudelnd mit irgendwelchen chemischen Teststreifen darin.

»Nee, war nur ein Vorwand, um dich hier 'runterzukriegen«,

antwortet er und wirft mir ein blitzendes Grinsen zu. Keine Frau, die diese Worte hört, hätte dabei nicht kostbare Hirnzellen verloren.

»Aha … du musst also die Proben ohne Shirt entnehmen?« Ich stelle das Glas ab und bewege mich am Saum des Strandes weiter entlang. »Ist das eine Art Brauch bei der Scotch-Herstellung?«

Er sieht mich mit hochgezogener Augenbraue an, und ich lache.

»Ich habe mir die Ärmel nass gemacht«, antwortet er. »Also hab ich es einfach ausgezogen. Außerdem ist das Wetter doch schön.«

Ich trage eine Winterjacke, und mir ist immer noch kalt, zumal der Wind ordentlich pfeift. Allein schon sein Anblick lässt mich erschauern. Aber wahrscheinlich zittere ich aus mehr als einem Grund. Vor zwei Tagen habe ich die Hände auf diese Brust gelegt. Auf diese Bauchmuskeln.

»Das Wetter schreit nach Mantel und Pullover«, antworte ich und streiche mir das Haar nach hinten, das mir der Wind ins Gesicht peitscht.

Finn hockt sich hin und verstaut die Gläser in einer Tasche mit flachem Boden. Er schließt den Reißverschluss, greift nach seinem Shirt und schüttelt es aus. Seine Ärmel *sind* nass, und mir fällt auf, dass seine Hosenbeine ebenfalls völlig durchweicht sind.

Zumindest hat er die Hose nicht auch noch ausgezogen.

»War gestern Abend alles in Ordnung bei dir?«, fragt er.

Hastig nicke ich. »Alles gut.«

»Was hast du getrieben? Bist du ’rumgefahren?«

Ich berichte ihm von Perth, möchte ihn ebenfalls fragen,

wo er war, unterlasse es aber. Es geht mich nichts an, und ich will den Gedanken nicht zulassen, dass ich ihn vermisst habe. Ich will nicht diese Art von Mädchen sein – die Art, die an einem Typen klebt wie ein Trocknertuch an der Wäsche.

»Und heute bin ich zum Castle Haig gefahren«, fahre ich fort. »Dort habe ich Duff getroffen.«

Finn zieht sein Shirt über. »Duff?« Mit gerunzelter Stirn sieht er mich fragend an. »Was hatte er denn da draußen zu suchen?«

»Er sagt, dass seine Familie von dort kommt«, antworte ich und beuge mich vor, um das Wasser zu berühren, nur um seine Brust nicht weiter anzustarren. Meine Fingerspitzen sind kaum einen Zentimeter unter Wasser, da werden sie schon taub.

»*Da* warst du drin?«, kreische ich, schüttele meine Finger ab und stecke sie schnell in die Jackentasche.

Finn wackelt mit den nackten, nassen Zehen. »Ist gut für den Kreislauf. Zum Weihnachtsfestival nehme ich immer ein Bad im See.«

Ich mustere ihn skeptisch. »Was du nicht sagst.«

»Meinst du etwa, ich käme mit so einem kleinen bisschen kalten Wasser nicht klar?«

Finley Drummond kommt wahrscheinlich noch mit viel mehr klar als mit kaltem Wasser. Er ist ein Rätsel, das ich lösen will. Und deshalb entferne ich mich ein paar Schritte von ihm und gehe auf den Felsblock zu, von dem ich eben heruntergesprungen bin.

»Wann ist denn das Weihnachtsfestival?«, frage ich. Es kann nicht mehr allzu lange dauern, wenn sie im Dorf jetzt schon alles dafür aufbauen.

»Es dauert die ganze Woche«, antwortet er. »Normalerweise haben wir dann keine Touristen hier. Nur entfernte Familienmitglieder und andere Schotten. Spricht vieles dafür, dass du die Einzige aus dem Ausland bist.«

Ich finde den Gedanken, das typische Kleinstadttreiben in Schottland ohne gestellte Touristenattraktionen zu sehen, durchaus ein wenig aufregend.

»Ich wünschte, Leah könnte hier sein«, sage ich und widerstehe dem Drang, noch einmal auf mein Handy zu sehen.

»Deine Freundin, die nicht mitkommen konnte?«

Finn erklimmt den niedrigsten Felsblock mit einem einzigen leichten Sprung. Ich mustere ihn und komme zu dem Schluss, dass ich da wohl auf den Knien hochkrabbeln muss. Aber noch bevor ich Gelegenheit dazu habe, hockt er sich hin und streckt mir die Hand entgegen. Ich lasse mich von ihm hochhieven, und als wir nach zwei weiteren Felsblöcken endlich die Treppe hinaufsteigen können, geht Finn voran.

»Wir sind schon seit der Highschool befreundet«, berichte ich ihm. »Leah wohnt in Colorado in der Nähe von Denver. Ihr Mann hatte vor ein paar Tagen einen Unfall.«

»Geht es ihm gut?«

Ich erzähle ihm von dem Steißbeinbruch und der Gehirnerschütterung und von dem Fieber, das Leah vor ein paar Tagen in ihrer Textnachricht erwähnt hat. »Ich warte jeden Tag auf eine Nachricht von ihr. Gestern habe ich von Perth aus versucht, bei ihr anzurufen, bin aber immer nur auf ihrer Mailbox gelandet. Und angesichts der Tatsache, dass hier überall WLAN ist – außer an diesem Ort hier – habe ich auch meine E-Mails noch gecheckt. Nichts Neues.«

Er ignoriert meine Stichelei bezüglich des nicht vorhandenen WLANs. »Aber sie wollte, dass du ohne sie nach Schottland reist?«

Es kommt mir vor, als sei es Jahrhunderte her, dass Leah mir riet, meinen Urlaub wie geplant durchzuziehen.

»Sie weiß, dass ich schon seit Langem herkommen will.«

Finn klettert nicht weiter und dreht sich auf einem flachen Felsvorsprung um. »Lass mich raten – *Braveheart*?«

Ich versetze seiner Schulter einen Knuff, obwohl ich ihn doch besser nicht berühren sollte. Und überspiele den Lapsus mit einem Lachen. »Damit hat alles angefangen, aber inzwischen geht es nur noch am Rande um William Wallace.«

»Du meinst Mel Gibson«, murmelt er und bewegt sich immer noch keinen Zentimeter weiter.

»Ich *meine* William Wallace«, antworte ich und bemühe mich, seinem aufmunternden Lächeln nicht zum Opfer zu fallen. »Ich liebe eure Geschichte. Sie ist so aufregend und ereignisreich. Die Amerikaner haben auch eine bewegte Geschichte, aber die ist anders als eure.«

»Und du hast was für Geschichte übrig. Ich habe schon Kenntnis davon.«

Ja. Davon hat er bereits Kenntnis.

»Mel Gibson«, schnaube ich und beginne, mich an ihm vorbeizuwinden. »Der ist beinahe alt genug, um mein Großvater zu sein.«

Finn hält einen Arm hoch, um mich aufzuhalten. »Wie alt *bist* du denn?«

Ich weiche einen Schritt zurück und blinzele ihn an. Die Sonne scheint, der Wind zerrt an unserer Kleidung und unserem Haar. Trocknet seine Ärmel und Hosenbeine. Ich rieche das Salz, obwohl wir uns im Landesinneren befinden, weit weg vom Ozean. Ich frage mich, ob das an den Mineralien liegt in dem Wasser, das er getestet hat.

»Wie alt bist *du*?«, gebe ich zurück.

Er senkt den Arm und stemmt die Hand in die Hüfte. »Einunddreißig.«

Ich habe mir schon gedacht, dass er über dreißig ist, bin aber erleichtert, dass er nicht viel drüber ist.

»Ich bin vierundzwanzig.«

Das macht also … was? … sieben Jahre Altersunterschied? Auf den ersten Blick ist das viel. Aber neben ihm kommt mir das gar nicht so vor.

Er nickt, nimmt die Hand von der Hüfte und reibt sich das rasierte Kinn. Auf dem sich schon wieder ein paar Bartstoppeln zeigen.

»Ich will die Situation nicht ausnutzen, Hühnchen. Deshalb hab ich letzte Nacht bei meiner Mom übernachtet. Ich dachte, etwas Abstand wäre das Klügste.« Er sieht mir unverwandt in die Augen. Diesmal blickt er nicht ganz so ernst oder konzentriert drein wie an dem Morgen, bevor er mich in der Destillerie geküsst hat. »Du bist ganz allein in meinem Haus. Und da solltest du durch mich kein ungutes Gefühl kriegen. Dazu habe ich kein Recht.«

Ich muss unwillkürlich lachen. »Ich habe kein ungutes Gefühl.«

Er nickt wieder, akzeptiert meine Antwort mit einem Grinsen. »Nein. Den Eindruck hatte ich gestern Morgen auch nicht.« Das Grübchen wird tiefer. Er errötet beinahe, und der Anblick versetzt mich fast zurück in meine Highschool-Jahre. Ich fühle mich wie beim ersten Flirt. »Und trotzdem. Wenn du mir sagst, ich soll meine Hände bei mir behalten, dann mache ich das. Bei meiner Ehre. Und diesmal halte ich mich dran.«

Ehre bedeutet ihm etwas. Vielleicht ist das bei Trent nicht so, genauso wenig wie bei den Typen, mit denen ich mich auf dem College getroffen habe, aber für Männer wie Finn bedeutet sie alles.

»Und wenn ich dir das nicht sage?«

Ich beiße mir auf die Innenseite meiner Lippe, schockiert über meine eigene Frage. Ich hätte nicht gedacht, dass ich so forsch sein kann. Finn starrt mich mit offenem Mund an, was mir zeigt, dass es ihm genauso geht.

Mühsam schließt er den Mund wieder und fährt sich mit der Hand durchs Haar. Scheint ein charmanter, nervöser Tick zu sein.

»Dann verspreche ich dir das nicht«, antwortet er.

Ich weiß nicht, ob ich lachen oder ernst bleiben soll. Am liebsten würde ich das Gesicht in den Händen vergraben und kreischen, aber wahrscheinlich käme das bei ihm nicht allzu gut an.

Mit einem mutwilligen Lächeln auf dem Gesicht macht sich Finn ohne ein weiteres Wort daran, die Klippen weiter zu erklimmen. Ich habe gerade die Büchse der Pandora geöffnet. Ich habe ihn eingeladen, zu … *oh Gott.* Ich habe ihn eingeladen, zuzugreifen.

Kapitel 9

Kaum betreten wir das Schloss, höre ich auch schon das Telefon klingeln. Als wir eben die Treppenstufen erklommen hatten und auf eine Hintertür zugingen, die ins Esszimmer führt, stellte ich mir im Geiste die vielen verschiedenen Szenarien vor, die sich ergeben könnten.

Würde er sich gleich auf mich stürzen, wenn wir drinnen waren? Würde er bis heute Abend warten? Erwartet er, dass ich den ersten Schritt mache? Habe ich mir die Beine rasiert? Meine Nerven sind bis zum Zerreißen gespannt, als er zum Telefon geht, um abzuheben. *Gott sei Dank.* Keine Ahnung, ob ich dafür schon bereit bin – obwohl ein Großteil meiner selbst das durchaus zu sein scheint.

Ich will ihm nicht folgen wie ein verlorener Welpe, und die Chancen stehen 1:99, dass der Anruf absolut nichts mit mir zu tun hat. Also gehe ich die Haupttreppe in den zweiten Stock hinauf und in mein Zimmer. Als ich die Tür öffne und eintrete, habe ich das Gefühl, dass mein Körper nicht mir gehört.

Ich brauche Rat. Ich brauche Leah.

Ich hole noch einmal mein Handy heraus und atme überrascht aus – ich habe Empfang. Ich bin ziemlich sicher, dass es in Colorado jetzt früher Morgen ist, also beschließe ich, Leah lieber zu schreiben, als sie anzurufen.

Hilfe! Heißer schottischer Typ will mich. Was soll ich tun??

Ich lasse mich wieder auf das von heute Morgen noch ungemachte Bett fallen und schließe die Augen. Die Kissen sind aus luftigen Daunen, sodass mein Kopf darin untergeht wie ein Schiff. Finn würde die Situation nicht ausnutzen, wenn ich nicht bereitwillig mitmachen würde. Stimmt's? Ich meine, ja, ich bin Gast in seinem Haus, und ja, ich bin allein, aber es ist ja nicht so, als sei er ein alter Lüstling, der sich auf mich stürzt, während ich mich wie eine Wilde gegen seine Zudringlichkeit wehre.

Wenn ich ehrlich bin, drängt die Aussicht, Zeit mit Finn zu verbringen, meine restlichen Urlaubspläne doch deutlich in den Hintergrund. Wenn Leah hier wäre, würden wir die Gegend erkunden. Wir würden nur abends zum Schloss zurückkehren, und das wär's. Klammere ich mich an Finn, weil ich allein hier bin? Oder weil es aufregend ist, mit ihm zusammen zu sein und ihn kennenzulernen?

Ich weiß die Antwort nicht.

Ich weiß nicht einmal, ob sie überhaupt eine *Rolle* spielt. Tatsache ist, dass er hier ist. Und er sorgt dafür, dass ich bei ihm sein will. Ich kann nicht aufhören, an ihn zu *denken*.

Mein Handy gibt einen Zimbel-Ton von sich. Leah hat zurückgeschrieben.

Echt jetzt?

Ich hätte wissen müssen, dass sie ihre Zweifel hat.

Er heißt Finn. Lange Geschichte.

Ich habe ihr noch nichts von Deb oder Finn oder dass wir komplett um unser Geld betrogen wurden erzählt. Dafür ist allerdings auch jetzt nicht der richtige Zeitpunkt. Es ist einfach zu kompliziert.

Ein paar Sekunden später:

Du bist von der schnellen Truppe, Mädel. Mach's.

Ich lache und tippe.

Nutte.

So etwas kann ich nur mit Leah. Meine Zimbeln erklingen wieder.

Sag ihm, er soll einen Kilt tragen.

Die Vorstellung von Finn im Kilt macht meine Daumen ganz zittrig, und ich vertippe mich zweimal, bevor ich die Antwort eingegeben habe.

Schmutzfink. Wo warst du? Wie geht es Jim?

Ein gebrochener Hintern hätte wohl kaum Fieber zur Folge gehabt, oder? Vielleicht hat sich Jim ja auch nur eine Erkältung eingefangen. Immerhin haben wir Dezember. Eine Verletzung schwächt das Immunsystem, sodass man sich leicht einen Virus einhandelt. Nur dann wird Leah vielleicht gar nicht nach Schottland kommen können.

Sorry. Keine Veränderung. Kann ich dich morgen anrufen?

Ich schreibe, dass ich mein Bestes gebe, je nach Netzanbindung, und dass sie für ihren Hubba Bubba sorgen soll. So nennt sie ihn, und ich finde es süß. Er selbst verdreht allerdings immer die Augen, wenn er es mitbekommt. Er sagt, dann fühle er sich wie ein Kaugummi und nicht wie ein erfolgreicher Geschäftsmann.

Ich lege das Handy beiseite und starre die Decke an. Ich habe nichts – absolut nichts – zu tun.

Zumindest dachte ich das.

Denn auf einmal klopft es laut an meine Tür, und einen Augenblick später schwingt sie auf. »Wo sind Sie, Meg!« Finns Mutter stürmt in mein Zimmer, und ich springe vom Bett auf.

»Beatrice?«

»Finley meinte, Sie seien im Einhorn-Zimmer, und dass ich Sie in Ruhe lassen sollte, aber da Ihre Freundin Sie ja nicht hierher begleiten konnte, hab' ich mir gedacht, dass Sie wahrscheinlich nur hier 'rumliegen und Däumchen drehen.«

Ich streiche mir das zerknautschte Shirt glatt und fahre mir mit der Hand übers Haar. »Ich habe nicht Däumchen gedreht.«

Sie bleibt vor dem ovalen Spiegel mit Holzrahmen stehen, der über dem Frisiertisch hängt, und ordnet ihre Frisur. Es ist ein kurzer Bob, der aber nicht glatt und gestylt ist. Vielmehr ist er vom Wind zerzaust, als sei sie auf einem Pferd nach Drummond Hall geritten.

»Haben Sie etwas Bestimmtes vor?«, hakt sie nach. Ich merke wieder, dass ihr Akzent nicht so stark ist wie der von Finn oder einiger anderer, die ich bisher kennengelernt habe. Sie sagt Sie und nicht Se, und sie verfällt nicht dauernd ins Schottische wie Finn.

»Na ja … nein, eigentlich nicht«, antworte ich. Vielleicht habe ich ja *doch* Däumchen gedreht.

»Dann können Sie mit uns kommen«, sagt sie, dreht sich auf dem Absatz herum und kehrt zur Tür zurück.

Ich warte auf eine Erklärung, aber als die nicht kommt und sie im Flur verschwindet, folge ich ihr.

»Wo gehen wir hin?«

»Zum Tanzen«, antwortet sie und läuft im Stechschritt den Flur hinab. Ich betrachte sie in ihren hochhackigen weißen Pumps und dem roten Wollkostüm – elegant, wie geradewegs einer Episode aus *Mad Men* entsprungen.

»Zum Tanzen? Vielleicht sollte ich mich dann besser umziehen?«

Sie dreht sich um, mustert mich von Kopf bis Fuß und runzelt die Stirn. »Vielleicht sollten Sie das. Kommen Sie.« Sie wendet sich wieder meinem Zimmer zu. Ein Teil von mir würde ihre Einladung liebend gern ausschlagen – so energisch sie auch vorgebracht wurde – und lieber hierbleiben und an meiner Idee zu der neuen Geschichte arbeiten. Aber als Beatrice meinen Koffer hochhievt, auf mein Bett plumpsen lässt und prompt anfängt, ihn zu durchsuchen, wird mir klar, dass jeglicher Protest zwecklos wäre.

»Irgendwas, das Ihnen gefällt?«, frage ich, wobei mir klar ist, dass mein Ton sarkastisch klingt. Aber das ist ihr vermutlich gleichgültig.

»Das könnte passen«, antwortet sie und holt das kleine Schwarze heraus, dass ich letztes Jahr in einem Vintage-Shop auf der Newbury Street in Boston gekauft habe. Es kostete mehr, als ich sonst für einen Zweiwocheneinkauf ausgebe, aber dem Audrey-Hepburn-Style konnte ich einfach nicht widerstehen.

Der Kragen ist viereckig und an der Schulter plissiert und mit einem Knopf fixiert. Das Oberteil liegt eng an, die Ärmel sind lang und der ausladende Rock reicht mir bis zu den Knien. Es sitzt perfekt, aber ich habe es noch nie in der Öffentlichkeit getragen, sondern es nur etliche, klägliche Male in meiner Wohnung anprobiert. Der Kaschmirstoff fühlt sich auf meiner Haut unglaublich weich an.

»Ist das nicht zu elegant?«, frage ich und nehme ihr das Kleid aus der Hand.

Ich hätte es nach meiner Ankunft gleich aufhängen sollen. Es war zwar sehr sorgfältig zusammengelegt, aber ein paar Knitterfalten sind immer noch zu sehen. Doch ohne Leah hatte ich nicht erwartet, an einem Ort aufzutauchen, der elegant genug wäre, es zu tragen.

Beatrice hält es mir mit beifälligem Blick vor den Körper.

»Oh nein. Es ist genau richtig«, sagt sie. Dann scheucht sie mich ins Bad, damit ich mich umziehe.

Ich schließe die Tür und ziehe mich aus. Ich creme mich mit Lotion ein und fahre mit dem Rasierer über meine stacheligen Beine. Zum Glück hatte ich meine Jeans an jenem Morgen in der Destillerie anbehalten. Wie peinlich wäre das gewesen! Bevor meine bösen Gedanken wieder geradewegs zu Finn und der Art, wie er mich geküsst hat, zurückkehren können, rufe ich durch die verschlossene Tür und über das laufende Wasser hinweg, mit dem ich die Rasierklinge abspüle: »Was für eine Tanzveranstaltung ist es denn?«

»Nur so ein kleiner Dorftanz«, antwortet sie, und ich stelle mir vor, wie sie dabei meine restlichen Sachen durchsucht.

Ich klatsche mir Wasser ins Gesicht, dann ziehe ich das Kleid über. Normalerweise trage ich nicht viel Make-up, aber für eine Tanzveranstaltung sollte ich mir vielleicht etwas mehr Mühe geben. Nachdem ich etwas Puder und Mascara aufgetragen habe, fahre ich mit dem Kamm durchs Haar, dann verlasse ich das Bad.

Beatrice hält meine schwarzen Pumps in die Höhe, wobei

erneut ein strahlendes Lächeln ihre rundlichen Züge erhellt. Ich nehme sie entgegen, kann ihr wegen ihrer Schnüffelei nicht böse sein. Sie meint es gut.

»Danke«, sage ich, streife sie über und bin gleich fünf Zentimeter größer. Jetzt überrage ich Finns Mom.

Sie klatscht in die Hände. »Sie sehen hübsch aus, Meg!«

Bei unserer ersten Begegnung hatte sie mich Margaret genannt, dann aber hatte sie wohl gehört, wie Finn mich Meg rief.

Ein kleiner Dorftanz. Ich frage mich, wie die Veranstaltung wohl ablaufen mag, während wir die Treppe hinunter und ins Wohnzimmer gehen, das genau gegenüber von der Eingangshalle liegt. Am Abend meiner Ankunft war ich durchaus auch im Wohnzimmer gelandet, aber es war dunkel gewesen, und an den darauffolgenden Tagen hatte ich es nicht betreten. Nun strömt die späte, untergehende Nachmittagssonne durch eine Reihe gebogener mittelalterlicher Fenster und beleuchtet die Porträts und Landschaftsgemälde an den Wänden. Sie funkelt auf den Glasregalen, die voller Bücher sind, und auf dem abgenutzten Lack diverser Wappen. Zwei Wandteppiche – größer und weniger beunruhigend als der in meinem Zimmer – scheinen das Sonnenlicht zu verschlucken, statt es widerzuspiegeln.

Das Mobiliar ist eleganter und altmodischer als die großen, bequemen Sessel und Couchen im Studierzimmer. Ich trete ein und entdecke Finn, der in einem Ohrensessel vor dem Feuer herumlungert, einen Knöchel auf dem Knie des anderen Beines und mit einer aufgeschlagenen Zeitung im Schoß. Er wirkt mehr als entspannt, vielmehr total ungezwungen, wie er sich da in einem Sessel fläzt, in dem vermutlich auch die früheren Lairds des Drummond Clans gesessen haben.

Aus den Augenwinkeln sieht er uns eintreten und wendet den Kopf. Ich merke, dass er auf etwas herumkaut, das wie ein Stück Beef Jerky aussieht. Seine Blicke landen auf mir. Sie wandern von meinem Gesicht und Haar an meinem Kleid herab, und der Knöchel rutscht von seinem Knie. Finn springt vom Sessel auf.

Er zerrt sich das Stück Beef Jerky aus dem Mund und betrachtet es eine Sekunde lang, als wüsste er nicht, was es in seinem Mund zu suchen hatte.

»Nun?«, fragt Beatrice und tritt beiseite, als wolle sie ihm einen besseren Blick auf mich gewähren. »Wo bleiben denn die Manieren, die ich dir beigebracht habe, Finley Angus?«

Finley *Angus*?

Finn wirft den Streifen Beef Jerky auf den Sitz seines Sessels und seiner Mutter einen Blick zu. Dann wischt er sich die Handflächen an seiner Baumwollhose ab, wahrscheinlich, um Reste seiner Mahlzeit zu entfernen. Er ertappt mich dabei, wie ich mir ein Lächeln verkneife und funkelt mich dann warnend an. »Du siehst hübsch aus, Hühnchen.«

»Danke.« Ich verschränke die Arme vor der Brust, obwohl mir nicht kalt ist. Das Kaschmirkleid ist dünn, aber warm. Ich bin nur nervös. Seine Mutter ist direkt neben mir, und trotzdem steht ihm die Unterhaltung, die wir vor einer halben Stunde an den Klippen hatten, deutlich in den Augen.

»Dann beeil dich«, sagt Beatrice und wedelt mit den Händen. »Du kannst schließlich nicht in dieser Aufmachung nach Keaton Ridge gehen.«

Finn funkelt seine Mutter wütend an. »Ich hab' dir doch gesagt, dass ich nich' gehe.«

»Ja, hast du. Aber du warst schon zwei Jahre nicht dort, und es wird höchste Zeit.« Sie geht auf ihn zu und nimmt seinen Arm. Er stöhnt, lässt die Schultern hängen wie ein Junge, dem man gerade gesagt hat, er solle sich hinter den Ohren waschen und sein Zimmer aufräumen. »Außerdem: Wenn schon ein Gast Drummond Halls hingeht, sollte der Herr des Hauses dann nicht auch dort erscheinen?«

Beatrice zwinkert mir zu, während sie Finn in die Eingangshalle begleitet. Ich starre sie mit vor Staunen offenem Mund an. Sie hat mich *ausgetrickst*! Sie will, dass Finn an dieser Tanzveranstaltung teilnimmt, und sie benutzt mich, um das durchzusetzen.

»Jetzt erkennst du ihr wahres Gesicht, nicht wahr?«, murmelt Finn im Vorbeigehen.

Sie versetzt ihm einen weiteren Schubs. »Los, mach dich fertig.«

Er grummelt, als er die Treppe erklimmt. Beatrice dreht sich um und sieht mich triumphierend und mit hochgezogenen Augenbrauen an. »Ich dachte mir, dass das wirkt.«

Darum ging es also die ganze Zeit. Sie wollte ihren Sohn dazu bringen, zu diesem Keaton-Ridge-Dance zu gehen, über den ich immer noch nichts weiß. Nur dass es eine Tanzveranstaltung ist, die Finn anscheinend meidet.

»Warum will er denn nicht hingehen?«, frage ich, als Beatrice in der Eingangshalle ihren Mantel und ihren Hut holt. Ich nehme mir meinen wollenen Mantel ebenfalls von der Garderobe herunter.

»Der Keaton-Tanz findet jedes Jahr während des Weihnachtsfestivals statt. Die meisten Leute in Drummond Mull gehen hin, und na ja … Finley hat sich in den vergangenen paar Jahren dort nicht mehr allzu willkommen gefühlt.« Sie befasst sich intensiver als nötig mit ihrem Hut, wobei sie an der Krempe herumzupft. »Er hat die meisten Festival-Veranstaltungen gemieden, aber ich weiß, dass er es früher immer liebte.«

Ich binde den Gürtel um meine Taille und zögere auszusprechen, was mir auf der Zunge liegt. Aber bislang hatte ich den Eindruck, dass Beatrice ein offenes Wort vertragen kann. Und immerhin hat sie gerade meine Sachen in meinem Koffern durchstöbert. Eine vielleicht unhöfliche Frage wird sie also nicht aus der Fassung bringen.

»Wegen dem, was mit seiner Frau passiert ist?«

Sie schürzt die Lippen. »Keine Ahnung, was er Ihnen bisher erzählt hat …«

»Nichts«, unterbreche ich sie. »Eigentlich nichts. Und ich weiß ja, dass es mich nichts angeht.«

Sie hat es mit dem Widerspruch nicht allzu eilig. Stattdessen wirft sie einen Blick die teppichverkleideten Stufen zum zweiten Stock hinauf. Finn ist noch nicht wiederaufgetaucht, aber er kann jeden Augenblick erscheinen.

»Seitdem ist er nicht mehr derselbe.« Ihre Stimme ist nun vorsichtig und geheimnisvoll. Bei einer so lebhaften Frau wie ihr wirkt das irgendwie unpassend.

»Janie war ein nettes Mädel. Jeder Bursche von Drummond Mull bis Perth wollte sie haben. Sie wählte meinen Finley«, fährt Beatrice fort, und ich sehe ein kurzes Lächeln aufblitzen. Aber ihre Miene umwölkt sich sofort wieder. »Aber sie war nicht glücklich. Er konnte sie nicht glücklich machen, nicht hier. Sie wollte …«

Ein Geräusch aus der oberen Etage lässt Beatrice' Blick nach oben schweifen, und sie versteift sich. Aber der Augenblick geht vorüber, und Finn taucht noch nicht wieder auf.

»Sie wollten eben verschiedene Dinge, das ist alles«, fügt sie hinzu. Anscheinend bekommt sie es bei der Aussicht, beim Flüstern ertappt zu werden, nun doch mit der Angst zu tun.

Ich habe meine Frage schon allzu lang zurückgehalten. Ich muss die Antwort einfach wissen. Oder zumindest muss ich *versuchen*, sie in Erfahrung zu bringen.

»Aber warum?«, flüstere ich und drehe mich mit dem Rücken zur Treppe, falls er ohne Vorwarnung dort erscheinen sollte. »Warum glauben die Leute, dass er sie umgebracht hat?«

Beatrice meidet meinen Blick. »Glauben Sie mir, ich weiß, dass mein Sohn nicht vollkommen ist. Ich weiß, dass er Fehler gemacht hat. Aber er ist beileibe kein Mörder.«

Ich hoffe doch sehr, nicht den Eindruck erweckt zu haben, ihn anklagen zu wollen. Ich presse die Lippen aufeinander, um nicht noch etwas zu sagen. Aber dazu hätte ich sowieso keine Gelegenheit. Finn poltert den oberen Flur entlang, wobei ein lautes Rasseln ertönt, bevor er hinter der Balustrade am Treppenabsatz auftaucht.

Zuerst sehe ich seinen Kilt, grün, blau und schwarz gemustert. An der Taille wird er von einem breiten schwarzen Gürtel gehalten und endet über seinen muskulösen Knien. Lange weiße Strümpfe bedecken seine Schienbeine, und ein schwarzer Fell-Sporran an einer Kette hängt genau zwischen seinen Beinen. Ich versuche, meinen Blick davon abzuwenden, was gar nicht so leicht ist. Am Oberkörper trägt Finn eine kurze Smokingjacke und darunter ein weißes Hemd. Er sieht aus wie ein Fabelwesen: halb Schotte, halb Bräutigam.

Er steigt die Treppenstufen herab, wobei die Falten in seinem Kilt wogen und einen Blick auf seine mächtigen Schenkel enthüllen.

»Wo ist deine Fliege?«, seufzt Beatrice entnervt.

Auf der letzten Stufe rückt Finn seinen Kragen zurecht. »Das Ding kann ich nicht ausstehen. Du hast schon Glück, dass ich die Jacke angezogen habe.«

Die Jacke halte ich noch für das Normalste an der ganzen Kluft, aber na ja, immerhin bin ich Amerikanerin. Kilts sind nun einmal Tradition hier. Seltsam genug, dass ein Mann, der so was wie einen Rock trägt, tatsächlich attraktiv sein kann. Aber vielleicht ist es ja auch nur *dieser* Mann.

»Hör auf, meine Knie anzustarren«, neckt er mich, als er die Tür öffnet und beiseitetritt, um seiner Mutter den Vortritt zu lassen.

»Ich starre deine Herrenhandtasche an«, flüstere ich und hoffe, dass Beatrice mich nicht hört. Aber wahrscheinlich würde sie darüber sowieso nur lächeln.

Er schließt die Tür hinter uns. »Das ist ein Sporran«, erläutert er. »Bei den Kilts sind die Taschen etwas zu kurz gekommen.«

»Nicht nur die Taschen«, kann ich mich mit weiteren Neckereien nicht zurückhalten.

Finn rempelt meine Schulter mit der seinen an, als wir zu unseren Autos in der Auffahrt gehen. »Und jetzt fragst du dich, was drunter ist?«

»Lass die Lassy in Ruhe«, ruft Beatrice, als sie die Tür ihres Wagens öffnet, der ebenso klein ist wie der, den Duff fuhr, als ich ihn am Castle Haig traf. »Meg, Sie kommen mit mir. Finley kann uns nach Keaton Ridge folgen.«

Finn grinst mich kurz an und geht weiter zu seinem Van. Ich öffne die Tür, die in Amerika auf der Fahrerseite läge. Seltsam, als Beifahrer auf dieser Seite zu sitzen. Aber immer noch besser als selbst zu fahren.

Beatrice steigt ein und startet den Motor. »Mein Sohn ist ein Schurke, wenn er es darauf anlegt.«

Das stimmt, obwohl ich mich jetzt frage, ob er allen Frauen gegenüber ein Schurke ist. Ob er nur mit ihnen spielt? Er ist charmant, so viel steht fest. Er weiß, wie man jemanden neckt und flirtet. Aber seine Reaktion auf unseren Kuss neulich morgens – als hätte er etwas Unerhörtes getan und sei enttäuscht von sich selbst – lässt mich vermuten, dass er Frauen ernster nimmt, als seine Flirterei vielleicht vermuten lässt.

»Was ist Keaton Ridge?«, frage ich, als wir Drummond Hall hinter uns lassen.

»Ein hübscher Ort. In der Nähe eines mehrkammerigen Steinhügels, eines Cairns. Das waren früher piktische Begräbnisstätten«, erläutert sie. »Ridge bedeutet so viel wie Hügelkamm. Und dieser liegt auf der aufgeschütteten Erde über dem Cairn.«

Auf der Fahrt durch das Dorf und eine kurvenreiche Straße hinab erzählt mir Beatrice von den Pikten und der Geschichte dieser Region. Die Pikten besiedelten Schottland im frühen Mittelalter. Sie waren vornehmlich Bauern, kämpften allerdings auch gegen die Römer und die Angelsachsen. Wären sie besiegt worden, wäre das Königreich Schottland womöglich nie entstanden. Die Bezeichnung Pikten rührt, so Beatrice, von der Sitte dieses Volkes her, sich zu bemalen und zu tätowieren; und die Schnitzereien, die man in diesem Teil Schottlands gefunden hat, beweisen, dass sie sich selbst mit Tinte verzierten. Da die piktische Sprache jedoch nicht überlebt hat, konnte man es eben doch nicht mit Sicherheit sagen.

Genau das hatte ich gemeint, als ich zu Finn sagte, Schottlands Geschichte sei faszinierend.

Ein Blick in den Rückspiegel zeigt mir, dass er mit seinem weißen Van ein paar Längen hinter uns fährt. Die untergehende Sonne spiegelt sich in seiner Windschutzscheibe, aber ich kann ihn trotzdem hinter dem Steuer erkennen. Mit Sonnenbrille und Smokingjacke hat er das Flair eines Rockstars.

»Da«, ruft Finns Mutter, und ich wende den Blick wieder nach vorn.

Ein unnatürlich flacher Hügel liegt dicht vor uns. Obenauf befinden sich weder Bäume noch Felsen, und am Fuße, ganz dicht an der gewundenen Straße, erkenne ich eine langgezogene Festung aus Stein und Holz. Die untergehende Sonne beleuchtet den Cairn und spiegelt sich in den Glasfenstern der Festung. Dutzende von Autos parken davor, und im Näherkommen entdecke ich, dass die Leute bereits zu beiden Seiten der Straße parken. Beatrice hält an und winkt zwei älteren Männern – ebenfalls in Kilts – zu, die die Straße überqueren und auf die Festung zugehen.

»Seien Sie jetzt nur nicht schüchtern«, rät sie und öffnet die Tür. Ich steige aus, blinzele in der gleißenden Abendsonne. »Nehmen Sie sich nur vor Seamus Callahan in Acht. Er ist immer da, pflegt gern seinen Kilt zu lüften und das, was der gütige Herrgott ihm gegeben hat, zur Schau zu stellen.«

Ich lache und überquere an Beatrice' Seite ebenfalls die Straße. Finn parkt seinen Van neben ihrem Auto und knallt die Tür zu, die Sonnenbrille immer noch auf der Nase.

»Hast du sie vor Seamus gewarnt?«, fragt er prompt.

»So langsam krieg ich wirklich Angst«, antworte ich, und tatsächlich habe ich Schmetterlinge im Bauch. Aber nicht weil irgend so ein Typ seinen Kilt lüften und mich blenden könnte. Sämtliche Leute, die sich um die Festung scharen und auf die herabgelassene Zugbrücke eilen, um in den großen klaffenden Eingang zu gelangen, stammen von hier. Ich bin ein Gast, eine Touristin. Und Finns Worten zufolge bin ich wahrscheinlich die einzige.

Meine Schuhe sind bequem und nur fünf Zentimeter hoch, aber trotzdem schwanke ich auf dem Kiesweg. Finn greift nach meinem Ellbogen und stützt mich. Er lässt die Hand länger als nötig dort verharren und führt mich auf das glatte Holz der Zugbrücke, bevor er mich wieder loslässt. Wir gelangen in einen viereckigen Innenhof, der zu allen Seiten von soliden Steinmauern und dichten Buchsbaumhecken begrenzt wird.

Ich schaue zu ihm auf und lächele ihm dankbar zu. Bewundernd sieht er mich an. Er hat seine Sonnenbrille eben abgenommen und in seinem Sporran verstaut. Mir kommt in den Sinn, dass er lange nicht mehr bei dieser Veranstaltung war. Seit seine Frau verschwand. Oder starb.

Er ertappt mich dabei, wie ich ihn mustere, und wirft mir ein aufmunterndes Lächeln zu. Wahrscheinlich gilt es uns beiden.

Beatrice ist sofort von allen möglichen Männern und Frauen umringt, die allesamt ihre elegantesten Partyklamotten tragen. Lange Röcke und Wollhosen, Hüte und Handschuhe, Kilts und Smokingjacken. Ein Meer aus Schottenkaro, alles in verschiedenen Mustern und Farben. Sogar Purpur ist dabei. Beatrice unterbricht die Begrüßungen und greift nach meinem Arm, zieht mich von Finns Seite fort.

»Und das hier ist Meg aus Amerika. Sie ist auf Drummond Hall unser Gast«, verkündet sie.

Mindestens ein Dutzend Augen mustern mich, einige freundlich, andere mit offener Neugier. Ein Mann mit silbernem Schopf und Drahtgestellbrille greift nach meiner Hand. In altmodisch höfischer Manier beugt er sich darüber.

»Meg aus Amerika, willkommen in Keaton Ridge«, sagt er und richtet sich wieder auf.

»Das ist Collum Keaton«, erklärt Beatrice.

»Oh, das hier ist also Ihr Heim?«, frage ich, woraufhin die Umstehenden amüsiert lachen. Ich habe offenbar falsch geraten.

»Das Bauwerk gehört meiner Familie, aber wenn Sie hineingehen, werden Sie erkennen, warum es als Heim ungeeignet ist«, antwortet er.

Er streckt den Arm aus und deutet auf eine andere Doppeltür, die in die Festung führt. Die Menschen schlendern hinein, laute Stimmen, die darum wetteifern, gehört zu werden, der durchdringende Klang von Dudelsäcken, die irgendwo in der Nähe aufgewärmt werden. Das hier kommt mir eher wie eine Gala vor als ein kleiner *Dorftanz*, wie Beatrice es genannt hatte.

Finns Mom hält meinen Arm fest und führt mich hinein. Ein paar der anderen begleiten uns und überschütten mich mit Fragen. Wie lange ich wohl bleibe? Wo in den Staaten ich lebe? Wie es kommt, dass ich ausgerechnet auf Drummond Hall gelandet bin? Darauf muss Beatrice nur eines sagen: »Deb Hennessey«, und die Frau, die mich gefragt hat, verdreht verstehend die Augen. Sie tätschelt mir die Schulter und drückt ihr Bedauern aus. Scheinbar weiß jeder in Drummond Mull und Umgebung von Debs Machenschaften.

Ich schaue mich nach Finn um, aber er ist nirgends zu entdecken.

»Er macht sich jetzt sicher rar«, flüstert Beatrice.

Erschrocken schaue ich sie an, peinlich berührt, weil sie gemerkt hat, dass ich nach ihm gesucht habe. Bin ich so leicht zu durchschauen? Sie schürzt die Lippen und grinst, als wir die Festung betreten.

Und genau wie Collum Keaton vorausgesagt hat, verstehe ich sofort, warum man hier nicht wohnen kann. Diese Seite der Festung besteht aus einer einzigen, lang gezogenen Halle, gesäumt von Fenstern, aus denen man einen guten Blick auf den Cairn hat. Unter hohen Rundbogendecken wurden überall Tische aufgestellt, und ganz vorn befindet sich eine Bühne, auf der die Dudelsackspieler mit ihren Instrumenten warten.

»So wie hier ist jeder Flügel«, berichtet Beatrice mir. »Was für ein Wahnsinn.«

Großartig von außen, aber schlicht und leer im Inneren. Na ja … das Wort *schlicht* trifft es vielleicht nicht ganz.

Irgendjemand drückt mir ein Weinglas in die Hand, und zwischen den Fragen über mich selbst und Amerika nippe ich immer wieder daran. *Wenigstens ist es kein Loch Ross.*

Nachdem die erste Welle neugieriger Einheimischer sich verzogen hat, um sich mit anderen zu unterhalten, und Beatrice meinen Arm endlich freigibt, um einer Freundin Hallo zu sagen, wird mir ein bisschen schwindelig. Ich habe meinen Wein viel zu schnell getrunken und heute nicht mehr als ein paar Bissen zu mir genommen, weshalb er mir gleich zu Kopf gestiegen ist.

Bei einem der riesigen Fenster in der Nähe steht ein langer Tisch. Dorthin wende ich mich und stelle mein Glas darauf ab. Ich muss einen klaren Kopf behalten. Wenn ich hier als betrunkene Amerikanerin in Erinnerung bleibe, wäre das ziemlich peinlich für Beatrice, und das möchte ich vermeiden.

Der goldene Schimmer der Abendsonne verblasst, und ein dämmriges Blau übernimmt die Vorherrschaft. Der Cairn sieht nun aus, als sei er in tiefes Dunkelblau getaucht worden. Ich beobachte ein paar Jungs und Mädels, die draußen, auf den schneeüberzuckerten Rasenstücken, die zum Hügelabhang führen, einen Fußball umherkicken. Es ist so seltsam … diese Kids spielen neben einem alten Friedhof und bewegen sich so zwanglos wie in einem öffentlichen Park.

Aus den Augenwinkeln sehe ich, wie jemand neben mich an den Tisch tritt. Ich wende mich vom Anblick der Kinder draußen ab und entdecke ein bekanntes Gesicht. Fergus Mc Cleven. Er nickt mir zur Begrüßung zu, wobei er die dunklen Augenbrauen runzelt. Dann räuspert er sich.

»Ich wollte mich entschuldigen«, sagt er, ohne sich auch nur eine Sekunde mit Small Talk aufzuhalten. »Ich hätt' nich' einfach so nach Drummond Hall kommen sollen. Finn hatte recht, als er mich 'rauswarf. Sorry wenn ich Ihnen Angst eingejagt hab'.«

Ich mustere ihn, nehme seine Kleidung wahr. Er trägt keine Anzugjacke wie die meisten Männer hier, sondern ein weites schwarzes Shirt nach Bauernart, das an Hals und Brust geschnürt ist. Sein Schottenkaro hat fast die gleichen Farben und das gleiche Muster wie Finns, nur dass es zusätzlich von dünnen roten Linien durchzogen ist. Die Kluft wirkt weder frisch noch sauber. Seine langen Socken sind schwarz, seine Schuhe abgewetzt.

Aber zumindest ist er nicht betrunken.

»Danke«, sage ich und versuche sogar zu lächeln.

Wir blicken über die Menge und wissen beide nicht, was wir als Nächstes sagen sollen. Fergus hat ein Glas in der Hand, aber es sprudelt wie Coke oder Wurzelbier.

Ich halte mich an das, was ich weiß. »Sie sind Finns Cousin?«

Fergus nickt. »Aye. Mütterlicherseits.«

Erneut eine verlegene Pause. Diesmal ergreift er wieder das Wort. »Ich hab' mit ihm in der Destillerie gearbeitet. Als die noch lief.«

Ich erinnere mich an die leeren kupfernen Brennblasen. »Wie lange ist sie denn schon geschlossen?«

Ich nehme mein Weinglas wieder hoch, weil ich nicht weiß, wohin mit meinen Händen.

»Finn macht schon 'n paar Jahre nix mehr«, antwortet Fergus.

Ich muss nicht fragen, warum. Finn hat schließlich selbst gesagt, dass er einfach nicht häufig genug hier ist, um sich darum zu kümmern.

Wieder suche ich in der karierten Menge nach seinem vertrauten Gesicht, aber der Einzige, den ich erkenne, ist Murdoch. Er trägt einen längeren Kilt, der ihm gerade bis über die Knie geht, und keine Anzugjacke. Sein weißes Oberhemd ist bis zu den Ellbogen hochgekrempelt, sodass man seine tätowierten Arme sehen kann. Ich muss lächeln. Er sieht aus wie ein Punk Rocker in der Oper.

»Hören Sie zu. Meg?«, sagt Fergus, probiert meinen Namen

aus, um zu checken, ob er ihn noch richtig im Kopf hat. Ich wende den Blick von Murdoch ab und nicke. »Ich merk', dass Se Finn mögen, und der hat gesagt, Se können in seinem Haus wohnen, aber Se sollten trotzdem drüber nachdenken, sich woanders 'n Zimmer zu nehmen. Ich bin sicher, Beatrice wäre bereit, Se aufzunehmen.«

Ich umklammere den Stil meines Weinglases und verkneife mir mühsam die Bemerkung, dass Finn die vergangene Nacht sogar selbst bei Beatrice verbracht hat, nur um mir Freiraum zu geben. Aber das geht Fergus nun wirklich nichts an. »Sie mögen Finn nicht, das ist mir klar. Sie glauben, er hat etwas getan, das …«

»Er is' gefährlich. Se kennen ihn nich'.«

»Sie kenne ich auch nicht. Warum sollte ich also auf das hören, was Sie über ihn erzählen?«

Daraufhin presst Fergus die Lippen aufeinander und nickt kurz, als müsse er über meine Antwort nachdenken. Ich überlasse ihn seinen Überlegungen, während meine Augen wieder über die Menge hinwegschweifen. Diesmal entdecke ich ihn.

Finn steht in einem kleinen Kreis von Frauen, das Profil mir zugewandt. Die rotschopfige Lady aus Murdoch's Kneipe redet auf ihn ein, wobei sie den Arm um die zarte Taille einer jungen Frau gelegt hat, deren langes rotblondes Haar bis zur Mitte ihres Rückens hinabfällt. Sie ist gut frisiert und hübsch. Und groß und gertenschlank dazu. Vermutlich die Tochter, die aus St. Andrews hergekommen ist.

»Weil ich weiß, was ich geseh'n hab' in der Nacht, als Janie verschwunden is'«, unterbricht Fergus schließlich meine konzentrierten Beobachtungen. Ich sehe ihm in die bekümmerten Augen.

»Und was war das?«, flüstere ich und wünschte, nicht so unbedingt hören zu wollen, was er zu sagen hat. Aber bislang hat mir eben noch niemand irgendetwas Genaues erzählt.

»Er war betrunken. Er war sauer. Und in letzter Zeit hatte Janie Angst vor ihm.«

Angst? Finn hatte zugegeben, dass er viel getrunken hatte. Und mir ist klar, dass er wahrscheinlich recht aufbrausend sein kann. Schließlich merkte ich, wie es unter der Oberfläche brodelte, als ich ihm berichtete, dass Deb das Schloss vermietet.

»Sie hatte Angst vor Finn?«, hake ich nach.

Fergus blickt in sein Glas hinab, und seine Nasenflügel beben. »Se wollt' nich' drüber reden, aber ich hab' doch gemerkt, dass se irgendwas bedrückte. Se war nervös.«

Ich spüre, wie mich jemand beobachtet. Ich schaue Finn an und merke, dass seine Aufmerksamkeit sich von der überschwänglichen rothaarigen Lady und ihrer strahlenden Tochter abgewandt hat. Jetzt sieht er mich an. Schnell wirft er einen Blick auf Fergus neben mir, und das Grinsen, das er für die anderen Frauen aufgesetzt hat, verschwindet.

»Aber … Beatrice hat doch gesagt, dass er in der Nacht, in der Janie verschwand, bei ihr war«, erinnere ich mich an die einzige Information, die ich in dem ganzen Fall bekommen habe.

»Aye, die Polizei hat Bea auch geglaubt. Aber ich nich'.« Fergus schnaubt. Er nippt an seiner Limonade. »Ich war aber kein *verlässlicher Zeuge*.«

Finn macht eine kurze Bemerkung zu den Frauen, dann löst er sich von der Gruppe. Deren Lächeln verblasst, als sie ihm hinterhersehen, während er sich seinen Weg durch die

Menge bahnt, auf den Tisch zu, an dem Fergus und ich stehen. Er kommt an Menschen vorbei, die ihm mit teils misstrauischen, teils neugierigen Blicken folgen. Und mit anklagenden Blicken. Eine Frau blickt so grimmig drein, dass sie sogar Falten um die Lippen herum hat. Finns eigenes Gesicht zeugt von kaum verhaltenem Zorn, als er vor mir stehen bleibt. Ohne ein einziges Wort fixiert er Fergus. Dieser nippt erneut an seiner Limonade, und obwohl er Finns Blick standhält, weicht er einen Schritt von dem Tisch zurück. Finn beobachtet ihn noch ein paar weitere Sekunden lang, bevor er sich mir zuwendet.

»Hat er dich belästigt?«

Ich stelle mein Weinglas wieder ab. Ist sowieso kein Tropfen mehr drin.

»Nein, er hat nur … geredet.«

Finn reckt das Kinn. Wahrscheinlich ist ihm klar, dass wir über ihn gesprochen haben. Ich streite es nicht ab, aber ich will auch nicht erwähnen, was Fergus über Janies Angst gesagt hat und darüber, dass Finn in der Nacht ihres Verschwindens wütend und betrunken war.

»Er hat erzählt, dass du seit Jahren keinen Loch Ross mehr angesetzt hast«, sage ich stattdessen.

Die Dudelsäcke fangen an zu spielen, und ihr Schmettern bringt mein Rückgrat und meine Rippen zum Vibrieren. Finn trinkt einen Schluck aus der Bierflasche in seiner Hand.

»Um Whisky zu brennen, hätte ich hier sein müssen, und das ist nicht so einfach, wenn einen die ganze Stadt lynchen will.«

Ich weiß, dass er übertreibt. Bislang werfen ihm die anderen nur schiefe Blicke zu. Nicht unverblümt bösartig oder aggressiv.

»Nicht die ganze Stadt«, widerspreche ich und sehe zu der rothaarigen Lady und dem St.-Andrews-Mädchen hinüber. »Sie traut dir offenbar genug, um dich mit ihrer Tochter verkuppeln zu wollen.«

Finn stöhnt. »Gertie Gregor. Kaleigh ist ihre Jüngste. Das Mädchen ist hübsch – sieht auf jeden Fall besser aus als jede ihrer älteren Schwestern.«

Ich zucke zusammen und fühle mich wie eine eifersüchtige Sechstklässlerin, deren Schwarm gerade ein anderes Mädchen gefragt hat, ob es mit ihm gehen will. Was ist nur *los* mit mir? *Werd' erwachsen, Meg.* Sie sieht toll aus. Warum sollte er sie nicht anziehend finden?

Ich höre ihn vor sich hin glucksen, und da wage ich einen Blick auf ihn. Seine Augen funkeln vor Mutwillen.

»Was?«, frage ich. Die Dudelsäcke sind mittlerweile lauter, sodass er sich vorbeugen muss, um mir etwas ins Ohr zu sagen. »Ich bin nicht daran interessiert, mich mit Kaleigh Gregor verkuppeln zu lassen«, antwortet er.

Ich werde rot. »Das geht mich nichts an«, sage ich achselzuckelnd.

Er antwortet nicht, und während der nächsten paar Sekunden sind wir abgelenkt. Ein Kreis hat sich inmitten der Halle gebildet. Männer und Frauen stellen sich einander gegenüber auf, dann fassen sie sich an den Händen und wirbeln herum. Sie machen präzise, geübte Schritte mit Sprüngen und Verbeugungen zwischendurch.

Die erste Gruppe tritt zurück, und eine weitere Handvoll Gäste beginnt zu tanzen. Die Dudelsäcke spielen eine lebhafte Melodie, und ein Männertrio stimmt mit Flöten ein.

»Willst du tanzen?«, fragt er.

Mir bleibt die Luft weg, und ich keuche. »Nein!«

Er lacht. »Reg dich ab. Wenn ich beim Reel mitmachen würde, wäre das das Ende davon.«

»Weil du nicht tanzen kannst?« Ich necke ihn nur. Ich glaube zu wissen, was er tatsächlich meint – dass seine Anwesenheit die gute Stimmung komplett verderben würde.

Er leert sein dunkles Lagerbier, und ich wünschte, ich hätte auch eines statt meines Weins. Mir ist immer noch ein bisschen schwindelig davon. »Ich hab die Moves durchaus drauf, Hühnchen.«

Daran zweifele ich keine Sekunde.

Er stellt seine leere Flasche ab und bedeutet mir mit einem Kopfnicken, ihm zu folgen. Ich hoffe inständig, dass er mich nicht auf die Tanzfläche führt, während wir uns unseren Weg durch die Menge bahnen. Aber Gott sei Dank scheinen wir uns zum Ende der Halle hin zu bewegen, wo ich bis jetzt noch nicht war. Meine Beine tragen mich sicher, trotzdem spüre ich, dass die Muskeln in meinen Schenkeln und Armen schlaff von dem Wein sind, den ich zuvor heruntergekippt habe.

Finn nimmt meine Hand in die seine, als ob er spürt, dass ich beschwipst bin – oder vielleicht auch, weil er gesehen hat, dass ich ein wenig schwanke. Er führt mich an den tanzenden Gästen vorbei, wobei mein Blick auf behaarte Beine und knubbelige Knie fällt, während die Kilts darüber wirbeln. Offensichtlich steht ein Kilt also nicht allen Männern so gut wie Finn. Meine Hand fühlt sich gut in der seinen an.

Ich fühle mich zum ersten Mal an diesem Abend geerdet und sicher.

»Finley Drummond«, ertönt eine krächzende Stimme über die Dudelsäcke hinweg.

Ein Mann tritt Finn in den Weg. Auf den ersten Blick kommt er mir bekannt vor, und ich frage mich, ob ich ihn schon mal getroffen habe. Er ist genauso groß wie Finn mit flammend rotem Haarschopf à la Ed Sheeran. Nein. An dieses Haar würde ich mich definitiv erinnern. Er kneift die Augen zusammen, als ob die Sonne ihn inmitten dieses Tumults blenden würde, verschränkt die Arme vor der Brust und starrt Finn an.

»Martin«, seufzt Finn erschöpft. Er ist eindeutig nicht erfreut, diesen Typen zu sehen, und Letzterer ist definitiv kein Freund. Das Testosteron und die Spannung, die zwischen den beiden herrscht, ist beinahe greifbar.

»Ist schon 'ne Weile her, dass ich dein Gesicht hier geseh'n hab'«, sagt Martin, während ein weiterer Mann hinter ihm auftaucht. Auch der funkelt Finn wütend an.

»Und jetzt hast du es gesehen«, sagt Finn und versucht, ihn zu umrunden. Aber Martin verstellt Finn den Weg.

»Hab' schon von deinem unglücklichen Hausgast gehört.« Martins Augen landen auf mir, aber er sieht mir nicht ins Gesicht, sondern geradewegs auf die Brust, bevor er den Blick bis auf meine Knöchel hinabwandern lässt. Dann hebt er ruckartig den Kopf und fixiert unsere ineinander verschlungenen Hände.

Finn packt meine Hand fester. Er neigt den Kopf, um mich aus dem Augenwinkel sehen zu können.

»Entschuldige uns, Martin«, sagt er, wobei er die Stimme um eine Oktave senkt, was leise und gefährlich klingt.

Wir machen einen Schritt nach vorn, und das Arschloch tritt Finn in den Weg, *schon wieder*. Mittlerweile sind wir von einer größeren Gruppe umgeben, die die Situation beobachtet.

»Sieht aus, als ob du gehen willst, was auf jeden Fall gut so is', wie alle hier sicher auch finden. Aber ich kann nich' guten Gewissens danebenstehen und zulassen, dass du diese hübsche Lassy mitnimmst.«

Diesmal umfasse *ich* Finns Hand fester. Was zum Teufel? Erst droht Fergus damit, mich von Finn fortzuzerren, und jetzt dieser Typ?

»Willst mich wohl provozieren, damit ich hier 'nen Wutanfall kriege?«, fragt Finn.

»Wir kennen dein Temperament ja alle. Warum lässt du's nich' raus?«, fragt Martin.

Ein Mann drängt sich durch die Menge hinter uns, und ich erkenne Murdochs Stimme. Er versucht, das drohende Unheil abzuwenden. »Martin, du bist schon ziemlich betrunken. Das hier is' nich' der richtige Ort. Geh aus dem Weg, und lass sie vorbei.«

Martins Nüstern weiten sich. »Nein.«

Finn lässt meine Hand los. Innerhalb einer Sekunde verändert sich seine Körpersprache. Er ist jetzt nicht mehr passiv und vorsichtig, sondern selbstbewusst und unnachgiebig. »Denk von mir, was du willst, Martin. Aber geh mir verdammt noch mal aus dem Weg.«

Der Typ hinter Martin will vorpreschen, aber Martin streckt die Hand aus, um ihn aufzuhalten.

»Wäre froh, wenn du abzischst. Aber die Lassy kam mit deiner Mom, und mit der geht se auch wieder.«

»Sei kein Schwachkopf«, wirft Murdoch ein und greift nach Martins Arm. Der schüttelt die Hand des Barkeepers ab und macht einen Schritt auf Finn zu, der vollkommen reglos dasteht. Er starrt seinen Gegner an, hoch konzentriert. Ein Muskel an seinem Kiefer zuckt.

»Lass Meg da raus«, warnt er.

»Damit se sich auch in Luft auflösen kann? Wohl kaum«, antwortet Martin.

Die Dudelsäcke klingen noch einmal nach. Noch bevor der letzte Ton verhallt ist, stürzt sich Martin auf Finn, der mir beinahe auf die Zehen trampelt. Ich springe aus dem Weg, wobei ich einen älteren Gentleman anrempele. Ich fühle mich schrecklich und springe erneut beiseite, da packt Martins finster dreinblickender Freund mich an den Schultern und zerrt mich fort.

Finn und Martin raufen miteinander, wobei die Fäuste fliegen und Treffer landen. Ich sehe, dass Blut aus Martins Nase fließt, während Finn ihn nach hinten schiebt, in die Menge hinein. Die meisten weichen vor den beiden zurück, aber ein paar kräftigere Männer in Kilts packen Martins Arme und versuchen sie festzuhalten. Der Mann schlägt um sich, Finn weicht stolpernd zurück, eine blutige Platzwunde unter dem Auge. Murdoch ergreift seinen Arm und bugsiert ihn in die andere Richtung, fort von der Rauferei.

Ich winde mich im Griff des anderen Typen. »Lassen Sie mich los!«

In der nächsten Sekunde trifft den Mann eine Faust auf die Schulter, sodass er zurücktaumelt und mich reflexartig loslässt.

»Rühr sie verdammt noch mal nicht an«, knurrt Finn und glühender Zorn verzerrt seine Züge. Murdoch schnappt sich erneut seinen Arm und bedeutet mir mitzukommen. Ich folge der Aufforderung, und meine Pumps schlittern über den Boden.

Die Musik ist ebenso verstummt wie das Schwatzen der Menschen. Murmeln und leises Flüstern erhebt sich, während die Leute die Hälse recken, um besser sehen zu können.

»Ihr geht jetzt besser«, flüstert Murdoch und begleitet uns beide zur Tür.

»Aber Beatrice …«, will ich einwenden.

»Ich sag ihr Bescheid«, antwortet Murdoch. »Sie wird's verstehen.«

Die Blicke der Menge folgen uns durch die Türen und in den Hof, wo ebenfalls noch Leute versammelt sind, die allerdings keine Ahnung von dem zu haben scheinen, was drinnen passiert ist. Sie stehen in Grüppchen zusammen, lachen und schwatzen, doch ihre Augen weiten sich beunruhigt, als Finn mit blutendem Gesicht an ihnen vorbeigeht. Ich folge ihm auf dem Fuß, wobei meine Schuhe wieder unsicher über den Kiesboden wackeln und anschließend über die Zugbrücke klappern.

»Langsamer«, rufe ich, und er bleibt stehen. Er wirbelt herum, seine Brust hebt und senkt sich.

»Tut mir leid«, sagt er, wobei er den Bereich hinter uns nicht aus den Augen lässt. Ich will mich nicht umsehen, denn dann bekäme ich nur mit, wie die Leute im Hof uns hinterherstarren.

Ich hole auf, und eilig laufen wir die Auffahrt hinab auf die Straße zu.

»Ich hätte gehen sollen. Und ich hätte mich von dir fernhalten sollen. Ich hab dich da reingezogen …«

»Der Typ war ein Mistkerl. *Er* ist derjenige, der sich bei allen entschuldigen sollte.«

Finn grummelt irgendetwas vor sich hin, als wir über den Asphalt zu seinem Van gehen.

»Was sagst du?«, frage ich.

Er öffnet die Beifahrertür. »Steig ein. Ich erzähl's dir auf dem Heimweg.«

Kapitel 10

Ich lasse mich in den Sitz gleiten und schnalle mich an, während Finn zur Fahrerseite hinübergeht und in seinem Sporran nach der Sonnenbrille kramt. Er wirft sie aufs Armaturenbrett, während er einsteigt, und startet den Motor. Mittlerweile ist es dunkel, von der untergehenden Sonne ist nicht der leiseste Strahl mehr am Himmel zu sehen. Er schaltet die Scheinwerfer an, wendet mitten auf der Straße und fährt zurück in Richtung Stadt.

Ein paar Minuten lang sagt er gar nichts. Ich überlasse ihn seinen Gedanken. Entspanne mich. Das Blut auf seiner Wange trocknet allmählich, und die Platzwunde scheint nicht allzu tief zu sein. Er inspiziert sie kurz im Rückspiegel und flucht leise, ignoriert sie aber ansonsten.

Schließlich holt er tief Luft. »Martin ist Janies Bruder.«

Oh.

Jetzt verstehe ich, warum er mir bekannt vorkam. Seine helle Haut, die an der Nase mit Sommersprossen übersät war, die zusammengekniffenen Augen. Er sieht aus wie Deb. Und er hasst Finn genauso leidenschaftlich wie sie.

Ich lehne mich in meinem Sitz zurück und schaue auf die

felsdurchzogenen Felder hinaus, die am Fenster vorüberziehen.

»Hat die Polizei eigentlich auch noch andere Leute verhört außer dir?«

»Nein«, antwortet er, aber seine Stimme klingt mit einem Mal hölzern.

Ich sage nichts mehr, bis der Van das Zentrum von Drummond Mull erreicht hat. »Wie standen denn Fergus und Janie zueinander?«

Finn löst die Hand vom Steuer und reibt sich über die Lippen. Die Augen unverwandt auf die Straße gerichtet, antwortet er. Und was er sagt, haut mich aus den Socken.

»Sie hat mit ihm geschlafen.«

Ich starre sein Profil an, frage mich, ob ich ihn richtig verstanden habe. Janie hatte eine Affäre.

Martin hatte Finn beschuldigt, aufbrausend zu sein.

Finn hatte zugegeben, damals betrunken gewesen zu sein.

Und Fergus hatte behauptet, Finn an jenem Abend sowohl betrunken als auch wütend erlebt zu haben. Und dass Janie Angst gehabt hat.

Die Luft im Van ist mit einem Mal stickig. Ich öffne das Fenster einen Spalt. »Sie halten dich für einen eifersüchtigen Ehemann, der seine Wut nicht unter Kontrolle hatte.«

Er biegt in die lange Auffahrt ein, die zum Schloss führt. »Genau.«

Ich verstehe diese Theorie. Sie ergibt durchaus Sinn. Ein Mann findet heraus, dass seine Frau eine Affäre mit einem Verwandten hat. Er betrinkt sich und stellt sie zur Rede. Verliert die Kontrolle. Sämtliche Sendungen über Polizeiermittlungen, die ich mir angesehen, und Bücher, die ich gelesen habe, hätten sofort ebenfalls mit dem Finger auf Finn als Hauptverdächtigen gezeigt.

Aber die Polizei hat ihn laufen lassen. Wenn sie ihn für schuldig gehalten hätte, hätte sie weitere Nachforschungen angestellt, und das auch, obwohl seine Mutter behauptet hatte, dass er die ganze Nacht zu Hause gewesen war.

»Und was ist mit Fergus? Er war der andere Mann. Hätte er nicht auch einen Grund haben können, um …«

Ich kann es nicht aussprechen. Ich kannte die Frau nicht, aber sie war Finns Ehefrau. Zu sagen »um sie umzubringen«, fühlt sich einfach … *falsch* an.

»Mein Cousin könnte keinem Eichhörnchen ein Haar krümmen«, antwortet Finn und tut den Gedanken mit einer Handbewegung ab, bevor er sie wieder aufs Steuer knallt. »Er hat Janie nicht getötet.«

So sicher. Seinem Cousin so ergeben, der ihn auf so vielerlei Weise verletzt hat. Der mit seiner Frau geschlafen hat und ihn des Mordes bezichtigt.

»Niemand hat ihr etwas zuleide getan«, fährt er fort. »Sie ist gegangen und fortgeblieben. Janie wollte niemals hier sein, nur dass ihre Mom und ihr Bruder sich weigerten, das zu glauben. Sie haben sich geweigert, auch nur zu denken, dass sie vielleicht uns *alle* verlassen wollte.«

Das ist natürlich absolut denkbar, obwohl ich mir nicht vorstellen kann, mein Leben einfach so aufzugeben. Niemals wieder Kontakt zu meinen Eltern oder meinem Bruder zu haben. Sie in dem Glauben zu lassen, ich sei tot. Das ist so selbstsüchtig und grausam.

»Tut mir leid«, wiederholt Finn, als er neben meinem Fiat einparkt und den Motor abschaltet.

»Das muss es nicht.« Ich will etwas sagen – irgendetwas –, nur um das Thema wechseln zu können. »Ich weiß, es ist nicht vergleichbar, aber ich weiß, wie es sich anfühlt.«

Er sieht mich stirnrunzelnd an. Bevor er noch fragen kann, was ich damit meine, fahre ich fort: »Betrogen von jemandem zu werden, dem man vertraut und den man liebt.«

Ich war so sicher gewesen, Trent zu lieben. Ich hatte mir eine Zukunft mit ihm und verschiedenste Szenarien ausgemalt, wie er mir wohl einen Heiratsantrag machen würde. Er hatte mir ebenfalls unzählige Male versichert, dass er mich liebte. Doch dann, als ich vor ein paar Monaten hinter ihm an der Zughaltestelle herging und mich darüber wunderte, warum er den Arm um eine andere Frau gelegt hatte und warum diese wiederum die Hand bequem in seine Gesäßtasche gesteckt hatte, war ich beinahe sicher, dass er ihr das Gleiche erzählte, als seine Lippen federleicht ihr Ohr berührten.

Es sind halt nur Worte. Und ich vermute, dass sie für jeden eine andere Bedeutung haben.

Finn tippt unten auf das Lenkrad. »Wer hat dich betrogen, Hühnchen?«

Plötzlich wünschte ich, ich hätte nicht angefangen, von Trent zu reden. Ich will kein Mitleid von Finn, und meine Probleme sind im Vergleich zu den seinen minimal.

»Nur ein Freund. Niemand, der es wert wäre, über ihn zu reden, echt«, antworte ich, und zum ersten Mal spüre ich ein Gefühl der Erleichterung. Gott sei Dank war Trent nur mein Freund gewesen und nicht mein Verlobter. Oder mein Ehemann.

Finn hört auf, das Lenkrad zu bearbeiten. »Er ist es tatsächlich nicht wert, dass man über ihn spricht – zumindest nicht, wenn er bescheuert genug war, dich zu betrügen.«

Klingt wie ein Kompliment, aber ganz sicher bin ich mir da trotzdem nicht. Vielleicht hält er ja auch alle Männer, die ihre Frauen betrügen, für bescheuert. Doch ich erschauere und erröte trotzdem, während ich das Armaturenbrett anstarre, entschlossen, kein Wort mehr über Trent zu verlieren. Finn hat recht. Wenn ich über ihn rede, verschwende ich nur meinen Atem.

»Nun … dieser Abend war jedenfalls ein ziemlicher Flop. Wir haben noch nich' mal 'was gegessen.«

Mein Magen meldete sich schon eine ganze Weile, aber das hatte ich auf zu viel Wein, meine Nervosität und dann noch die Auseinandersetzung mit Martin geschoben.

»Wir können doch hier etwas essen«, antworte ich, löse den Gurt und bin froh, dass wir im Moment auch nicht mehr über Janie reden. »Ich könnte dir mein Spezialgericht kochen.«

Er öffnet die Fahrertür und hält inne, einen Fuß schon auf dem Boden. »Klingt unwiderstehlich.«

»Du weißt doch noch gar nicht, was mein Spezialgericht ist.«

Er grinst wie ein Honigkuchenpferd und steigt ohne ein weiteres Wort aus dem Van. Mir werden die Knie schon wieder ganz weich, als wir auf die Tür zugehen. Er hatte sie nicht verschlossen, also treten wir geradewegs ein, wechseln aus der kalten Nachtluft in die nur wenig wärmere Eingangshalle.

Er schaltet die Lampen an.

»Omeletts«, erläutere ich und beuge mich vor, um meine Pumps aus- und bequemere Schuhe anzuziehen. »*Das* ist mein Spezialgericht.«

Er schleudert seine Schuhe von sich und zieht die langen weißen Socken aus, die er auf den Boden wirft.

Mein Blick darauf wirkt offenbar missbilligend, denn er reckt die Arme in die Höhe und verkündet: »In seinem eigenen Schloss kann ein Mann machen, was er will.«

Ich hänge meinen Mantel an den Haken und mustere ihn aus verengten Augen. »Ich wette, das sagst du häufiger.«

Er wandert ein paar Schritte weiter – auf den Flur zu, der in die Küche führt. »Aye, das stimmt. Und behaupte jetzt nicht, dass es dich nicht beeindruckt hat.«

Ein Mann mit einem Schloss. Okay, ein *bisschen* beeindruckend ist es schon.

In der Küche arbeiten wir kameradschaftlich schweigend vor uns hin. Finn sucht Schüsseln, Messer und ein Schneidebrett heraus sowie Bratpfanne und Olivenöl, während ich die Eier aufschlage und das Gemüse klein schneide, das er im Haus hat – Zwiebeln, Pilze und rote Paprika. Er schürt den Herd und macht ein neues Feuer, das den Teil der Küche erwärmt, wo ich vor dem AGA-Herd stehe. Die Hitze leckt an meinen Waden und den Kniekehlen, und in meinem Audrey-Hepburn-Kleid komme ich mir nun total overdressed vor.

Das erste Omelett breitet sich perfekt in der Pfanne aus, das zweite zerfällt. Ich stöhne, und Finn blickt mir über die Schulter. »Du kannst das zerstückelte haben.«

Ich versuche, ihm auf den Fuß zu treten, aber er weicht mir allzu schnell aus. Ein paar Minuten später sitzen wir am Ende des Küchentischs vor unseren Omeletts. Finn hat dann doch das kaputte genommen und verspeist es in drei schnellen Bissen.

»Schön, dass du es genossen hast«, sage ich und grinse ihn an.

Er lehnt sich mir gegenüber auf seinem Stuhl zurück. »Sarkasmus gehört also auch zu deinem Repertoire, wie ich sehe.«

»Nur manchmal«, bekenne ich und esse ein weiteres Stück. Ein Mozzarellafaden erstreckt sich von meiner Gabel bis zu meinen Lippen, und lachend wische ich mir den Mund ab.

Finn mustert mich weiter unablässig. Die Zahnrädchen in seinem Hirn scheinen sich zu drehen, seine Finger trommeln auf den Tischrand. Das Feuer im Herd scheint ein paar Grad wärmer zu werden. Die letzte halbe Stunde waren wir damit beschäftigt, gemeinsam zu kochen. Jetzt schwebt die Frage zwischen uns in der Luft, was als Nächstes kommt.

»Was macht man denn in Keaton Ridge heute Abend sonst noch so?«, frage ich, lege meine Serviette wieder auf den Schoß und richte den Blick auf mein Omelett.

»Noch mehr Tanz. Noch mehr Alkohol«, antwortet er. »Wahrscheinlich werden dann von den Besoffensten auch noch ein paar Stegreif-Balladen geschmettert.«

Er schiebt den Stuhl zurück und steht auf. Ich kriege die letzten Bissen meines Omeletts nicht mehr herunter und lege die Gabel hin. Finn nimmt unsere Teller und mustert meine Reste misstrauisch.

»Bist du etwa schon fertig?«, fragt er. Ich nicke, und er verschlingt auf dem Weg zur Spüle das, was ich übrig gelassen habe.

Auf dem Stuhl vor dem Feuer ist es warm und gemütlich. Mein Körper ist erschöpft, aber meine Gedanken überschlagen sich nach wie vor.

»Wenn bei mir zu Hause ein Betrunkener anfängt zu singen, wirft man ihn kurzerhand hinaus«, sage ich.

Ich höre ihn an der Spüle lachen, während er unsere Teller abspült. Er lässt sie im Becken liegen und trocknet sich die Hände an einem Geschirrtuch ab.

»Oh, wir werfen diese Leute ebenfalls raus, aber vorher lassen wir sie noch zu Ende singen. Kostenlose Bespaßung nennt man das.«

Er bleibt an der gegenüberliegenden Seite des Tisches stehen, die Hände in die Hüften gestemmt. »Welche Art von Musik hörst *du* eigentlich gern?«

»Im Prinzip fast alles«, antworte ich, wild entschlossen, ihm nicht anzuvertrauen, dass ich auf meinem iTunes gerade den *Braveheart*-Soundtrack auf Repeat stehen habe. Dann würde er mich vielleicht wieder verdächtigen, Mel Gibson anzuschmachten.

Er bedeutet mir, ihm zu folgen und verlässt die Küche. Ich springe von meinem Stuhl auf und tappe durch die Küche, um ihn einzuholen, bevor er mich noch vollkommen abhängt.

Er öffnet die Tür zu einem Zimmer, das ich bislang noch nicht betreten habe, und als ich es hinter ihm betrete, erkenne ich, dass wir wieder in dem vorderen Wohnzimmer sind, wo er sich vor ein paar Stunden noch in dem thronartigen Sessel lümmelte und ein Stück Beef Jerky aß.

Das Feuer im Kamin brennt nicht mehr, aber eine Leselampe spendet Licht. Auf dem Weg zu einer großen Konsole, die halb so groß und genauso breit ist wie er, schaltet Finn ein paar weitere Lampen an.

Ich erkenne einen altertümlich wirkenden Kasten. »Ein Plattenspieler?«

Er hebt den schweren Deckel aus dunklem Holz und enthüllt das Gerät.

»Kein schlechtes Wort über Matilda«, sagt er und hält warnend den Finger in die Höhe.

»Du hast deinem Plattenspieler einen Namen gegeben?« Ich halte mir den Mund zu, um mein Lächeln zu verbergen, aber er bemerkt es trotzdem.

»Sie ist immerhin schon seit vielen Generationen in der Familie. Und sie versucht, in puncto aktuelle Hits auf dem neuesten Stand zu bleiben«, antwortet er und lacht über sich selbst. Er öffnet den Schrank unter dem Plattenteller, sieht die Platten durch und wählt eine aus. Auf dem Cover entdecke ich das Foto eines Mannes mit waschechtem Siebziger-Jahre-Schnurrbart.

Finn nimmt die Platte heraus und legt sie auf den Plattenteller, während ich ihm die Hülle abnehme.

»Matilda benötigt ein Software-Update.« Ich schüttele den Kopf und stelle die Hülle in den Schrank zurück. »Van Morrison ist nicht wirklich aktuell.«

Er setzt die Nadel auf die Platte und die sanften Töne von Gitarre und Zimbeln erklingen aus den Lautsprechern, die dem Erscheinungsbild nach zu urteilen, in den Achtzigern hinzugefügt wurden.

Van Morrisons Tremolo stimmt ein, erzählt vom Verschwinden der Sorgen und allem Herzschmerz. Finn setzt einen Hut auf und schnippt im Takt zu der sanften Melodie. Er singt mit, nimmt meine Hand in die seine und wirbelt mich herum. Sein Griff ist stark, er hält mich fest, während ich auf Zehenspitzen umhertanze.

»You give me love, love, love, love, crazy love«, singt er,

wobei seine Stimme so schrecklich und schrill klingt, dass ich vor lauter Ohrenschmerzen halb kichere, halb stöhne.

Finn wirbelt mich wieder durch den Raum, und sein Arm tanzt vor mir auf und ab. Er zieht mich mit meinem Rücken an seine Brust und seinen Bauch. Seine Finger sind immer noch mit meinen verwoben und halten meinen Arm diagonal über meinem Oberkörper fest. Die andere Hand legt er an meine Taille.

»Was, gefällt dir mein Gesang etwa nicht?« Seine Lippen sind jetzt dicht an meinem Ohr.

Ich wende mich dem Klang seiner Stimme zu, sodass sein Mund mein Ohrläppchen berührt. »Willst du, dass ich genauso ehrlich bin, wie ich es in Bezug auf den Loch Ross war?«

Finns Beine bewegen sich unermüdlich, seine Hüften wiegen sich zu der Soul-Ballade, und ich wiege mich mit ihm. Sich so mit ihm zu bewegen, zu tanzen, ist alles andere als peinlich. Ich weiß, es sollte sich so anfühlen, aber mit seiner gespreizten Hand auf meinem Bauch spüre ich nur die Wärme der Vorfreude, die meine Arme und Beine erfasst.

»Ich will nur dich«, haucht er. Kein Gesang mehr. Kein Necken.

Seine Hand wandert meine Rippen hinauf, der Druck seiner Fingerspitzen kräuselt den Kaschmirstoff. Wir tanzen weiter, mein Rücken an seinen Bauch geschmiegt. Sein Mund legt sich auf den Puls an meinem Hals, entzündet eine Feuersbrunst in meiner Brust. Ich hole tief Atem und lehne den Kopf zurück, seine Brust ein festes Bett aus Muskeln. Sein quer über meinem Oberkörper liegender Arm entspannt sich, und er lässt meine Hand los. Dann wandert sein anderer Unterarm weiter abwärts, und umfasst mich mit der Handfläche.

Er verliert keine Zeit.

Und das will ich auch gar nicht.

Ich klammere mich an seinen Arm. Der Druck seiner Lippen an meiner Halsbeuge und sein heißer Atem, der in den Kragen meines Kleides strömt, machen mich ganz schwindelig.

Finns Hände sind unermüdlich – wandern meine Hüfte entlang, über die Vorderseite meiner Schenkel. Langsam rafft er die weiche Wolle meines Rocks. Ich überlege, ob ich ihn aufhalten soll. Denke an sämtliche Gründe, warum das hier Irrsinn ist. Aber als seine Finger an dem spitzenbesetzten Bund meines Höschens entlanggleiten, seine Zähne an meinem Hals nippen, löst sich auch der letzte Gedanke in meinem Hirn in Wohlgefallen auf.

Ich denke nicht nach. Ich fühle nur. Und seine Hände, sein Mund … das alles ist der Wahnsinn.

Seine Hand gleitet federleicht unter den Spitzenbesatz meines Victoria's Secret Höschens, das ähnlich aussieht wie jenes, das er an meinen Türknauf gehängt hat. Ich unterdrücke ein Keuchen, mein Herz klopft wie wild in meiner Brust. Ich bin sicher, Finn kann es an seinen Lippen spüren und weiß also, wie verzweifelt ich mich nach seiner Berührung sehne.

Aber er zieht sich zurück und verharrt mit seiner Hand an dem spitzenbesetzten Stoff an meiner Hüfte.

»Ich muss gehen«, raunt er, während seine Zunge unter meinem Kiefer leckende Kreise beschreibt. Ich brauche einen Augenblick, um wieder klar denken zu können und zu verstehen, was er gerade gesagt hat.

»Du … du musst gehen?«, frage ich, wobei meine Lippen fast genauso sehr zittern wie meine Beine.

Guter Gott, ich will nicht, dass er geht. Nicht jetzt.

Finn löst die Lippen von meiner Haut und dreht mich um, damit ich ihn ansehe. Doch seine Hand ist immer noch unter meinem Rock, den Bund meines Höschens fest umfassend.

Seine grüngrauen Augen sind dunkel wie ein Gewitterhimmel, seine sonstige Leichtigkeit verflogen. Er zieht mich dichter zu sich heran.

»Ich kann heute Nacht nicht am anderen Ende des Flurs schlafen«, sagt er in die Stille hinein, während das nächste Lied auf der Van-Morrison-Platte noch nicht begonnen hat.

Doch dann setzt es ein, eine jazzige, folkloreartige Melodie mit Tamburin. Sie klingt so fürchterlich, dass sie mich aus meiner Benommenheit zu reißen droht. Doch Finns Knöchel an der nackten Haut meiner Hüfte lassen das nicht zu.

»Ich will nicht schlafen«, flüstere ich, woraufhin er ein tiefes, kehliges Stöhnen ausstößt, das geradezu schmerzerfüllt klingt.

Ich will, dass diese Nacht niemals endet. Ich will jede Sekunde mit ihm verbringen. Aber wir würden einander nicht nur küssen und berühren, nicht, wenn er heute Nacht auf Drummond Hall bleibt. Ich zweifele keine Sekunde daran, dass ich mit Finn schlafen will, und so wie er mich ansieht, mit kaum verhohlener Begierde, wünscht er sich offensichtlich das Gleiche.

Aber ich kenne ihn erst seit drei Tagen. Und alles an ihm ist so kompliziert und … und gefährlich.

Er löst seine Hand von meinem Höschen und lässt meinen Rock wieder herabfallen. Dann greift er nach meiner Hand und küsst meine Fingerspitzen.

»Ich komme zurück und mache dir Frühstück«, verkündet er mit immer noch heiserer Stimme. Er will nicht fort. Dennoch weicht er einen Schritt zurück und geht dann davon, ohne auch nur einen einzigen Blick zurückzuwerfen. Wenn er zögerte und stehen bliebe, würde er wahrscheinlich schwach werden.

Doch er geht davon, die Schultern gerade, den Kopf hocherhoben, ein Gefolge aus Prinzipien und Respekt im Schlepptau. Ich würde es am liebsten niedertrampeln und vor Frustration schreien, als er die Eingangstür schließt. Einen Augenblick später höre ich den Motor seines Vans. Ich raufe mir mit beiden Händen die Haare, als er davonfährt, und ziehe heftig daran. Der Schmerz an meiner Kopfhaut trägt dazu bei, wieder einen klareren Kopf zu bekommen.

»Verdammte Schotten-Ehre«, murmele ich, als ich zur Konsole hinübergehe und die Nadel hochhebe. Die Musik hört auf, und mit einem kleinen Auflachen über seine Musikauswahl räume ich die Platte weg.

Kapitel 11

Ein düsteres Grau begrüßt mich, als ich ein Augenlid öffne. Regen peitscht gegen die Fenster, und das beständige Prasseln droht, mich wieder in den Schlaf zu wiegen.

Eine Schüssel mit Kuppeldeckel neben meinem Bett hindert mich jedoch daran. Ich stütze mich auf einen Ellbogen, atme den Duft von Bacon ein und lächele. Finn war schon hier? Aber dann runzele ich die Stirn und setze mich auf. Er war in meinem Zimmer? Ich hoffe, ich habe nicht geschnarcht oder aufs Kissen gesabbert.

Ich greife nach dem Teller, um ihn auf meinen Schoß zu ziehen. Er ist noch warm, und an dem Silberdeckel klebt ein Notizzettel.

> Sorry, Hühnchen. Ich habe heute Morgen ein Meeting in Dumfries. Du solltest vielleicht noch ein oder zwei Sätze schreiben.

Die Silberkuppel wirft mein lächelndes Spiegelbild zurück. Ich öffne sie und entdecke Rührei und vier Streifen knusprigen Bacon. Er ist ganz früh morgens ins Schloss zurückgekehrt, um mir Frühstück zu machen, genau wie er es gesagt hat. Gestern Abend habe ich seine Ehrenhaftigkeit verflucht, jetzt nicht. Niemals, wenn es ums Essen geht.

Ein paar Stunden später, nach einem Bad und ein paar vergeblichen Versuchen, eine Stelle zu finden, wo mein Handy wieder Empfang hatte – wie gestern, als ich im Schlafzimmer war –, mache ich es mir mit meinem Laptop im Studierzimmer in dem bewusst einladenden Sessel bequem. Die Geschichte um den Wandteppich mit der Einhornjagd habe ich in der Badewanne weitergesponnen, während ich den Duschkopf über meinen Kopf hielt. Ich spülte mir so schnell wie möglich die Seife ab und beeilte mich mit dem Anziehen. GranBetsy pflegte immer zu sagen, dass Inspiration so flüchtig wie ein Traum sei, deshalb befürchtete ich, dass all meine Ideen sich in Luft auflösen könnten, bevor ich noch Gelegenheit hatte, sie aufzuschreiben.

Fünf Seiten weiter, mitten im ersten Kapitel, hören die Figuren auf, mit mir zu reden. Ich mache mir keine Sorgen. Ich brauche nur eine neue Inspiration. Vielleicht bin ich ja auch nicht ganz bei der Sache.

Der Sessel umfängt meinen Kopf, als ich mich zurücklehne und die Augen schließe, mich an den vorigen Abend erinnere. An meinen Körper, der sich an Finn schmiegte, während wir zu diesem alten Song tanzten, an seine forschenden Hände. Wie er mich mit unbändigem Hunger ansah – und dann doch das Haus verließ, seine Bedürfnisse verleugnete. Meine ebenfalls, aber dafür konnte ich ihm einfach nicht böse sein. Er hatte damit nur mein Wohl im Sinn. Hatte sich verhalten wie ein *Gentleman*.

Und mir Frühstück gemacht.

Der Regen hat aufgehört, und hinter den grauen Wolken späht die Sonne hervor. Keine Ahnung, ob das Wetter wieder umschlagen wird, aber ich brauche jetzt frische Luft. Oder vielleicht noch ein Bad, diesmal ein kaltes, bevor ich wieder anfange, mir alles vorzustellen, was hätte passieren können, wäre Finn nicht gegangen.

Ich schließe meinen Laptop und begebe mich in die Eingangshalle, um meinen Mantel zu holen. Finn hat nicht gesagt, wie lange er bei diesem Meeting sein wird, und ich weiß offen gestanden nicht, was ich erwarten soll. Werden wir heute gemeinsam zu Abend essen? Wird er danach wieder gehen und bei seiner Mom schlafen? Diese Unsicherheit macht mich einerseits rasend, gibt mir aber andererseits auch das Gefühl, lebendiger zu sein. Mein Leben ist normalerweise so geordnet, so strukturiert. Jeden Tag die gleiche Routine, vom Essen, das ich zu mir nehme, zu den Kleidern, die ich trage, über den Zug, mit dem ich zur Arbeit fahre bis hin zu den Unterhaltungen, die ich mit anderen führe, und meinem Abendritual. Keinerlei Veränderungen. Nichts hat mich jemals ins Trudeln gebracht.

Bis ich hier landete, in Schottland, wo ich das Gefühl habe, mich in einer Schneekugel zu befinden, abgeschnitten von der Wirklichkeit und der Welt, wie ich sie kenne.

Ich mache einen Spaziergang bis hinter das Schloss, auf die Mauer zu, die die Treppenstufen von den Klippen hinab zum Loch Ross begrenzt. Ich war schon einmal dort unten, aber noch nie habe ich den heckenumsäumten Pfad genommen, der von dem Bereich genau hinter der Mauer in einen anderen Teil des Anwesens führt.

Leider habe ich meine hohen Stiefel im Schloss gelassen,

meine gemütlichen Schafsleder-Stiefel, die für eine Wanderung besser geeignet wären. Der überwucherte Heckenweg duftet, als läge er seit dem Herbst unberührt da. Der Schnee hat die spröden Zweige nicht berührt, genauso wenig wie ihre verschrumpelten Beeren und die Erde unter meinen Stiefeln. Der Pfad macht eine Biegung, ist hie und da von alten Spalieren gesäumt.

Auf der anderen Seite des Heckenpfades finde ich noch mehr Wiesenhänge, umsäumt von Felsen, die aussehen wie Wellen. Es sind bestimmt ein Dutzend riesige flache Felsen, die – von Grasflecken umgeben – kreuz und quer aus der Wiese emporragen. Die Wiese führt terrassenförmig hinab zum Loch Ross, und ich klettere über die Felsen, angezogen vom Wasser.

Als ich es endlich bis nach unten geschafft habe, setze ich mich auf einen der Felsvorsprünge und werfe einen Blick zurück aufs Schloss. Es überragt den See. Vierundfünfzig Zimmer, und bislang habe ich nur einen Bruchteil davon gesehen.

Und doch wollte ich am Abend zuvor mit dem Besitzer schlafen.

Ich lege den Kopf in die Hände und lache. Wie soll ich das nur Leah erklären? Sie hat mir geraten, mich ins Getümmel zu stürzen, aber jetzt könnte ich einen *richtigen* Rat brauchen. Vielleicht treffe ich nur deshalb so verrückte Entscheidungen, weil ich hier allein bin. Vielleicht bin ich ja naiv. Aber möglicherweise werde ich diese Entscheidungen aus den gleichen Gründen auch niemals bereuen.

Ich drehe mich noch einmal um, und diesmal sehe ich etwas anderes als das Schloss. Ein Mann kommt die von Felsen durchbrochenen Rasenflächen hinab. Mein Herz beruhigt sich wieder, als ich sein vorsichtiges Dahinschlurfen erkenne.

»Hi, Duff«, rufe ich und winke ihm zu.

Er trägt die gleiche schwarze Hose, braune Jacke und den gleichen Tweed-Hut wie die letzten beiden Male, da ich ihn sah.

»'lo, Meg«, antwortet er, sobald er nah genug ist, um nicht schreien zu müssen.

»Wenn Sie Finn suchen, der ist nicht da.«

Duff erreicht meinen Riesenfelsen, aber er erklimmt ihn nicht so, wie ich es getan habe. Er bleibt an dessen Fuße stehen und mustert ihn, als überlege er, welchen Weg er hinauf nehmen kann, ohne sich die Hüfte zu brechen.

»Nein, nein. Ich such' nich' nach Finley. Ich wollte mit Ihnen sprechen«, sagt er.

Ich werfe ihm einen erstaunten Blick zu. »Mit mir?«

»Hab' gehört, was in Keaton Ridge passiert ist«, antwortet er.

Seltsamerweise habe ich an den Teil des Abends gar nicht mehr gedacht. Den ganzen Morgen über war ich im Geiste mit ganz anderen Dingen beschäftigt.

»Martin ist ein guter Bursche«, fängt er an. »Aber er ist wütend. Finley und er sind aber von Anfang an nich' so gut miteinander klargekommen. Ist eigentlich kein Zustand!«

Ich kann Martins Zorn verstehen, trotzdem hat er sich wie ein Arschloch benommen. Dieser Auftritt ging ganz allein auf sein Konto, und Finn litt darunter. Aber genau das bezweckte Martin vermutlich ja damit.

»Wo ist Finley hin?«, fragt Duff jetzt.

»Nach Dumfries. Zu einem Meeting, hat er gesagt.«

In diesem Augenblick überrascht mich Duff – er springt behände über die unteren Kämme des Felsens und erklimmt ihn dann bis zu der Stelle, an der ich sitze. Selbst *ich* hätte nicht so schnell klettern können.

»Deb wär' nie gekommen, um sich für Martins Verhalten zu entschuldigen«, sagt er und hockt sich neben mich. Er blickt auf den See hinaus.

»Sie muss sich seinetwegen nicht entschuldigen. Er ist ein erwachsener Mann – er bekäme das selbst hin. Wenn er wollte.«

»Was er nicht tut, 'türlich nicht«, antwortet Duff. »Aber ich wollte trotzdem mal nachsehen, ob Sie okay sind.«

Das ist eine nette Geste, wenn auch ein wenig unnötig. »Ich hatte eigentlich gar nichts damit zu tun. Wenn Finn allein gewesen wäre, hätte Martin sich sicher auch auf ihn gestürzt.«

»Aye, aber er war nich' allein. Er war mit Ihnen da«, stellt Duff klar.

»Und Sie glauben, das machte Martin umso wütender?«

Er neigt den Kopf, als wolle er das bestätigen. Duff ist sein Stiefvater. Wahrscheinlich kennt er ihn genau.

Ich kneife die Augen zusammen. »Fergus und Martin schienen beide um meine Sicherheit besorgt zu sein.«

Duff hockt immer noch da und verschränkt nun die Finger vor den Schienbeinen. »Sie trauen Finley nich', das ist alles.«

»Und Sie?«

Mir geht auf, dass ich seine Meinung zu diesem Thema bisher noch gar nicht kenne. Er war freundlich genug, um mir die verschiedenen Standpunkte darzulegen, hat mit seinem eigenen aber hinterm Berg gehalten.

»Ich will einfach nich' glauben, dass er bei Janies Verschwinden die Finger im Spiel hatte«, antwortet er. »Aber die Lassy hätte nie ohne ein Wort ihre Mom oder ihren Bruder verlassen, ohne einen einzigen Anruf in zwei Jahren. Nich' mal, wenn sie Angst vor ihrem Mann hatte. Aye, ich glaube, se is' tot. Aber ich glaub' auch nich', dass Finley ihr was zuleide getan hat, auch wenn se vorhatte, ihn zu verlassen.«

Das hatte sie vor? Finn hatte mir berichtet, dass sie mit Fergus schlief, aber nicht, dass sie ihn verlassen wollte.

Doch wenn Duff, so nüchtern und freundlich wie er sich bislang erwiesen hat, Finn nicht für den Mörder hält, der danach irgendwie den Leichnam hat verschwinden lassen, dann glaube auch ich nicht daran.

Aber *warum* glaube ich es nicht? Nur, weil ich ihn anziehend finde?

Nein. Es muss mehr dahinterstecken. So oberflächlich bin ich nicht. Meinen Instinkten zu trauen hat mich noch nie in die falsche Richtung geführt. Mein Bauchgefühl hatte mir schon vorher signalisiert, dass Trent sich entliebt hatte – ich habe einfach nur ein bisschen gebraucht, um zu realisieren, dass er mit anderen Frauen schlief. Ich wusste auch, dass es eine Fehlentscheidung war, für *The Family Tribune* zu arbeiten – und hatte den Job trotzdem angenommen, weil ich das Geld brauchte. Sogar schon früher, auf der Highschool, als ich als Babysitterin arbeitete, war mir klar gewesen, dass die Kids verzogene, hinterlistige, kleine Scheißer waren, auch wenn sie mich mit ihrem Lächeln um den Finger wickeln wollten und mir andauernd versicherten, wie hübsch ich war. Blödsinn. Als ich dann nach Hause kam, fehlte alles Geld in meiner Tasche, dafür klebten ein paar angelutschte Bonbons darin, und mein Lippenstift war bis in den Deckel gequetscht worden.

Ich hatte es gewusst. All die Male und noch häufiger hatte ich es gewusst.

Jetzt sagt mir mein Bauchgefühl, dass ich Finn vertrauen sollte. Ihm glauben sollte. Diesem Mann, den ich erst seit einer knappen Woche kenne.

Komplett wahnsinnig.

»Ich glaube, Se sind hier sicher«, fährt Duff fort und steht auf. »Aber ich würd' mich nicht zu sehr auf Finn einlassen …, wenn Se wissen, was ich mein'. Er – najaaaa – er ist flatterhaft.«

Ich stehe ebenfalls auf, kämpfe gegen die Röte an, die meinen Hals überzieht und in Richtung Wangen unterwegs ist.

»Danke für den Rat«, sage ich, als er geschickt auf das vertrocknete Gras hinabspringt.

So sehr ich Duff mag, ich werde ihm wohl kaum erzählen, dass sein Rat zu spät kommt. Der Mann ist eine Klatschbase, und innerhalb weniger Minuten wüsste ganz Drummond Mull, dass Finn und ich uns geküsst haben. Okay. Vielleicht würde es auch ein paar Stunden dauern.

Er winkt mir zu, bevor er die Hände wieder in die Taschen stopft und die grasbewachsene Anhöhe hinaufwandert. Dabei bewegt er sich so locker wie ein Mann auf einem Sonntagsspaziergang. Ich warte, bis er verschwunden ist, bevor ich mich wieder zurück auf den Weg zum Schloss begebe. *Ich würd' mich nicht zu sehr auf Finn einlassen … Er ist flatterhaft.*

Im Hinblick auf Janies Verschwinden bin ich Duffs Meinung, aber Finn soll flatterhaft sein? Daran habe ich stärker zu knabbern. Denn immerhin kennt er Finn erheblich länger als ich. Ich kann nicht behaupten, ihn zu kennen, nicht nach den paar Tagen. Aber eigentlich kümmert es mich nicht, ob ich in Bezug auf ihn eine gute oder schlechte Entscheidung treffe. Ausnahmsweise bin ich hier mal waghalsig. Ergreife meine Chance. Ich habe noch eine Woche Zeit in Schottland, bevor ich wieder in mein richtiges Leben zurückkehren muss.

Flatterhaftigkeit kann mir also nichts anhaben.

* * *

Die Erkundung des Schlosses nimmt die nächste Stunde in Anspruch. Es gibt Räume, in denen – wie auf dem Heckenweg draußen – die Zeit stillzustehen scheint. Einer ist eine Ode an die Siebziger, mit avocadogrünem Flokati, braunen Vorhängen, einem orangefarbenen Diwan und einem sternenförmigen Kronleuchter an der Decke. Ich inspiziere die Schränke auf der Suche nach irgendwelchen Vintage-Klamotten, aber unglücklicherweise finde ich nur ein Paar Plateausandalen Größe 8.

Während ich jeden Flur und Raum durchquere, versuche ich mir vorzustellen, wie das Schloss ausgesehen und gewirkt haben mag, als Finn jünger war. Mit seinen Brüdern und Schwestern, seinem Vater und seiner Mutter, die allesamt unter diesem alten Dach lebten, pulsierte Drummond Hall vermutlich vor Leben. Je mehr ich drüber nachdenke, umso leerer kommt mir dieser Ort vor. Die Räume sind riesig und hohl, als hätte man sie zurückgelassen und als warteten sie schweigend darauf, dass wieder Leben in sie einzöge.

Ich höre die Eingangstür schlagen, während ich den bekannteren Flur im zweiten Stockwerk hinabwandere. Finn.

Mein Blut verwandelt sich in Mineralwasser, sprudelnd und zischend. Meinem Herzen wachsen kleine Flügel, und es klopft wie wild in meiner Brust. Ich gehe zur Balustrade am Treppenabsatz und sehe, wie er sich Mantel und Schuhe auszieht. Aber er ist nicht allein.

»... sie erwarten sie. Und sie will ganz bestimmt hingehen, Finley«, sagt Beatrice gerade und macht sich auf den Weg in den zur Küche führenden Flur. Sie ist wieder so superelegant gekleidet wie beim letzten Mal, als ich sie sah. Diesmal in Wollhose und einer Art kunstvoll besticktem Top.

Ich gehe langsam die Treppe hinab. »Hi, Beatrice.«

Beide halten inne und sehen mich an. Finn will etwas sagen, aber seine Mutter kommt ihm zuvor.

»Meg, ich wollte Sie abholen.«

Ich zucke zusammen, bleibe auf den Stufen stehen, die Hand auf dem Geländer. »Nicht schon wieder eine Tanzveranstaltung, hoffe ich?«

Sie schürzt die Lippen und seufzt. »Martin Callahan ist ein Dummkopf.«

Finn stöhnt, und ich schnaube vor Lachen, weshalb Beatrice uns beiden einen grimmigen Blick zuwirft. »Tut mir leid, was gestern Abend passiert ist, aber wie ich Finley schon sagte, das Zusammentreffen war unausweichlich, und er sollte es ein für alle Mal hinter sich bringen. Also, ich wollte Sie abholen, und zwar ....«

»Warum fragst du sie nicht erst mal, anstatt ihr vorzuschreiben, dass sie irgendwohin gehen soll?«, unterbricht Finn sie.

»... zu einer kleinen Besichtigungstour, die in weniger als einer halben Stunde zum Tay Forest Park startet«, fährt sie fort, als hätte Finn gar nichts gesagt.

Ich merke auf. Tay Forest hatte auf Leahs Liste der in der Nähe liegenden Sehenswürdigkeiten gestanden.

»Eine Besichtigungstour? Aber hatten Sie mir nicht versichert, um diese Jahreszeit gäbe es keine Touristen?«

Beatrice klatscht in die Hände. »Na ja, wissen Sie, Peter Hamlins Cousine, Patty, ist aus Carlisle zum Weihnachtsfestival gekommen, und in diesem Teil des Landes war sie noch nie. Deshalb haben sie alle nun, da sich die Wolken verzogen haben, Lust auf ein bisschen Sightseeing.«

Mein Bild von einem Luxusbus fällt in sich zusammen. Ein Familienausflug, wahrscheinlich mit Lunch in der Kühlbox.

»Ich möchte nicht stören«, sage ich.

»Oh nein, Peter und seine Frau Mary wären begeistert, Sie dabeizuhaben. In ihrem Van ist jede Menge Platz, und Rory ist gerade erst aus New York City zurückgekehrt. Er ist etwa in Ihrem Alter – Sie beide werden sich sicher gut verstehen!«

Ich steige die restlichen Stufen hinab und bleibe zögernd am Treppenpfosten stehen. Finn fixiert seine Mutter stirnrunzelnd.

»Wer ist Rory?«, fragt er.

Sie stößt einen genervten Seufzer aus. »Patty Hamlins Sohn. Kommen Sie schon, Meg, holen Sie Ihre Sachen. Und ziehen Sie sich bequemes Schuhwerk an. Und einen Hut. Mary hat gesagt, dass sie einen Pfad in Craigvinean entlangwandern wollen.«

»Was, wenn sie gar nicht mitgehen will?«, wirft Finn ein und deutet mit der Hand auf mich.

»Natürlich will sie! Sie kann ja nicht ihren ganzen Urlaub lang in deinem Haus hocken.«

Ich halte die Hände in die Höhe, um einen ausgewachsenen Streit zwischen den beiden zu verhindern. »Ich will ja durchaus mit.« Ich werfe Finn ein entschuldigendes Lächeln zu. Für mich bietet sich hier eine gute Gelegenheit, ein paar Fotos zu schießen von Orten, die Leah sich ansehen wollte. Und Beatrice hat recht – ich sollte wirklich einen Großteil meiner Zeit außerhalb von Drummond Hall verbringen. Aber durch Finn bin ich eben ständig versucht zu bleiben.

»Ich hole nur eben meine Sachen. Danke, Beatrice.«

Finn nickt und fährt sich mit der Hand durchs Haar. In Anwesenheit seiner Mom kann er mich wohl kaum bitten zu bleiben. Und vielleicht will er das ja auch gar nicht. Vielleicht weiß er genauso gut wie ich, dass ich lieber machen sollte, dass ich fort- und von ihm wegkomme. Und dann hat er auch sein Haus wieder für sich.

Aber als ich nach meinem Mantel greife und ihm einen Blick zuwerfe, während er an der Eingangstür steht und darauf wartet, seine Mutter und mich nach draußen zu begleiten, entdecke ich in seinen Augen den gleichen harten, sämtlichen Versuchungen widerstehenden Ausdruck, den er auch gestern Abend hatte. Und plötzlich stelle ich ihn mir im Haus seiner Mutter vor, allein in einem Bett, wie er die ganze Nacht wach liegt und genauso intensiv an mich denkt wie ich an ihn.

In diesem Augenblick will er nicht, dass ich seine Mom begleite. Und wenn seine Mutter mich jetzt nicht zu einem Familienausflug nötigen würde, würde ich ebenfalls bleiben wollen. Wir würden genau dort weitermachen, wo wir gestern Abend aufgehört haben.

»Sehen wir uns heute Abend?«, frage ich, als ich Beatrice durch die Tür folge.

Finn lächelt und seine Brust berührt leicht meine Schulter, als er die Tür schließt. »Werden wir.«

Das ist ein Versprechen und eine Warnung, alles in einem.

Kapitel 12

Tay Forest Park ist genauso, wie ich mir Schottland vorgestellt hatte, als ich von dieser Reise träumte.

Der Ausflug begann auf dem Rücksitz von Peter und Mary Hamlins Karavan, eingequetscht zwischen Mary und dem frisch aus New York zurückgekehrten Rory. Ich befürchtete anfänglich, dass es ein Fehler war, die prickelnde Aussicht auf Finns Gesellschaft gegen eine Besichtigungstour einzutauschen. Aber als Peter die A9 zum Loch Tummel einschlug und Rorys Mutter Patty und seine Schwester Eileen auf den mittleren Sitzen Platz genommen hatten und sein Großvater sich auf dem Beifahrersitz niederließ, um Peter die Richtung zu weisen, war ich durch ihr freundliches Schwatzen und unbeschwertes Geplänkel gleich viel entspannter.

Sie erinnerten mich in gewissem Maße an meine eigene Familie, insbesondere da Bertie, Rorys Großvater, Peter ständig wegen seiner Fahrkünste aufzog. Genau das Gleiche pflegten meine Eltern auch zu tun.

Die einstündige Fahrt zum Tay Forest Park erlaubte es Rory, mir alles über seine Reise nach New York zu berichten – er war losgezogen, um Schauspielschulen auszukundschaften –

und außerdem ausführliche Kritiken der vier Broadway-Stücke abzugeben, die er sich angesehen hatte. Er stellte mir ein paar Fragen über mich, aber mein Job und mein Leben in Boston schienen weder sein Interesse noch seine Aufmerksamkeit sonderlich zu fesseln. Daraus konnte ich ihm keinen Vorwurf machen. Meine Reise nach Schottland ist bisher das Aufregendste, das ich je gemacht habe, und über sein eigenes Land weiß er sowieso schon alles.

Wir durchfuhren das Parkgelände in Richtung Craigvinean und hielten dabei nur ein einziges Mal an, um auszusteigen und einen Blick auf den lang gestreckten, blaugrauen Loch Tummel zu werfen. Das Wasser war von Eisstücken bedeckt, aber immer noch wunderschön. Der Pfad, den wir anschließend durch den Craigvinean Forest genommen hatten, war flach genug, um mit einem motorisierten Rollstuhl darauf zu fahren, aber Bertie war zusammen mit uns gelaufen, allerdings nicht ohne sich den ganzen Hin- und Rückweg lang über seine Knie zu beklagen.

Mittlerweile haben wir die Spitze des Pfades erreicht, und ich sitze auf einem umgestürzten Baumstamm und überblicke das Tal. Mit ein bisschen Glück habe ich hier sogar Internetempfang. Ich mache ein Foto von dem hügeligen Land – einem flachen, kalt wirkenden See und den Dächern eines Dorfes in der Ferne. Eine graue Wolkenbank wälzt sich auf uns zu. Ein düsteres Bild, aber mit einem Mal stoße ich quasi auf eine Goldader, habe plötzlich Empfang und schicke das Foto Leah, um es hernach auf Instagram zu posten. Ich habe seit gestern, vor dem Tanz in Keaton Ridge, keine Nachricht mehr von ihr erhalten.

Ich sehne mich nach ihrer Stimme, also rufe ich sie an. Aber ich lande wieder nur auf der Mailbox.

»Hey«, sage ich und merke selbst, wie enttäuscht ich klinge. »Wollte mich nur mal melden. Und hören, wie es dir und Jim geht, und … ich vermisse dich. Ich habe dir gerade ein Bild geschickt, also schau mal in deine Textnachrichten. Oh Gott, ich hab' dir so viel zu erzählen. Es hat mit dem heißen Schotten zu tun. Ruf mich an, ja?«

Ich beende das Gespräch und stecke mein Handy wieder ein. Doch bevor ich mich allzu einsam fühlen kann, setzt sich Rorys Schwester Eileen auf den Holzstamm neben mich.

»Meine Schuhe sind total im Eimer«, sagt sie, hebt ihre abgetragenen Sneakers hoch und besieht sich den Schaden. Sie sind vom Schnee völlig durchweicht.

»Meine sehen auch nicht viel besser aus«, sage ich. Das Schafsleder ist durchnässt, und mir frieren langsam die Zehen ein.

Sie schweigt ein paar Sekunden lang, lässt ihre Beine vor- und zurückbaumeln und trommelt mit den Fingern auf das Holz. »Also. Mary sagt, dass du bei Finley Drummond wohnst?«

Ich nicke misstrauisch. Eigentlich eine vollkommen unschuldige Frage, aber ich habe trotzdem den Verdacht, dass sie damit etwas bezweckt.

»Was hältst du von ihm?«, fragt Eileen.

Ich krümme meine eiskalten Zehen in meinen Stiefeln. »Er ist nett.«

Plötzlich kommt mir das Bild in den Sinn, wie er sich an meinen Hals schmiegt und seine Finger um den Bund meines Höschens schlingt. Wirklich, *wirklich* nett.

»Seine Frau ist verschwunden, weißt du.«

Ich nicke, und wieder grummelt mein Magen unbehaglich.

Das also ist der Grund für ihre Frage. Dann kann ich ihr ja meinerseits auch ein paar stellen.

»Kanntest du sie?«

»Ich? Nein. Ich bin in Carlisle aufgewachsen«, antwortet sie.

»Oh, stimmt ja«, sage ich. Deshalb machen sie ja die Sightseeingtour. »Aber woher weißt du dann von Janie?«

»War hier eine Riesengeschichte. Die Zeitungen, Fernsehsender, sie alle haben darüber berichtet, insbesondere, als man sich zu erzählen begann, dass Finley … nun ja.«

»Aha.«

Als man sich zu erzählen begann, dass er sie umgebracht hatte. Plötzlich bin ich wütend, aber ich beiße mir auf die Zunge.

»Hast du keine Angst vor ihm?«, fragt sie, was meinen Zorn nur noch mehr anstachelt.

»Überhaupt nicht. Wie ich schon sagte, Finn ist ein netter Kerl. Ich glaube nicht, dass er seiner Frau etwas angetan hat.«

»Irgendwer hat es aber getan«, kontert sie.

Ich stehe auf, bin voller Unruhe, möchte lieber gehen. »Aber man hat nie einen Leichnam gefunden. Vielleicht ist sie ja einfach nur davongelaufen.«

Eileen kaut auf ihrer Unterlippe herum und überblickt das unter uns liegende Tal. Ihr liegt noch etwas auf der Seele.

»Was?«, frage ich, obwohl ich gar nicht sicher bin, ob ich es wirklich hören will.

»Na ja, es ist nur, dass Drummond Hall so riesig groß ist. Sie haben jeden Stein umgedreht, aber in Schlössern wie diesen gibt es ja immer jede Menge Geheimzimmer, geheime Gänge, Schlupflöcher und so, weißt du?«

Ich nicke und denke an das Geheimzimmer, das Finn mir gezeigt hat. Wo die Frauen und Kinder sich einst bei Überfällen und Angriffen versteckten.

»Du glaubst also, er hat ihren Körper irgendwo in diesem Schloss versteckt?«, frage ich.

Klingt wie der Stoff zu einer Gruselgeschichte.

Eileen zuckt mit einer Schulter und erhebt sich ebenfalls. »Vielleicht.«

Ich atme die kalte Luft ein, bis sie mir in den Lungen brennt. Was soll ich ihr sagen? Sie und das restliche Schottland haben offenbar schon darüber entschieden, dass Finn schuldig ist, insbesondere weil dieser ungelöste Fall ständig im Fernsehen behandelt wurde. Das zeigt mir nur, wie groß die Welt wirklich ist. Das Verschwinden einer einzigen Frau hat hier so viele Menschen beschäftigt, und doch weiß man woanders nichts darüber. Und wird dort auch nie etwas darüber erfahren.

Glücklicherweise beschließt der Rest der Familie, dass die grauen Wolken immer näher kommen und wir uns auf den Rückweg machen sollten. Eileen und ich laufen den Pfad zurück, ohne ein weiteres Wort über Finn zu verlieren. Hinterher haben wir alle einen Bärenhunger, also fährt Peter ins Besucherzentrum, in dem sich ein Café befindet (also Gott sei Dank kein Essen aus der Kühlbox). Von dort aus hat man einen tollen Ausblick auf den Loch Tummel, und es gibt noch mehr Informationen über den Park. Unser Wohnmobil ist nicht das einzige Fahrzeug auf dem Parkplatz. Ich zähle mindestens ein halbes Dutzend, während ich am Fenster sitze und mein Käse-Schinken-Sandwich verspeise. Die anderen haben sich auf die Suche nach den Toiletten begeben, und Bertie wollte sich noch ein Bier besorgen.

Vor dem Fenster weckt ein blaues Auto meine Aufmerksamkeit. Es steht auf dem hinteren Teil des Parkplatzes und wird teilweise von den anderen Autos verdeckt. Sieht aus wie das Auto, das Duff fuhr, als er den Parkplatz vor dem Castle Haig neulich verließ. Ich sehe mich im Besucherzentrum um und halte nach ihm Ausschau. Dann aber komme ich mir albern vor. Es gibt wahrscheinlich Hunderte, wenn nicht gar Tausende kleine blaue Autos wie das von Duff hier draußen. Selbst Beatrice fährt etwas Ähnliches, nur in Silber.

Ich esse den Rest meines Sandwichs auf, gehe noch zur Toilette, und nachdem ich Leah einen Tay-Forest-Park-Magneten gekauft habe, verlasse ich mit der Hamlin-Familie zusammen das Café in Richtung Parkplatz. So langsam wird es dunkel, und sie wollen noch zu einem Whisky-Tasting, das heute Abend in Drummond Mull, im Murdoch's stattfindet.

Ich gebe ihren Bitten, doch mit ihnen zu dem Tasting zu gehen, bereits nach, bevor wir den Parkplatz verlassen haben. Wie könnte ich ablehnen, wo sie doch so freundlich waren, mich an ihrem Familienausflug teilhaben zu lassen? Als wir das Besucherzentrum verlassen, zeigt mir ein Blick aus dem Heckfenster des Karavans, dass das blaue Auto ebenfalls losgefahren ist. Seine Scheinwerfer durchschneiden die Dunkelheit und aus dem Auspuff steigen dicke Abgaswolken. Ich erkenne nur den dunklen Umriss des Fahrers hinter dem Steuer, aber wer immer es ist, er ist bestimmt dreißig Zentimeter kleiner als Duff.

Ich wende mich wieder der Gruppe zu und konzentriere mich auf eine Diskussion, ob Loch Ross ein besserer Whisky ist als Dahwhinnie. Das Auto ist vergessen.

* * *

Wir fahren geradewegs zum Murdoch's. Ich hoffe, dass Finn jetzt nicht im Schloss herumhängt und auf meine Rückkehr wartet, aber genauso wenig erwarte ich, ihn im Dorf zu sehen, besonders nicht nach den Ereignissen in Keaton Ridge.

Die Menschen strömen aus der Kneipe und scharen sich zu Grüppchen auf dem Bürgersteig zusammen. Die Männer tragen wieder Kilts, die Frauen karierte Schärpen, ähnlich wie die Kandidatinnen, die bei der Wahl zu Miss America die Namen ihrer heimatlichen Bundesstaaten auf Schärpen zur Schau tragen. Fast jeder hält ein kleines Glas mit Scotch in der Hand. Manche umklammern es mit beiden Händen.

Ich halte mich dicht an Eileen, während wir uns unseren Weg hinein und an die Theke bahnen. Sie ist ein hübsches Mädchen, nicht viel jünger als ich, und man quittiert ihr Erscheinen mit bewunderndem Nicken, Lächeln und schamlos taxierenden Bodyscans von Männern. Ein Typ fällt ihr dabei scheinbar besonders ins Auge, und sie hält den Zeigefinger hoch, um mir zu bedeuten, dass ich ihr ein bisschen Zeit mit ihm geben soll. Dann geht sie zu ihm und unterhält sich mit ihm.

Ich gehe weiter zur Bar, hinter der Murdoch seiner Arbeit nachgeht. Er trägt auch jetzt wieder seinen langen Kilt, nur diesmal kombiniert mit einem weißen Rippstrick-Tank-Top von der Art, wie Männer sie normalerweise als Unterhemden tragen. Er hat ziemliche Muckis, und das Meeresungeheuer-Tattoo, von dem ich vor ein paar Tagen nur einen Teil erkennen konnte, ist nun in voller Pracht zu sehen. Es windet sich um seinen Unterarm bis hin zu seiner Schulter. Ich würde es gern näher betrachten, aber er bewegt sich einfach zu schnell, als dass ich die Einzelheiten erkennen könnte. Trotz des

Lärmpegels, der stickigen Luft und der Geschwindigkeit, mit der seine Hände den Scotch eingießen, wirkt er kühl und konzentriert.

»Ah! Margaret Meg Meg! Heute denken Sie hoffentlich daran, nur zu nippen?«, fragt er, als er mich entdeckt, während er mit einer Hand zwei Gläser mit Whisky aus zwei verschiedenen Flaschen füllt. Auf jeder befindet sich eine Ausgusstülle, die immer nur etwa dreißig Milliliter ins Glas freigibt.

»Diesmal bin ich besser vorbereitet«, antworte ich und quetsche mich zwischen zwei Leute an die Theke, von denen einer der mir bereits bekannte alte Mann ist, Eggie.

»Erst ein paar Tage in Schottland und schon trinkt sie unser Wasser«, sagt der und hält grüßend sein eigenes Pint Bier in die Höhe.

»Kein Whisky?«, frage ich ihn.

»Bekommt meiner Kehle nich' mehr so recht.«

»Sie sollten es mal mit einem fruchtigen Rumcocktail versuchen«, sage ich und stoße ihn mit dem Ellbogen an.

Murdoch schüttet sich aus vor Lachen und stellt ein Glas vor mich hin. »Für den Spruch ha'm Se den hier verdient. Geht aufs Haus. Is' 'ne Runde von fünf verschiedenen Whiskys für zehn Tacken.«

Fünf Schlucke Whisky? Wenn ich mir jetzt fünf Shots 'reinziehe, liege ich hinterher wahrscheinlich gemütlich auf Murdoch's Boden. Und damit ginge es mir wahrscheinlich keineswegs allein so, den geröteten Wangen, den aufgerissenen Mündern und dem lärmenden Gelächter der übrigen Gäste nach zu urteilen.

»Ein einziger reicht mir«, sage ich, nehme das Glas und versuche, den einzelnen Schritten zu folgen, die Finn mir gezeigt hat. Das Glas an die Lippen führen, den Duft des Scotch einatmen. Ihn im Mund behalten und um meine Zunge fließen zu lassen.

Aber in der Kneipe ist es zu laut und überfüllt, um die gleiche Heiterkeit zu empfinden wie an dem Tag, als Finn mich durch die einzelnen Schritte begleitete. Außerdem erinnere ich mich daran, wie er mich hinterher geküsst hat. Statt den Macallan zu schmecken, der meine Kehle hinabrinnt, schmecke ich vielmehr die Erinnerung an Finn.

Ich stelle das Glas ab, in dem noch ein Schluck übrig ist.

»Gut, was?«, fragt Eggie. »Diesmal schnappen Se nich' nach Luft. Besser als Loch Ross?«

»Ich werd' mal so tun, als hätt' ich das nich' gehört, Eggie.«

Ich wende mich von meinem Kumpel an der Bar ab und entdecke genau dort, wo eben noch Murdoch gestanden hat, nun Finn. Er steht an der Zapfanlage, gießt ein Pint dunkles Lagerbier ein, den Blick auf mich gerichtet statt auf das sich schnell füllende Glas. Er zwinkert und zieht das Glas unter dem Zapfhahn hervor.

»Was machst du denn hier?«, frage ich und kann nicht verhindern, dass sich auf meinem Gesicht ein total albernes Lächeln ausbreitet. Auch er trägt wieder seinen Kilt, dazu ein graues T-Shirt, das seine Brust und seinen Bizeps umschließt.

»An diesem Abend ist immer viel los«, sagt er mit einem Achselzucken und serviert das Pint-Glas einem Mann an der Theke. »Da kann Murdoch jede Hilfe brauchen.«

»Und Murdoch hat was für kostenlose Hilfskräfte übrig«, wirft Murdoch ein, duckt sich unter Finns Arm und holt noch mehr Gläser unter der Theke hervor.

»Ich lasse mich nur in Whisky entlohnen«, antwortet Finn.

Das Lokal ist rappelvoll. Ich beobachte, wie er und Murdoch noch einige mehr Kunden an der Bar bedienen, wobei mir Finn während der Arbeit immer mal wieder einen kurzen Blick zuwirft. Anscheinend hat das Zusammentreffen mit Martin ihm doch nicht genug zugesetzt, dass er sich ganz von Menschenansammlungen fernhält. Ich sehe mich schnell mal unter den Horden von Leuten, die sich in der Kneipe befinden, um und bemerke, dass alle in Grüppchen zusammenhocken, lachen und schwatzen. Nur wenige werfen Finn kalte Blicke zu, und Martin ist nirgends zu entdecken. Genauso wenig wie Fergus.

»Se ha'm nich' geantwortet«, meint Eggie und tippt mir auf die Hand, damit ich ihm wieder Beachtung schenke. »Der Macallan oder der Loch Ross?«

Ich habe wirklich keine Ahnung. In meinen Augen schmecken beide so ziemlich gleich, obwohl ich natürlich weiß, dass sie sich irgendwie unterscheiden müssen. Ich gebe vor zu wissen, wovon ich rede und antworte Eggie, dass ich den Loch Ross bevorzuge.

»Zweifellos beeinflusst vom Meister der Schnapsbrenner«, sagt er und wackelt mit seinen buschigen weißen Augenbrauen, dann richtet er seinen wasserblauen Blick auf Finn.

Der ist hinter der Bar ebenso geschickt wie Murdoch, obwohl er nicht so entspannt wirkt wie der Barkeeper. Das hier ist Murdochs Element, nicht Finns, aber trotzdem unterhält er sich mit den Leuten jenseits der Theke und beantwortet ihre Fragen zum Whisky in ihren Gläsern. Er besitzt die Kenntnis und die Leidenschaft, und ich kann es in seiner Stimme hören, die über den Lärm hinweg zu mir dringt, als seien meine Ohren schon auf ihn eingestimmt – und zwar nur auf ihn.

Ich trinke meinen letzten Schluck Macallan und vermeide es, Eggie zu antworten. »Für mich schmeckt Whisky eigentlich immer nach Baumstumpf.«

Über das Gedränge hinweg entdecke ich einen Kopf mit gebleichtem, blondem Haar. *Oh Scheiße.* Deb. Sie dreht sich ganz leicht, sodass ich ihr Profil sehen kann, aber sie unterhält sich mit jemand anderem. Ich suche nach Martins fleischiger Gestalt, kann sie aber nirgends entdecken. Duff jedoch steht ganz in Debs Nähe. Er hebt die Augen und sieht mich an.

Deb bemerkt, wie er mir zuwinkt, und als sie seinem Blick folgt, mustert sie mich mit verengten Augen. Dann wendet sie sich wieder ab. Anscheinend ist sie über meinen Anblick alles andere als erfreut. Sie ist sicher nicht wütend, fühlt sich aber unbehaglich. Duff jedoch packt sie am Ellbogen und führt sie durch die Menge, auf die Bar zu.

Ich sehe zu Finn hinüber, der sich gerade ein Trinkgeld einsteckt, und Eggie pfeift. »Vielleicht wollen Se ja doch noch 'n Schlückchen, Meg. Jetzt gibt's Zunder.«

Murdoch erkennt das sich anbahnende Drama, stellt sich neben Finn und flüstert ihm etwas ins Ohr. Seine Augen schnellen zu Deb hinüber, und er nickt zu dem, was immer Murdoch ihm gesagt hat. Finn wirft mir einen Blick zu und zwinkert noch einmal, bevor er durch eine Schwingtür hindurch verschwindet, die ins Hinterzimmer hinter der Bar führt.

Ich atme aus. Anscheinend hat auch er keine Lust auf einen weiteren Auftritt dieser Art.

»Meg«, sagt Duff mit gepresster Stimme, als er hinter meinen Barhocker tritt.

»Hi, Duff. Hi, Deb«, antworte ich ebenso unbehaglich. Nach einem Augenblick fülle ich eilig die Pause, die entstanden ist. »Ich hab' schon gedacht, ich hätte heute Ihr Auto gesehen, Duff. Im Tay Forest Park.«

Er blickt ausdruckslos drein, und Deb, die den Blick bisher abgewandt hielt, sieht ihn mit einem Mal scharf an.

»Se waren in Tay Forest?«, fragt Duff mich.

»Mit den Hamlins. Aber offensichtlich waren Sie das gar nicht«, antworte ich und komme mir blöd vor, weil ich überhaupt davon gesprochen habe. Aber *irgendetwas* musste ich schließlich sagen. »Jedenfalls …«

Zu fragen, ob Martin auch hier ist, ist wahrscheinlich keine gute Idee.

Duff gibt Deb einen Knuff. Sie stößt ein entnervtes Schnauben aus und sieht mir mit gequältem Ausdruck schließlich in die Augen.

»Tut mir leid, dass Se letztens in den Streit zwischen meinem Jungen und Finley 'reingeraten sind«, sagt sie, und es hört sich an, als lese sie von einem Spickzettel ab.

»Danke«, antworte ich und werfe Duff einen Blick zu, nachdem Deb den Augenkontakt wieder unterbrochen hat und sich abwendet.

Er lächelt, führt Daumen und Zeigefinger zusammen, um mir ein *O.K.* zu signalisieren und folgt ihr.

Ich wende mich wieder Eggie zu, der nicht mal versucht, so zu tun, als hätte er uns nicht belauscht. »Hab' noch nie gehört, dass Deb sich bei irgendwem entschuldigt hat.« Er hebt sein Glas. »Darauf sollten wir trinken.«

»Trinken Sie eigentlich auf alles?«, frage ich und lasse ein paar Pfundnoten für Murdoch über die Theke gleiten.

»Aye. So zeig' ich halt meine Dankbarkeit.«

Murdoch entdeckt das Geld und zwinkert mir zu. »Gehen Se schon? Finn kommt wieder raus, sobald …« Seine Augen wandern zu Debs entschwindendem Rücken. »… die Luft wieder rein ist.«

Ich lächele und schüttele den Kopf. Meine Stiefel sind immer noch kalt und durchweicht von der Wanderung, und mein warmer, trockener Pyjama ruft nach mir. Ich will aber die Hamlins nicht fragen, ob sie mich fahren. »Gibt es einen Taxiservice, den ich anrufen kann, um nach Drummond Hall zurückzugelangen?«

»Gleich draußen, Liebes. Weiße Autos mit schwarzen Türen«, antwortet Murdoch. »Ich sag' Finn Bescheid, dass Se gegangen sind.«

Ich danke ihm und komme auf dem Weg zur Tür an Eileen vorbei. Die unterhält sich noch immer mit dem Typen, der sie eben aufgehalten hat, und als ich ihr sage, dass ich mir ein Taxi nehme, umarmt sie mich und widmet sich dann wieder ihrem Flirt.

Draußen stehen vier Taxis, und wahrscheinlich haben sie die ganze Nacht lang zu tun. Zwei Männer fangen an, sich um eines zu rangeln. Beide fallen gleichzeitig zu Boden und brechen in Gelächter aus.

Ich gehe auf eines der Taxis zu, aber der Fahrer hat sein Fenster noch gar nicht komplett heruntergekurbelt, um zu fragen, wohin es gehen soll, als ich höre, wie jemand über das brüllende Gelächter der beiden Männer hinweg, die immer noch rücklings auf dem Gehweg liegen, meinen Namen ruft. Ich drehe mich um und sehe Finn die Männer umrunden, den Kopf schütteln und lächeln.

»Ich dachte, heute Abend bist du Murdochs kostenlose Arbeitskraft?«

Er zieht seine Jacke über und kommt zu mir an den Bordstein. »Glückliche Kunden sind wichtiger als kostenlose Mitarbeiter«, sagt er und bedeutet dem Taxifahrer mit einem Winken seiner Hand, dass er nicht mehr gebraucht wird. »Komm, ich fahre dich.«

Finn streckt mir die Hand entgegen, und ich zögere nicht. Ich ergreife sie und lasse mich von ihm um die Ecke zu seinem Van führen, den er hinter der Kneipe abgestellt hat.

»Verdammt eisig hier draußen«, sagt er, als er den Motor startet. Wir zittern beide vor Kälte. Im Schein der Innenraumbeleuchtung werfe ich einen kurzen Blick auf die Gänsehaut an seinen nackten Beinen. »Hast du dich mit den Hamlins amüsiert?«

»Ja«, antworte ich, aber sonst fällt mir nichts ein. Es war toll, aber ich bin froh, jetzt nach Drummond Hall zurückzukehren. Wen will ich hier eigentlich zum Narren halten? Ich bin froh, wieder *bei Finn* zu sein.

»Wer ist dieser Rory?«, fragt er, als er ausparkt und in die überfüllte Straße des Dorfes einbiegt.

Ich beiße mir auf die Lippe, um nicht breit zu grinsen. »Er war nett.«

»Nett?«, echot er und wirft mir einen Seitenblick zu, bevor er auf die Bremse tritt. Die beiden Betrunkenen von eben, die auf den Bürgersteig gefallen waren, stolpern jetzt über die Straße, einen Arm um die Schultern des anderen gelegt.

»Ja, nett«, wiederhole ich. »Was ist falsch an nett?«

»Nichts ist falsch daran. Ich bin nett. Du bist nett. Wir sind alle nett.«

»Wenn du noch einmal nett sagst, verpasse ich dir eine Kopfnuss«, sage ich und kann mein Lächeln nicht mehr unterdrücken.

»Das möchte ich sehen, Hühnchen.«

Ich bin versucht, mich abzuschnallen, den Arm auszustrecken und ihm mit meiner Faust einen Schlag auf seinen Oberkörper zu geben, aber ich weiß, dass es ein Fehler wäre, ihn zu berühren.

Also bleibe ich reglos sitzen, wobei aus der Lüftung warmer Wind über meine Beine und meine immer noch eiskalten Füße weht. Finn schweigt, hält den Blick auf die Straße gerichtet. Er sieht nicht zu mir hinüber und stellt auch keine weitere Frage zu Rory. Er fährt einfach nur.

Ich brauche einige Minuten, bis mir klar wird, dass das Radio nicht eingeschaltet ist. Wir fahren in vollkommener Stille, und doch scheint es im Inneren des Wagens unerträglich laut vor so vielen ungesagten Dingen zu sein. Als wir das Schloss erreichen, parkt er neben meinem Mietwagen und schaltet den Motor aus.

Ich bleibe sitzen, er ebenfalls, die Hände am Steuer.

»Ich habe das Licht für dich angelassen«, sagt er. »Ich wusste ja nicht, dass du ins Murdoch's kommen würdest.«

Das hatte ich auch nicht gewusst. Scheinbar lebe ich neuerdings von einem Augenblick zum nächsten. Und das gefällt mir. Aber eines gibt es doch noch, was ich wissen will.

»Gehst du wieder zu deiner Mom?«

Finn hält den Blick auf das Schloss gerichtet. Ein paar Fenster glühen wie Sonnenlicht durch ein Honigglas. »Willst du das denn?«

Da dreht er sich zu mir um. *Verdammt.* Er ist wunderschön.

Keine Ahnung, ob ich bei dieser Entscheidung meinen Verstand einschalten kann. Ganz bestimmt nicht, solange ich durch seinen hungrigen Blick gefangen gehalten werde. Aber dennoch macht er deutlich, dass es *meine* Entscheidung ist. Und ich habe sie bereits getroffen.

»Ich will, dass du bleibst.«

Finns Brust hebt sich mit einem tiefen Atemzug. Das ist die Antwort, die er sich gewünscht hat, und dennoch ist sein Blick vorsichtig. Als könnte ich es mir noch einmal anders überlegen. »Bist du sicher?«, flüstert er.

»Nein«, antworte ich mit leisem Lachen. »Bist du es denn?«

Er löst die Hände vom Lenkrad und fährt sich damit durchs Haar, stimmt ebenso leise in mein Lachen ein. »Überhaupt nicht. Ich weiß nur eines.«

»Und was?«

Sein Lächeln verblasst. Sein plötzlicher ernster Blick ernüchtert mich. »Wenn ich jetzt wegführe, würde ich es für den Rest meines Lebens bereuen.«

Damit hat er meine eigenen Gefühle zusammengefasst, und das Wissen darum, dass er genauso empfindet, macht mich für diesen Sprung ins kalte Wasser sogar noch bereiter. Ich löse meinen Gurt und packe den Türgriff.

»Dann lass uns reingehen«, sage ich.

Kapitel 13

Sein Zimmer ist dunkel, als wir über die Schwelle treten.

Als ich das letzte Mal hier war, hätte ich mich am liebsten in Embryonalstellung zusammengerollt und darauf gewartet, dass jemand mich rettet. Seltsam, wie ein paar Tage die Dinge so grundlegend verändern können. Nicht, dass ich jetzt keine Angst hätte. Ich glaube, ich war noch nie in meinem Leben verängstigter.

Durch die Fenster an der gegenüberliegenden Seite dringt der klare, winterliche Mondschein herein, der die Möbel in silbriges Licht taucht. Auch das Bett.

In der ersten Nacht habe ich darin geschlafen, ohne zu wissen, dass es seins war. Jetzt werde ich gleich wieder hineinsteigen, nur diesmal mit Finn. Wissentlich. Bereitwillig.

Und bei all diesen Überlegungen will mir die böse Frage, was unter diesem Kilt ist, einfach nicht aus dem Kopf gehen.

Er lässt meine Hand los und geht zur Feuerstelle am Fuß des Bettes. Wenn es hier drin kalt ist, dann merke ich es zumindest nicht. Das Zittern meiner Beine und Arme kommt nicht von der Kälte, sondern ist eindeutig und ohne jeden Zweifel nervlich bedingt.

Der letzte Mann, mit dem ich geschlafen habe, war Trent, und wir hatten es so oft miteinander getrieben, dass es sich am Ende anfühlte, als zöge man eine alte Jogginghose an. Der Sex mit ihm war keineswegs schlecht gewesen. Es war nur einfach immer … das Gleiche.

Im Kamin befindet sich keine Glut mehr, was kein Wunder ist, denn immerhin hat Finn hier schon zwei Nächte lang nicht mehr geschlafen. Also hockt er sich hin und macht sich an die Arbeit – knüllt altes Zeitungspapier zusammen und schichtet dünne Scheite Anzündholz darüber. Dann entzündet er ein Streichholz und lässt das Papier in Flammen aufgehen. Das Anzündholz fängt Feuer, und er fügt immer mal wieder ein paar Holzscheite hinzu. Es dauert ein paar Minuten, und er sagt die ganze Zeit über kein Wort. Er dreht sich auch nicht nach mir um, während ich am Fuße des Bettes stehe, mich am Pfosten festhalte und versuche, meine Angst in den Griff zu bekommen. Was er wohl denkt? Ich frage mich, ob er auch nervös ist. Wie lang mag es wohl her sein, dass er mit jemandem geschlafen hat?

Nein. Das will ich gar nicht wissen.

Er ist viel zu gut aussehend und wild und charmant, um allzu lang ohne weibliche Gesellschaft ausgekommen zu sein. Zum Teufel, Mädels stehen auf die gefährlichen Typen, und das Geheimnis, das Finn umgibt, steigert womöglich nur noch seine Anziehungskraft auf sie.

Ich bin wahrscheinlich auch nicht anders, aber trotzdem ist es nicht das, was ich an ihm attraktiv finde. Es ist sein Lächeln, sein Sinn für Humor. Seine Freundlichkeit, sein Ehrgefühl. Die Tatsache, dass er mir niemals das Gefühl gegeben hat, nicht willkommen zu sein.

Endlich brennt das Feuer lichterloh. Er richtet sich auf und dreht sich um. Ich kann seine Miene nicht deuten. Sie schwankt zwischen listig und ernst. Als seine Finger sich am Saum seines grauen Shirts zu schaffen machen, um es aus dem Kilt zu ziehen, komme ich zu dem Schluss, dass sie definitiv ernst ist. Außerdem merke ich, dass ich wie ein Tollpatsch dastehe und ihn angaffe. Ich sollte wenigstens *irgendetwas* tun. Vielleicht mich auf ihn zu bewegen. Ihm beim Ausziehen helfen – oder mich selbst ausziehen.

Aber ich stehe nur wie angewurzelt da, gelähmt vor Unentschlossenheit.

Anscheinend liest Finn das in meinen Augen, denn statt sein Shirt auszuziehen, kniet er nieder und schnürt sich die Stiefel auf. Normalerweise machte er das in der Eingangshalle, dort hatte er aber einfach nur meine Hand genommen und mich zur Treppe geführt. Auch ich habe noch immer meine feuchten, kalten Stiefel an den Füßen, also streife ich sie ab, während er mit seinen Schnürsenkeln beschäftigt ist.

Keiner von uns sagt etwas.

Als er sich wieder aufrichtet, schleudert er die Stiefel von sich und zieht die Socken aus; er lässt sie auf den Boden fallen, genau wie am Abend zuvor in der Eingangshalle.

»In seinem eigenen Schloss kann ein Mann machen, was er will?«, frage ich.

Diese Bemerkung löst die Spannung, die sich zwischen uns aufgebaut hat, auf der Stelle.

Finn nickt, und jenes warme Lächeln, das immer so tröstlich auf mich wirkt und jegliche Angst vertreibt, breitet sich auf seinem Gesicht aus. Ich weiß, dass ich es einfach nur erwidern muss, damit es noch breiter wird.

Er kommt zum Bettpfosten herüber. »Bist du nervös?«

Ich winde mich innerlich, überkreuze die Fußknöchel. Meine eigenen nassen Socken sind mittlerweile auch auf dem Boden gelandet. Ich klammere mich an den Pfosten. »Ein wenig.«

Ja. Genau wie die *Titanic* den Eisberg *ein wenig* gestreift hat.

Finn fängt wieder an, den Saum seines Shirts aus dem Bund seines Kilts zu ziehen. Er hält inne und mustert mich misstrauisch, als sei ihm gerade ein Gedanke gekommen. »Du hast doch schon mal mit einem Mann geschlafen, oder?«

Zumindest kann ich darüber nun herzlich lachen. »Ja.«

Exakte Zahlenangaben würde ich allerdings gern vermeiden. Ein ernsthafter Freund auf dem College und ein weiterer in den letzten drei Jahren sind beileibe kein reichhaltiger Erfahrungsschatz. Während Finn sich weiter um sein Shirt kümmert, zweifele ich nicht daran, dass er eine erheblich größere Anzahl bereitwilliger Mädchen mit ins Bett genommen hat.

Er zieht das Shirt über den Kopf und enthüllt seinen glatten, muskulösen Bauch. Ich löse mich vom Bettpfosten und gehe auf ihn zu. Ich will ihn berühren, und als er ganz still stehen bleibt, das Shirt noch immer in der Hand, zweifle ich nicht daran, dass er sich das ebenfalls wünscht. Seine Haut ist warm, trotz der Kälte, die im Raum herrscht. Ich lege meine Handflächen auf seine Brust, und er atmet tief ein.

»Tut mir leid«, flüstere ich. »Meine Hände sind ganz kalt.«

Ich ziehe sie nicht zurück, sondern lasse sie vielmehr über seine Rippen und die harte Ebene seines Bauches wandern.

»Deine Hände sind perfekt«, antwortet er, lässt das Shirt

fallen und umfängt, von einer plötzlichen Woge der Energie erfasst, meine Lippen mit den seinen.

Er streicht mit der Zunge über meine Lippen, teilt sie. Spielt mit meiner Zunge und zieht mich an sich. Und während seine Zähne an meiner Unterlippe knabbern und ziehen, spüre ich, wie sich etwas zwischen uns verändert. Wir haben eine unsichtbare Schwelle überschritten, sind nicht länger zögerlich, sondern bereit. Nicht länger ängstlich, sondern begierig.

Mit meinen Händen erkunde ich seinen Oberkörper. Seine Haut ist seidenweich und glatt. Zwar auf eine männliche Art rau, doch nicht schwielig. Unter meinen Händen spüre ich, wie die Muskeln sich anspannen und arbeiten, und als ich mit den Fingerspitzen über seine Brustwarzen gleite, gibt er ein leises, kehliges Stöhnen von sich.

Er küsst mich erneut, nimmt meine Unterlippe zwischen die Zähne. Er saugt heftig daran, lässt die Hände seitlich an meinem Pullover hinabgleiten und zerrt am Saum. Ich recke die Arme über den Kopf, als er die weiche Wolle von meinem Körper schält. Schon bald hat der Pulli meine Fingerspitzen erreicht, und er wirft ihn auf den Boden neben sein Shirt.

Finn hält mich von sich fort, seine Augen saugen meinen Anblick förmlich in sich auf, während er nach dem Knopf meiner Jeans greift. Ich habe eigentlich ein ganz gutes Bild von meinem Körper, aber nun, da seine Augen auf mir ruhen, pflücke ich kritisch jedes einzelne Detail auseinander, das er meiner Vorstellung nach jetzt sieht. Meine schmalen Hüften und die kleinen Brüste. Und als er den Reißverschluss meiner Jeans öffnet und anfängt, sie herabzuziehen, denke ich an meine üppigen Schenkel. Sie stellen die einzigen Kurven dar, die ich mein Eigen nenne.

Er umfasst sie mit den Händen, als ich aus der Jeans steige und sie mit den Füßen beiseitestoße.

»Deine Hände sind nicht das Einzige, was perfekt ist, Hühnchen«, flüstert er in mein Ohr. Seine Lippen berühren dabei mein Ohrläppchen und lassen mich erschauern.

Dieses eine Kompliment vertreibt sämtliche Selbstzweifel. Aber dann tritt er einen Schritt zurück und lässt mich los. Ich stolpere vorwärts, will etwas einwenden, doch dann erkenne ich, was er vorhat.

Finn öffnet den breiten Ledergürtel, der seinen Kilt hält.

Oh, heilige Maria Mutter Gottes.

»Ich habe Kenntnis von dem, was du denkst«, sagt er, und seine Augen glitzern mutwillig, als er den Gürtel zu den übrigen Kleidungsstücken auf dem Boden wirft.

Ich kann den Blick nicht von seinen Fingern abwenden, die ein paar Knöpfe an seiner Hüfte öffnen. Mein Kopf scheint zu explodieren – ich kann kaum einen klaren Gedanken fassen, wie will Finn dann wissen, was ich denke?

Ich will ihn jetzt einfach nur noch nackt sehen.

Okay. *Einen* klaren Gedanken habe ich also offenbar doch.

Er öffnet die Knöpfe und verharrt dann regungslos. »Du willst wissen, was ein Schotte unter dem Kilt trägt, stimmt's?«

Das kommt der Wahrheit so nahe, dass ich erröte. Finn lacht leise und siegesgewiss – dann zieht er die Vorderseite seines Kilts zurück. Das Schottenkaro ist verschwunden, und ich starre auf ein Paar hautenge Under Armour Boxershorts.

»Tut mir leid, dich enttäuschen zu müssen, aber diese Wolle ist verdammt kratzig.«

Finn kommt zu mir und legt mir den Arm um die Taille.

»Ich bin nicht im Mindesten enttäuscht«, flüstere ich mühsam und mit belegter Stimme. Im Gegenteil, diese hautengen Boxershorts enthüllen *ziemlich viel.*

Er lässt die Träger meines BHs von meinen Schultern gleiten, und ich greife nach hinten, um die Haken zu lösen. Kaum hat die schwarze Spitze den Boden berührt, zieht er mich dicht an seine Brust und presst den Mund wieder auf meinen. Er schiebt mich zentimeterweise zurück, bis wir das Bett erreichen und ich die weiche und flauschige, karierte Decke unter meinem Rücken spüre. Dann klettert er oben auf, während seine Hände meinen Körper erkunden.

Seine Lippen senken sich auf meine Brüste herab, und ich bäume mich ihm entgegen, will nur eins: ihm und seinem Mund und der Art, wie er mich gefangen hält, noch näher sein. Es spielt keine Rolle, ob sie küssen oder reden oder lächeln, diese Lippen haben mich voll und ganz in ihren Bann geschlagen.

Seine Handflächen wandern über die Kuhle in meinem Kreuz bis hinab zum Bund meines Höschens. Er schält es herab, zieht es erst über meine Schenkel, dann über die Knie, bis ich es über die Knöchel streife und von den Zehen abschüttele.

»Schon besser«, raunt er, während seine Zunge an meiner Kehle leckt.

»Noch nicht ganz«, widerspreche ich und lasse spielerisch den elastischen Bund seiner Boxershorts zurückschnappen. Er ist einfach zu groß – ich könnte sie lediglich ein paar Zentimeter hinabschieben, weiter käme ich mit meinen Armen nicht. Also übernimmt Finn diese Aufgabe, zieht seine Boxershorts die Hüften hinab und über das, was definitiv der knackigste Hintern ist, den ich jemals zu Gesicht bekommen habe.

Aber mir bleibt keine Zeit, innezuhalten und ihn zu bewundern. Nicht wenn ich zwischen uns herabblicke.

»Heiliges Ungeheuer von Loch Ness«, flüstere ich. Finn lässt die Stirn an meine Schulter sinken, und sein ganzer Körper vibriert vor Lachen.

»Tut mir leid«, sage ich und muss immer noch kichern. »Wir sollten nicht lachen.«

Er hebt den Kopf, und seine Lippen streifen meinen Kiefer. »Warum nicht? Wir amüsieren uns doch, oder nicht? Aber ehe es uns jetzt übermannt …«

Er reckt sich zum Nachttisch hinüber, und ich höre, wie sich die Schublade öffnet. Ich bin sicher, dass er ein Kondom herausholt. Das ist auf jeden Fall überaus klug, aber ich will ihn trotzdem erst berühren. Also strecke ich die Hand nach ihm aus und liebkose den samtigen Stahl seiner Männlichkeit. Finn erschauert, während er mit den Zähnen das Päckchen aufreißt.

»Langsam, Hühnchen«, keucht er. »Ist schon eine Weile her.«

Im Augenblick spielen Einzelheiten keine Rolle, aber ich bin froh, dass er nicht gesagt hat, dass es *eine Woche* her ist.

Er streift das Kondom über, und wir sind bereit. Finn umfasst einen meiner Schenkel und legt ihn um seine schmale, muskulöse Taille. »Alles klar, peinlicher Augenblick vorbei.«

Ich muss schon wieder lachen. Ich habe bislang nur zwei erste Male mit Männern erlebt, und beide waren angespannt. Wenigstens ist Finn schon mal gut darin, mir ein ungezwungenes Gefühl zu geben.

»Siehst du? Lachen ist schön.« Er küsst meine Schulter. »Das bedeutet, dass wir einander genießen.« Dann widmet er seine Aufmerksamkeit wieder meinen Brüsten.

Ich vergrabe die Finger in seinem Haar, und jedes Lecken seiner Zunge, jedes Knabbern seiner Zähne hallt zwischen meinen Hüften nach.

»Genießt du mich?«, fragt er, als er sich wieder über mich beugt und mein Kinn küsst. Er lacht jetzt nicht mehr.

Ich auch nicht. »Ja«, flüstere ich.

Finn verlagert uns, sodass unsere Hüften einander berühren. Ich öffne mich ihm, und er brandet voran, langsam, bedächtig. Zentimeter um Zentimeter fällt jegliches Zögern von mir ab. Alle Verlegenheit. Was bleibt, ist nur die Hitze. Nur Finn. Ich klammere mich an seinen Nacken, vergrabe die Finger erneut in seinem Haar, stöhne seinen Namen, bis er meinen Mund mit dem seinen umfängt.

Ich kann kaum mehr atmen, denn jede Nervenendung meines Körpers scheint lichterloh in Flammen zu stehen. Ich löse die Hände aus seinem Haar und umklammere seine Hüften, lasse meine Finger über seinen Rücken gleiten, und – oh ja – es ist, wie ich es mir vorgestellt habe – *einfach perfekt.* Ich ziehe ihn noch dichter zu mir heran. Mein Körper ist sengend heiß, mein Verstand auf glückselige Weise nur auf das konzentriert, was meine fünf Sinne mir signalisieren: auf den Anblick seines über mir wogenden Körpers, auf das rhythmische Pulsieren seiner Hüften. Auf den Klang unseres stoßweisen Atems. Auf seinen holzigen Duft, der mich ganz und gar umgibt, und der unsere miteinander verwobenen Zungen umhüllt.

Um dann nur noch ihn zu spüren, jedes Drängen, jeden Rückzug, jede Liebkosung seiner schwieligen Finger auf meiner

Haut. Er gibt ein heiseres, tiefes, kehliges Stöhnen von sich und dringt tiefer in mich hinein, sodass ich aufschreie. Ich falle über die Klippen, in den Abgrund, wie ich es noch nie erlebt habe. Finn fühlt sich wie reines, strahlendes Leben an, das jede Zelle meines Seins erfüllt, und ich wünsche mir, dass es nie aufhören möge. Die Lust ist so vollkommen, dass es schmerzt.

Sein ganzer Körper krampft sich zusammen – und erleichtert sich bebend. Er lässt sich auf die Ellbogen herab, sodass seine Arme meinen Kopf und meine Schultern umrahmen. Sein Körper lastet schwer auf mir, und ich spüre ihn atmen.

Dann rollt er sich auf die Seite, auf die Decke neben mir. Ich bin vollkommen bewegungsunfähig, jeder Zentimeter meines Körpers pulsiert und kribbelt, und als es mir endlich gelingt, den Kopf zu wenden und Finn anzusehen, sehe ich, dass er in einem ähnlich benommenen und atemlosen Zustand an die Decke starrt.

Er wendet den Kopf und sieht mir in die Augen, jenes spielerische Lächeln umspielt wieder seine Lippen. Aber er sagt kein Wort. Setzt sich nur auf, zerrt die Decke unter sich hervor und deckt sich zu. Dann schiebt er die andere Seite der Decke unter mich und hüllt meinen geleeartigen Körper darin ein. Er lässt einen Arm unter mich gleiten und zieht mich an sich. Ich lege den Kopf an seine Schulter, ein Knie über seinem Bein.

Wir atmen. Wir beobachten die Schatten des Feuers, die über das Bett hinwegflackern. Sein Bein fühlt sich an meinem stachelig an – und schweißnass.

»Habe ich dir wehgetan?«, flüstert er.

Ich hebe den Kopf, um ihm ins Gesicht zu sehen. »Nein. Warum?«

Er sieht auf mich herab. »Du bist so winzig. Ich bin mir auf dir wie ein Bär vorgekommen.«

Ich lache und schmiege mich wieder in seine Armbeuge. »Mir hat es gefallen.«

»Nur *gefallen*?«

Ich küsse ihn dort, wo seine Haut meinen Lippen am nächsten ist. »Ich kann momentan nicht richtig denken. Mir fehlen die Worte.«

Seine Finger wandern an meinem Arm hinab, kitzeln mich leicht. Dann drückt er mir einen Kuss auf den Scheitel. »Bleibst du die Nacht über hier?«

Die Aussicht, sein warmes Bett zu verlassen und in mein kaltes, dunkles und leeres Zimmer zurückzukehren, ist zu trostlos, um sie überhaupt in Erwägung zu ziehen. Also nicke ich und schmiege mich nur noch dichter an ihn heran. Ich lausche dem Klang seines Atems, dem Knistern des Feuers und schlafe beinahe auf der Stelle ein.

Und beinahe auf der Stelle hat sich alles verändert.

Kapitel 14

»Wach auf, Hühnchen.«

Seine Stimme durchdringt meine leichten Träume, und ich spüre, wie seine Hände an meinen Rippen entlanggleiten. Ich liege auf dem Rücken, umfangen von einem warmen Federbett, und das Letzte, was ich jetzt tun will, ist aufwachen. Finns Bett ist der wärmste und sicherste Ort, den ich kenne. Schon verrückt, wenn man die wilden Gerüchte bedenkt, die sich um diesen Mann ranken. Und doch ist es genau so. Jeder Muskel meines Körpers ist schlaff und in einem vollkommen unattraktiven Zustand. Ich glaube, ich war noch nie so zufrieden.

Aber das hält nur noch ganze zwei Sekunden an.

»Wir gehen jetzt schwimmen«, flüstert er, und ich spüre einen schnellen, harten Kuss auf meinen schlaffen Lippen, bevor das Bett erzittert.

Ich öffne die Augen und sehe, wie er die Decke von sich wirft. »Was?«

Das Feuer im Kamin ist ausgegangen, und schwaches Morgenlicht strömt durch die Fenster. Finn steht auf, gewährt mir die hübsche Aussicht auf sein perfektes Hinterteil, während er ein paar Schritte auf einen großen Kleiderschrank neben dem Bett zumacht.

»Hast du *schwimmen* gesagt?«, frage ich und halte mir die Decke vor die Brust, während ich mich aufsetze.

Finn öffnet die Schranktüren und holt ein Paar Boxershorts heraus, die genauso aussehen wie jene, die er am Abend zuvor unter dem Kilt trug. Bei der Erinnerung daran, wie er ihn sich vom Körper riss, muss ich grinsen – ebenso wie über alle anderen Erinnerungen, die mich plötzlich überfallen.

»Aye, im See«, sagt er und grinst nun ebenfalls. Er zieht die Boxershorts an, klatscht in die Hände und reibt sie aneinander. »An jedem Weihnachten, weißt du noch?«

Jetzt höre ich auf zu lächeln und starre ihn an. Ich erinnere mich durchaus daran, dass er im See hinter dem Schloss an jedem Weihnachtsfest ein Bad nimmt, aber … *jetzt*?

»Was – mit *mir*?«

Er kriecht aufs Bett und legt sich über mich, senkt den Kopf, sodass er meinen Puls am Hals küssen kann. »Aye«, bestätigt er, und seine Zähne knabbern sanft an meiner Haut. »Komm mit mir.«

»Aber …«, stammele ich, während mein Körper heißer wird, als sich eine Hand um meine Hüfte legt und die andere die Decke herabzieht. Er liebkost mit den Lippen meine Brüste, sodass ich seinen Vorschlag beinahe vergesse. *Beinahe.* »Aber ich will nicht schwimmen gehen.«

Ganz zu schweigen von der sibirischen Temperatur des Wassers.

»Das ist Tradition«, sagt er, und sein heißer Atem auf meiner Haut macht es mir noch schwerer, aus dem Bett aufzustehen.

»*Deine* Tradition«, widerspreche ich und versuche, mich unter ihn zu schieben. Erfolglos. Finn hockt sich auf alle viere.

»Und ich denke, du hast für deine Reise das volle, traditionelle Drummond-Hall-Programm gebucht, oder etwa nicht?«

Noch bevor ich antworten kann, wickelt Finn mich in die Decke, nimmt meine gesamte Gestalt in die Arme und hebt mich aus dem Bett.

»Was – was machst du denn da?«, kreische ich, aber er trägt mich bereits zur Schlafzimmertür. Ich trete um mich, halb lachend, halb schreiend und rufe: »Lass mich runter!«

Finns Gelächter erfüllt den Flur, während er mich schnell zur Treppe trägt. Ich strampele und lache weiter, teils voller Angst vor dem eiskalten Wasser, teils daran zweifelnd, dass er es tatsächlich wagen wird, mich in den See zu werfen.

»Unseren Gästen soll stets das Gesamtpaket zuteilwerden«, sagt Finn, dessen Arme mich umfangen, während er das Esszimmer durchquert und auf die Hintertür zu schreitet. Als wir draußen im morgendlichen Sonnenlicht sind, trifft die kalte Luft auf meine nackten Arme, meinen Hals und meine Zehen, denn die Decke ist von meinen Füßen heruntergerutscht.

»Das kannst du unmöglich ernst meinen!«, schreie ich. »Die Klippen – wir fallen bestimmt ’runter!«

Er durchschreitet die Öffnung in der Felsmauer, und eine heftigere Windbö zerzaust mein offenes Haar.

»Ich halte dich fest«, murmelt er, während ich mich an ihn klammere, das Gesicht in seiner Halskuhle vergraben. »Wir werden nicht hinfallen.«

Und abwärts geht es, wobei er sicheren und gleichmäßigen

Schrittes die Klippen hinabsteigt, die von der Natur geschaffenen Stufen nimmt, als hätte er keine fünfzig Kilo in den Armen.

»Ich werde *nicht* mit dir schwimmen gehen!«, rufe ich erneut, als er auf den großen Felsen anlangt.

Finn macht einen letzten Satz auf den Strand und bleibt endlich stehen. Er atmet schwer, und ich spüre das Pochen seines Herzens an meinen Schenkeln, die er an seine Brust presst.

»Schon gut, schon gut«, stöhnt er, lacht noch einmal und setzt mich mit den Füßen auf dem Sandboden ab. Ich halte mir die Decke vor die Brust und lasse den Rest um mich herumgewickelt, um mich vor dem kalten Wind zu schützen.

»Du hast einen Vogel«, sage ich mit zitternder Stimme, gleichzeitig erleichtert und belustigt. So hat mich ganz sicher noch nie jemand geweckt.

Finn zuckt mit den Schultern und nickt, wirkt ein bisschen verlegen, als er sagt: »Aye. Wahrscheinlich hast du recht.«

Er steht nur da – in seinen Boxershorts – und kriegt aus irgendeinem Grund nicht einmal eine Gänsehaut.

»Warum machst du das?«, frage ich und deute mit einem Kopfnicken auf das Wasser. Der See liegt da wie ein tiefblauer Saphir, dessen Oberfläche vom Wind gekräuselt wird. Kleine Wellen glitzern und blitzen im Sonnenlicht.

Er verschränkt die Arme über der nackten muskulösen Brust, dreht sich um und überblickt Loch Ross. »Das hier haben mein Pa und meine Brüder jedes Weihnachtsfest gemacht. Es war ein Wettkampf … es ging darum, wer am längsten drinbleiben konnte, wer sich am meisten beklagte, wer mit dem Kopf untertauchen konnte, und wer es nicht wagte.«

Er sieht mich wieder an, lächelt bei der Erinnerung. »Mom schrie immer Zeter und Mordio, aber sie sah uns von da oben aus trotzdem immer zu«, fügt er hinzu und deutet auf die Felswand am oberen Rand der Klippen. »Und für hinterher hatte sie immer etwas Heißes in der Küche für uns bereitstehen, um uns aufzuwärmen.«

Das erinnert mich an die Polar Plunges an manchen Stränden von New England, wo die Leute an jedem ersten Januar in Badeanzügen in den Ozean springen, und sei es nur für ein paar Sekunden.

»Wie lang ist er jetzt tot?«, frage ich.

Finn sieht mir in die Augen, und sein Lächeln verblasst. »Fünf Jahre.«

»Klingt, als ob er ziemlich lustig gewesen wäre.«

Er nickt, antwortet aber nicht. Es ist offenbar immer noch zu frisch. Dann springt Finn ein paar Mal auf und ab, macht sich bereit.

»Du musst nicht mit mir reinkommen, Hühnchen. War nur ein Witz«, sagt er, aber dann hat er plötzlich einen verschlagenen Gesichtsausdruck. »Obwohl ich, wenn ich wieder 'rauskomme, auf jeden Fall erwarte, dass du mich mit dir in diese Decke da einwickelst.«

Und ohne viel Federlesens dreht er sich um und steigt ins Wasser. Er stößt ein *Uuups* aus, als er bis zu den Knien drinsteht und dann taucht er unter der Oberfläche ab.

Keine Ahnung, was in diesem Augenblick über mich kommt, aber bevor sein Kopf wieder auftauchen kann, werfe ich die Decke ab und lasse sie wie eine warme Wolke auf meine Knöchel herabfallen. Ich bin hier, nicht wahr? Warum also keinen Sprung ins kalte Wasser riskieren?

Außerdem, habe ich das nicht schon längst getan?

Ich gehe also ins Wasser, wobei die Kälte meine Füße sofort umhüllt. Als Finn wieder an die Oberfläche kommt, ist er fast fünf Meter entfernt, und das Wasser reicht ihm bis zur Brust. Seine Augen weiten sich, als er mich sieht, wobei mir das eisige Wasser jetzt schon bis zu den Schienbeinen geht. Eine Gänsehaut überzieht meinen ganzen Körper, und beinahe mache ich einen Rückzieher. Aber Finn schüttelt den Kopf, und seine Augen schweifen über meinen nackten Körper.

»Oh nein, das tust du nicht. Bring zu Ende, was du begonnen hast.«

Ich mache keinen Rückzieher. Nicht jetzt. Je langsamer ich gehe, umso schlimmer wird es, also nehme ich all meinen Mut zusammen und stürme voran, tauche genauso schnell ins Wasser wie Finn. Feine Nadelstiche attackieren meine Haut. Das Wasser ist so kalt, dass es mir den Atem raubt. Mein Gesicht ist taub, als ich wieder an die Oberfläche komme, und mein ganzer Körper schmerzt.

Ich ringe nach Luft und lache gleichzeitig, als das Wasser von meinen Wimpern perlt. Und dann ist Finn bei mir, nimmt mich in seine unerklärlich warmen Arme. Er wirbelt mich herum und stößt einen weiteren Heuler aus, der auf der weiten Fläche des Sees widerhallt.

»Wir müssen wieder raus!«, sage ich atemlos, und mein Kinn fängt schon an zu zittern.

»Noch nicht«, widerspricht er, und dann liegen seine Lippen auf den meinen, nass und heiß pressen sie sich auf meine und zwingen sie, sich zu unterwerfen. Ich entspanne mich, die Vorderseite meines Körpers liegt warm an seiner Brust und seinem Bauch, meine Beine habe ich um seine Hüften geschlungen. Er umfängt mein Gesäß und trägt mich aus dem See hinaus, geht schnellen Schrittes auf die Küste zu. Die Luft ist wärmer als das Wasser, aber nicht allzu sehr. Meine Muskeln sind ganz verspannt, als ich meine Beine löse und mich auf den steinigen Sand hinablasse. Er hebt die Decke auf und schlingt sie um uns, zieht mich dicht an sich und setzt sich mit mir auf den Sand. Die schwere Decke kommt mir im Vergleich zu dem eiskalten Wasser wie eine Sauna vor, aber ich weiß, dass es eigentlich die Nähe unserer Körper ist, die mich so schnell aufwärmt.

Ich setze mich rittlings auf ihn und lege meinen Oberkörper auf den seinen, als er sich hinlegt.

Ein gerissenes Grinsen umspielt seine Lippen. »Ich mag es, wenn du oben liegst, Hühnchen«, sagt er, die Hände immer noch an meinem Gesäß, umspannen nun auch meine Hüften. »Besonders bei dieser Aussicht. Ich wette, das ist besser als alles andere, was man am Loch Tummel sehen kann.«

Ich ziehe mich zurück und sehe ihn an. »Versuchst du mir gerade ein schlechtes Gewissen einzureden, weil ich gestern mit den Hamlins einen Ausflug gemacht habe?«

»Nur ein bisschen.« Er rollt mich auf den Rücken und setzt sich nun seinerseits rittlings auf mich. »Aber ich verzeihe dir.«

Ich trete und winde mich unter ihm, kneife ihm in die nasse Haut. »*Du* verzeihst *mir*? Ich bin gerade mit dir im See geschwommen! Du solltest mir lieber dankbar sein!«

Er packt meine Handgelenke und drückt mich mit seinem ganzen Gewicht nieder, um mich am Zappeln zu hindern. Seine Erektion gräbt sich in meinen Schenkel, und im Bruchteil einer Sekunde ist alles Spielerische verschwunden. Ich bewege die Beine, will sie für ihn öffnen, aber er stöhnt und spannt die Schenkel an, um meine zusammenzuhalten.

»Ich habe hier unten nichts dabei, Hühnchen«, keucht er heiser. Ein Kondom. *Stimmt ja.* Keines zu benutzen, wäre denkbar dumm. Aber ich küsse ihn trotzdem, und als er meine Handgelenke loslässt, lasse ich die Hände über seinen muskulösen Rücken gleiten. Seine nasse Haut ist so warm, trotz des eiskalten Bads im Loch Ross.

»Dann lass uns wieder reingehen«, flüstere ich an seinen Lippen. Er verliert keine Zeit und schält sich aus unserem Kokon. Aber als er auf die Füße kommt, zieht eine plötzliche Bewegung über den Klippenstufen, in der Nähe der Felswand, meine Aufmerksamkeit auf sich. Ich erstarre, ignoriere Finns ausgestreckte Hand und blinzele unverwandt hinauf in das Licht der aufgehenden Sonne.

»Was ist los?« Er folgt meinem Blick. »Stimmt etwas nicht?«

Ich ziehe die Decke dichter um mich herum, um mich zu bedecken. Ich hätte schwören können, dass ich gerade gesehen habe, wie jemand von der Felsmauer zurückgewichen ist, und zwar genau in dem Augenblick, als Finn auf die Füße sprang.

»Ich glaube, da oben war jemand und hat uns beobachtet.«

Finn richtet den Blick auf die Klippen. Dann springt er auf den untersten Felsblock. Ich schlinge die Decke noch fester um mich und folge ihm. Meine nackten Füße sind kalt und voller Sand. Schnell nimmt er die Stufen, die die Klippen hinaufführen, zu schnell, als dass ich mit ihm mithalten könnte. Mein Herz rast, und als ich die Spitze erreiche, frage ich mich langsam, ob ich tatsächlich jemanden an der Felsmauer gesehen habe.

Finn kommt über den Rasen wieder auf mich zu, denn er hatte die Vorderseite des Schlosses schon erreicht.

»Mann oder Frau?«, fragt er und atmet vor Anstrengung schwer.

»Keine Ahnung. Ich hab nur einen Kopf gesehen. Denke ich zumindest.«

Aber vielleicht war da ja doch niemand gewesen. Genauso gut kann es auch ein Vogel oder ein Eichhörnchen gewesen sein. Immerhin lag ich am Strand, und mein Blickwinkel war vielleicht etwas verzerrt. Außerdem hatte er mir eben noch erzählt, wie seine Mom früher immer dort stand und ihren Söhnen und ihrem Mann bei ihrem alljährlichen Weihnachtsbad zusah.

Finn bleibt vor mir stehen und greift nach der Deckenkante. Ich sehe seinen besorgten Blick, als er die Decke fester um meine Schultern zieht. Ich frage mich, ob er glaubt, dass Fergus oder Martin dahinterstecken. Warum aber sollten sie hier sein und herumspionieren?

»Sicher war es gar nichts«, sage ich, weil ich unbedingt wieder Verlangen und nicht Sorge auf seinem Gesicht lesen will, so wie eben am Strand.

»Wahrscheinlich hast du recht«, stimmt er zu, führt mich aber doch schnell durch die Hintertür ins Esszimmer, den Arm fest um meine Schulter gelegt. Und als wir eintreten, nimmt er sich die Zeit, um die Tür hinter uns abzuschließen.

Mittlerweile zittere ich, sowohl vor Kälte als auch bei der Vorstellung, dass jemand uns beobachtet haben könnte. Bei dem Gedanken, dass jemand da oben gestanden hat, als ich die Decke fallenließ und in den See stieg, zieht sich mir der

Magen zusammen. Schweigend durchqueren wir das Esszimmer.

»Was sollen wir heute unternehmen?«, frage ich in dem Versuch, Finn von seinen eigenen Gedanken abzulenken.

Wir sind am oberen Treppenabsatz angelangt und laufen auf sein Zimmer zu. Er bleibt stehen und hebt mich wieder hoch in seine Arme. Diesmal jedoch schreie ich nicht und strampele auch nicht, um losgelassen zu werden.

»Ich habe Pläne mit dir, Margaret Meg Meg«, sagt er und stößt mit dem Fuß die Schlafzimmertür auf.

»Oh, da fällt mir was ein«, sage ich, obwohl ich weiß, dass ich eine miserable Schauspielerin bin. »Ich habe mich für heute schon mit den Hamlins verabredet.«

Finn kommt im Schlafzimmer ruckartig zum Stehen. »Einen Teufel hast du«, antwortet er, und seine perfekten Lippen verziehen sich zu einem Lächeln. Mit einem weiteren Tritt schlägt er die Tür wieder zu. »Egal, was du heute besichtigen willst, du machst es mit mir.«

Kapitel 15

In den beiden darauffolgenden Tagen sind Finn und ich nahezu unzertrennlich. Nach einer weiteren Stunde im Schlafzimmer, in der wir uns von unserem Bad im See aufwärmten, fahren wir in meinem Fiat nach Inverness. Dort wandern wir am River Ness entlang, bis hin zu dem roten Sandsteinschloss, das die Stadt krönt. Es ist nicht für die Öffentlichkeit freigegeben, aber wir erkunden die Umgebung, bevor wir zur St. Andrew's Cathedral und dann in die Church Street fahren. Ich mache bestimmt zwanzig Fotos vom Abertarff House, dem ältesten noch existierenden Haus in Inverness, das zu Shakespeares Lebzeiten erbaut wurde. Einen Großteil der Bilder schicke ich Leah, die ein Jahr lang Architektur im Hauptfach studierte, bevor sie zum Fach Business Management wechselte.

Sie hat weder auf meine schriftlichen Nachrichten noch auf die auf ihrer Mailbox vom Tag zuvor reagiert, aber ich mache mir keine Sorgen. Wahrscheinlich kümmert sie sich um Jim, und offen gestanden bin auch ich sehr beschäftigt. Der Empfang in Inverness ist ebenso gut wie in Perth, aber ich nutze mein Handy trotzdem nur für Fotos. Ich will jeden

Augenblick der mir noch verbleibenden Zeit genießen, eingeschlossen in dieser Luftblase mit Finn.

Der graue Himmel über Inverness öffnet kurz vor Einbruch der Dämmerung seine Schleusen. Eigentlich wollten wir zurück nach Süden, Richtung Drummond Mull fahren, aber das hier ist nicht einfach nur ein kalter Regenschauer. Es ist Graupel, weshalb Finn vorschlägt, die Nacht in irgendeinem Hotel zu verbringen. Ich habe nichts dagegen. Wir finden ein Bed & Breakfast, das gemütlich und warm ist – viel wärmer als sein großes, zugiges Schloss.

Trotzdem schlafe ich in dieser Nacht nicht durch. Eisiger Regen klirrt gegen die Scheiben, und der kleine elektrische Kamin im Zimmer, der genauso kitschig wie tröstlich ist, breitet gedämpften Feuerschein über Decke und Wände aus. Finn schläft, seine Brust hebt und senkt sich in regelmäßigen, traumerfüllten Atemzügen. Ich kann nicht widerstehen und muss ihn berühren. Meine Handflächen gleiten über die glatte Haut seines Bauchs und seiner Arme, wobei meine Finger federleicht sind, um ihn nicht aufzuwecken.

Egal wie oft ich ihn ansehe, jedes Mal staune ich darüber, dass dieser Mann mein Leben lang hier in Schottland war, und ich am anderen Ende des Ozeans keine Ahnung von seiner Existenz hatte. Und dann bricht sich eine weitere Erkenntnis Bahn. Eine, die das heitere Staunen ein wenig verdrängt. Ich werde nach Hause zurückkehren, den Ozean wieder überqueren, doch ab sofort werde ich wissen, dass es ihn hier gibt – und ich werde ihn vermissen.

Das ist ätzend. Vielleicht ist Unwissenheit in Wirklichkeit ein Segen.

Finn bewegt den Kopf auf dem Kissen und wacht mit

einem leisen Geräusch auf. Er schlägt die Lider auf, und ich spüre, wie seine Muskeln leicht zucken, als sei er überrascht, dass ich mich neben ihm zusammengerollt habe. Aber dann umspielt wieder jenes schlaue Grinsen seine köstlichen Lippen.

»Warum bist du wach, Hühnchen?«

»Kann nicht schlafen.«

Finns Hand gleitet unter die Decke, und er zieht mich zu sich heran. »Beschäftigt dich irgendwas?«

Ich lächele zu ihm empor. »Nur, wie sexy du bist, wenn du schläfst.«

Finn stützt sich auf die Ellbogen und beugt sich über mich. »Sei ehrlich. Ich sehe aus wie ein Schnabeltier, wenn ich schlafe.«

Aber noch bevor ich in Gelächter ausbrechen kann, umschlingt er mich mit den Armen und rollt mich auf den Bauch. Dann setzt er sich rittlings auf meine Schenkel, wobei seine Knie sich in die Matratze bohren.

»Was machst du denn da?«, keuche ich.

Ich versuche, ihn über meine Schulter hinweg anzusehen, aber ich erkenne nur ein kleines Stück seines Körpers. Er ist perfekt gebaut – stark und muskulös. Ich kichere, versuche aber, leise zu sein. Die Wände in diesem Bed & Breakfast sind nicht aus Stein wie in Finns Schloss.

»Na ja, jetzt bin ich nun mal wach … und du behauptest, ich sei sexy …« Er hebt meine Hüften an, bringt mich in Position.

So war es mit Trent nie. Wir haben im Schlafzimmer nie gelacht oder gescherzt. Es war nur Sex – manchmal gut, manchmal eben nicht ganz so gut. Und obwohl ich fast ein ganzes Jahr mit ihm zusammen war, und wir eine gemeinsame

Geschichte haben, verblasst er im Vergleich zu Finn. Vielleicht liegt es ja daran, weil Finn so neu und so lebendig ist. Oder weil Trent mir das Herz gebrochen hat und mich als Häuflein Elend zurückließ.

Ich weiß nur eins: dass ich mich noch nie so lebendig gefühlt habe wie mit Finn.

Anders als am Strand des Loch Ross hat Finn daran gedacht, Schutzmaßnahmen mit nach Inverness zu nehmen, obwohl er *nicht* vorausahnen konnte, dass wir aufgrund eines Eissturms die Nacht hier verbringen würden. Ich hatte ihn deshalb aufgezogen, als wir auf unser Zimmer gingen. »Hast du etwa gedacht, dass du irgendwo am Straßenrand Glück haben könntest?«, hatte ich gesagt. Finn hatte nur gelacht und eines der Kondompäckchen aufgerissen. »Aye, an der A9 gibt es ein paar sehr inspirierende Aussichten«, hatte er mich seinerseits geneckt und die Arme nach mir ausgestreckt.

Nachdem er nun eine Minute vor sich hin gegrummelt hat, ist er bereit. Ich nehme das Betttuch zwischen die Zähne, als er sanft in mich hineintreibt. Er nimmt sich Zeit, verfällt in einen bedächtigen und stetigen Rhythmus. Wir atmen gleichzeitig, und ihn stöhnen und keuchen zu hören, führt mich immer näher an den Abgrund. Er spürt die gleiche Lust, lässt sich ebenso bedingungslos fallen wie ich. Wir leben nur im Augenblick, für diesen Moment, und der Moment ist absolut perfekt.

Ich schreie in die Matratze, als die Explosion erfolgt, mich in einen Orgasmus hinabschleudert, der gleichzeitig überirdisch und die schlimmste Folter ist.

Sanft hilft Finn meinem Körper, sich wieder auf die Matratze zu legen. Ich liege flach auf der Brust, atme schwer.

»Siehst du?«, sagt er und lässt Küsse auf meine Schulterblätter herabregnen. »Jetzt weißt du, Hühnchen, was passiert, wenn du ein schlafendes Schnabeltier weckst.«

Ich spüre, wie er grinst, als er meinen Nacken liebkost. Er sieht so gar nicht aus wie ein Schnabeltier, und das weiß er auch. Er bringt mich eben nur gern zum Lachen. Und genau das tue ich … immerzu, wie es scheint.

Der darauffolgende Morgen dämmert klar und sonnig herauf, und wir gelangen rechtzeitig nach Drummond Mull zurück, um uns ein paar der Mittwinter-Spiele auf dem Dorfplatz anzusehen. Eigentlich ist er nicht viereckig wie ein Spielfeld, sondern eher ein diamantförmiger Grasfleck. Doch im Augenblick ist er eine schneeüberhauchte, schlammbesudelte Arena voller fleischiger Männer in Kilts.

Ich habe niemals ein richtiges Baumstammwerfen gesehen, und Finn erklärt mir den Ablauf – man stürmt einen Pfahl balancierend voran; dann wirft man ihn über den Kopf, wobei das dickere Ende des Stamms in Zwölfuhrstellung landen soll. Finn klingt wie ein Sportkommentator beim Golf, während er über Länge und Durchmesser des Baumstamms spricht, bei dem es sich normalerweise um Kiefernholz handelt, sowie über die Bedeutung seiner verjüngten Spitze.

»Hast du dabei auch schon mal mitgemacht?«, frage ich, wobei ich auf und ab hüpfe, damit mir die Füße nicht einfrieren. Unfassbar, dass diese Männer nichts weiter anhaben als Kilts und T-Shirts. Nur wenige von ihnen tragen ein langärmeliges Oberteil.

Finn wirft mir einen Seitenblick zu. »Ein paar Mal. Ich war nich' allzu gut. Besser beim Braemer Stone, dem Steine werfen.« Er deutet auf die andere Seite des Platzes, wo Männer abwechselnd riesige Steine werfen – wie beim Kugelstoßen. Nur drehen sie sich nicht mehrfach um die eigene Achse, um mehr Schwung zu bekommen. Sie werfen ihn einfach von sich und schauen, wie weit er wohl fliegt.

Der momentane Wettkämpfer hievt einen Stein in die Höhe, und der landet in bestimmt neun Meter Entfernung.

»Und jetzt machst du nicht mehr mit?«, frage ich.

Er verzieht das Gesicht. Sein Bart ist in den letzten paar Tagen wieder gewachsen. Ich mag beide Varianten: die glatt rasierte und die wildstruppige. Letztere vielleicht sogar noch etwas mehr.

»Nicht hier«, antwortet er. Ich verstehe, was er meint. Über diesem Dorf liegt für ihn eine dunkle Wolke. Seine Anwesenheit zieht sogar jetzt, während wir an der Seitenlinie stehen und uns eigentlich nur um unsere eigenen Angelegenheiten kümmern, die Blicke auf sich. Einige Leute lächeln und winken ihm freundlich zu, aber die meisten mustern ihn nur aufmerksam. Als sei er ein Ausstellungsstück und kein Mensch.

»Willst du gehen?«, frage ich. Er sieht, dass ich die Hände unter die Achseln geschoben habe und auf- und abhüpfe, um mir etwas Wärme zu spenden, und lacht.

»Im Schloss herrschen arktische Temperaturen, ich warne dich.«

Ich stehe auf Zehenspitzen auf und flüstere ihm ins Ohr. »Ich kenne dort einen Ort, an dem es ganz bestimmt warm ist.«

Er klatscht in die Hände. »Dann mal los.«

Auf der Rückfahrt nach Drummond Hall streiten wir darum, in wessen Bett wir gleich landen werden. Finn schlägt mein Zimmer vor, das seit Tagen ungenutzt ist. Der Einhorn-

Wandteppich würde uns zusehen, widerspreche ich, woraufhin er meint, dass ein Zuschauer keineswegs abtörnend sein muss. Ich versetze ihm einen Schlag auf den Arm.

Aber kaum sind wir zur Haustür hinein, hören wir auch schon das Telefon in der Küche klingeln.

»Wahrscheinlich meine Mom«, stöhnt er, nimmt meine Hand und küsst mir den Handrücken wie ein Gentleman. »Ich komme gleich zu dir in mein Zimmer.«

Ich ziehe Jacke und Stiefel aus, während er in die Küche hastet. Ich höre, wie er abhebt, spricht, und obwohl seine Stimme mit jeder Stufe, die ich erklimme, gedämpfter klingt, steige ich die Treppe weiter hinauf. Oben werfe ich einen Blick den Flur entlang und denke an meinen Laptop, der auf dem Schreibtisch in meinem Zimmer im Ruhemodus liegt. Ich habe meiner Geschichte in den vergangenen paar Tagen nicht allzu viel Beachtung geschenkt, aber darüber mache ich mir keine Gedanken. Ich werde alle Zeit der Welt haben, um daran zu arbeiten, wenn ich wieder zu Hause bin. Allein. In meiner Wohnung. In den paar Stunden, die mein Scheißjob mir übrig lässt.

Konzentrier dich auf die Gegenwart, Meg.

Noch bin ich mit Schottland nicht fertig.

Finns Zimmer ist kalt, wie er vorausgesagt hat, aber ein Blick aufs Bett wärmt mich bereits bis ins Mark. Ich ziehe den Pullover aus und mache mir gerade an dem Knopf meiner Jeans zu schaffen, als Finn eintritt.

Er stöhnt erneut, als er mich sieht. »Tut mir so leid, Hühnchen, aber ich kann nicht bleiben.«

Eine Gänsehaut überzieht meine Arme und meinen Bauch, also ziehe ich schnell den Pulli wieder über. »Was? Warum?«

Er fährt sich mit der Hand über den Kopf und legt sie sich auf den Hinterkopf. »Weißt du noch, dass ich neulich ein Meeting in Dumfries hatte?«

Ich nicke und erinnere mich gleichzeitig auch daran, wie er mir Frühstück machte und es mir auf den Nachttisch stellte.

»Ich traf mich mit dem Beauftragten eines unabhängigen Abfüllers in Edinburgh«, erklärt er und kann mir dabei nicht in die Augen sehen.

»Oh? Und was tut so ein unabhängiger Abfüller?«

Sie füllen irgendetwas in Flaschen, so viel steht fest, aber trotzdem höre ich den Begriff zum ersten Mal.

»Sie werden meinen Whisky abnehmen und in Flaschen füllen«, sagt er mit einem Achselzucken und fügt hastig hinzu: »Unter einem anderen Label.«

Ich starre ihn mit offenem Mund an. »Du verkaufst die Destillerie?«

»Nein, nur das Produkt. Die Fässer werden langsam alt. Das Loch Ross Label.« Er verschränkt die Arme vor der Brust und durchquert das Zimmer. »Es gibt kaum noch Destillerien in der Gegend, die einige ihrer Fässer nicht an Blender oder Abfüller verkaufen. Sie können das Produkt auf eine Weise vermarkten, wie wir es nicht können. Und auch mehr produzieren. Und ich … ich war einfach nicht regelmäßig genug hier, um die Destillerie so zu führen wie früher. Es ist also durchaus sinnvoll. Zu verkaufen.«

Ich höre seine Worte, lausche aber in Wirklichkeit der Art, wie er sie sagt. Die abgehackte, stoßweise Art, wie er es mir erklärt, gibt mir das Gefühl, dass er mit seiner eigenen Entscheidung nicht ganz im Reinen ist. Als ob er versucht, sich selbst zu überzeugen.

»Aber ich dachte, du liebst die Whiskybrennerei.«

Er wird lebhafter – richtet sich auf, sieht mir endlich in die Augen. »Das tue ich. Ich würde den Titel als Destillateurmeister behalten, und ich könnte ihn immer noch hier herstellen, wenn ich wollte, in kleinen Serien. Der Rest würde in Glasgow hergestellt.«

»Wo in Glasgow denn? In einer anderen Destillerie?«, frage ich. Wo sie Loch Ross mit einem anderen Scotch verblenden würden, bevor sie ihn in Flaschen füllen?

Er hält inne. Das Feuer, das ihn noch vor einem Augenblick beseelt hat, verlöscht wieder. »In einer Fabrik.« Er stößt die Worte beinahe mühsam hinter zusammengebissenen Zähnen hervor.

»In einer *Fabrik*?«

Okay. An einen großen Abfüller zu verkaufen ist vielleicht in diesen Zeiten nicht anders möglich. Finn hat schließlich gesagt, dass die meisten Destillerien den gleichen Weg gegangen sind. Mehr Whisky produzieren zu können, bedeutet, mehr Geld zu verdienen und mehr Kunden zu erreichen. Das ist wirtschaftlich gesehen gewiss sinnvoll.

Aber es fühlt sich … falsch an.

»Also gehört Loch Ross demnächst diesem Abfüller? Und er wird irgendwo in einer Fabrik gebrannt statt hier in deiner Scheune?«

Er dreht sich um, wendet mir den Rücken zu.

»Ich meine, ich habe keine Ahnung vom Whisky-Geschäft, aber …«

»Nein, die hast du nicht.« Er wirbelt herum, speit förmlich Feuer, so wütend ist sein Blick. »Du hast absolut gar keine Kenntnis davon, Meg.«

Ich erstarre. Wenn ich eins nicht gut ertragen kann, dann ist es, gesagt zu bekommen, dass ich etwas nicht weiß. Vielleicht liegt es an meinem dummen Stolz, aber ich will dann immer sogleich betonen, *was* ich weiß.

»Dieser Ort hat eine Seele, Finn. Auch Loch Ross hat eine. Ich habe sie gehört, als du mir erklärt hast, wie man Whisky genießt. Ich habe sie gesehen, als diese Frauen im Murdoch's die Flaschen für den Wohltätigkeitsbazar entgegengenommen haben.« Er schüttelt den Kopf und stapft durch das Zimmer, zum Fenster hin. Ich folge ihm. »Du liebst das, was du tust, was du herstellst ...«

»Spielt keine Rolle. Ich hör' auf damit«, unterbricht er mich. »Ich hör' auf damit. Ich kann nicht mehr. Ich kann es verdammt noch mal ... nicht mehr.«

Ich starre seinen Rücken an, betrachte seine Atmung, die sich an seinem Shirt abzeichnet.

»Wegen dem, was geschehen ist?«, frage ich. »Mit Janie?«

Er will sich zu mir umdrehen, hält aber dann inne und senkt den Kopf. Er stemmt die Hände in die Hüften, lässt niedergeschlagen die Schultern hängen. »Sie hat's hier nicht ertragen. Sie wollte nach Edinburgh. In eine Stadt, egal in welche, nur nicht hierbleiben und Whisky brennen. In diesem alten, zugigen Schloss leben.« Er tritt gegen die nahe gelegene Wand. »Ich hab' mich geweigert zu gehen. Ich konnt' es nicht verlassen, die Bestimmung meiner Familie, unsere Geschichte. Ich hab' sie vertrieben. Erst in Fergus' Arme, und dann so weit, dass sie wie vom Erdboden verschluckt ist.«

Die Verzweiflung entströmt ihm wie ein Dämon, der ihm ausgetrieben wird. Zum ersten Mal spricht er auf diese Weise von Janie. Zum ersten Mal gibt er zu, sie fortgetrieben zu haben. Seine Worte klingen gepresst, seine Sätze sind kurz und abgehackt. Bislang habe ich ihn immer nur charmant und freundlich erlebt – und ein einziges Mal wütend. Ich würde ihn gern trösten, aber das ist unmöglich. Schließlich kannte ich seine Frau gar nicht und kann auch nicht beurteilen, was sie wollte oder nicht.

»Und deshalb meinst du, dass du es jetzt nicht verdient hast, glücklich zu sein?«, frage ich, weil ich immer noch herausfinden will, warum er so bereitwillig das verkauft, was er am meisten liebt. »Willst du dich damit bestrafen?«

Finn tigert erneut ruhelos im Kreis umher. »Ich war ein beschissener Ehemann. Ich war egoistisch.«

»Du warst menschlich und hast Fehler gemacht.«

Genau wie Beatrice gesagt hat.

»Du kennst mich nicht, Meg.« Finn bleibt stehen. Er strafft die Schultern und sieht mir in die Augen. Nicht mehr ruhelos. Nur entschlossen. »Willst du die Wahrheit wissen?«

Ich starre ihn an, mit einem Mal voller Unruhe. Aber er wartet meine Antwort gar nicht ab.

»Die Wahrheit ist, dass ich ein verdammter Lügner bin.« Seine Stimme klingt nun tödlich ruhig. »Die Wahrheit ist, dass ich keine verdammte Ahnung habe, was in der Nacht geschah, als meine Frau verschwand.«

Ich kann ihn nur weiter anstarren, eine metallische Glocke klingt mir in den Ohren.

»Ich bin an dem Abend ausgegangen. Hab mich total volllaufen lassen.« Er macht einen weiteren Schritt auf mich zu und senkt die Stimme noch mehr. »Und am nächsten Morgen bin ich in meinem Van aufgewacht, in der Auffahrt meiner Mom.«

Am nächsten Morgen? Also hatte Beatrice *tatsächlich* gelogen. Sie hatte die Polizei angelogen, genau wie Duff es angedeutet hatte. Finn war *nicht* die ganze Nacht bei ihr gewesen.

»Das heißt noch lange nicht …«

»… dass ich sie umgebracht habe?«, beendet er den Satz für mich. »Nein, das heißt es nicht. Aber weißt du eigentlich, wie es ist zu wissen, dass die Möglichkeit existiert, dass ich es doch getan habe?«

Mir wird ganz kalt und in meinen pochenden Schläfen lodert Panik.

»Du hast nichts mit den Fehlern zu tun, die ich gemacht habe, Meg. Du bist in Dinge hineingeraten, an denen du keinen Anteil hattest. Janie. Loch Ross. Du bist hier nur zu Besuch, aber für mich ist das hier meine Heimat. Mein Geschäft. Mein *Leben*.«

Mir fehlen die Worte, und ich starre ihn nur mit offenem Mund an. Trotzdem habe ich das deutliche Gefühl, einen Schlag in die Magengrube erhalten zu haben. Die Nähe, die ich Finn gegenüber empfand, ist jetzt nicht mehr tief und aufrichtig, sondern fadenscheinig. Nicht mehr leuchtend und lebendig, sondern grau und leer. Und billig.

Finn läuft zur Tür. »Ich muss gehen.«

»Genau«, sage ich stolz – und staune selbst, dass ich mich so im Griff habe. Zumindest so lange, bis er das Zimmer verlassen hat.

Was hatte ich mir nur eingebildet? Dass ich tatsächlich dabei war, ihn kennenzulernen?

Ja. Genau das. Ich hatte mir eingebildet, dass er mir Teile seines Selbst zeigen wollte. Ich hatte beschlossen, nur in der

Gegenwart zu leben und habe dadurch, wie ich jetzt erkenne, die Realität ausgeblendet.

Aber jetzt ist sie wieder da, und das tut verdammt weh.

Ich wusste, dass es nicht von Dauer sein konnte. Ich hätte es nur lieber nicht so unverblümt aus seinem Mund gehört, dass ich hier nicht hingehöre. Dass ich *keine Rolle spiele*. Oder dass Finns Geheimnisse genauso tief und dunkel sind, wie Deb und die anderen mir immer warnend vermittelt haben.

Finn bleibt zögernd im Türrahmen stehen, ein Fuß schon im Flur. Mein Gott, soll er doch einfach verschwinden, damit ich endlich diese nutzlosen erbärmlichen Tränen vergießen kann, die hinter meinen Augen brennen.

Ich kann ihn nicht ansehen. Meine Augen wandern nur bis zu seinem Hals und seinen Schultern, bevor sie in die Zimmerecke schnellen, um auf die Standuhr zu sehen. Nicht, dass mir die Uhrzeit jetzt wichtig wäre. Ich will nur einfach woanders hinschauen.

Finn verabschiedet sich und verlässt das Schlafzimmer.

Ich warte, bis ich höre, wie er die Eingangstür schließt, bevor ich mich auf seine Bettkante hocke und das Gesicht in den Händen vergrabe. Aber kaum fließt die erste Träne, verabscheue ich mich schon deswegen. Ich springe auf die Füße, brauche frische Luft. Muss raus aus diesem Zimmer.

Hier drin schlafe ich nie wieder.

Kapitel 16

An diesem Nachmittag schaue ich ständig auf mein Handy. Ich möchte unbedingt mit Leah reden, aber wann immer ich sie anzurufen versuche, verebbt das Signal zwischendurch wieder. Ich versuche, ihr zu schreiben, aber mein Text geht nicht raus, sondern verharrt im Pool der ausstehenden Nachrichten.

Weil ich so verzweifelt bin und in der nächsten Zeit sowieso allein im Schloss sein werde, gehe ich in die Küche und an Finns Festnetztelefon. Ich hatte schon vorher erwogen, es zu benutzen, war aber dann doch immer wieder davor zurückgescheut, ihn darum zu bitten. Überseegespräche sind teuer, und ein Gespräch mit Leah war schließlich keineswegs überlebenswichtig. Jetzt jedoch kommt die Sache einem Notfall so nahe wie damals auf dem Flughafen von Edinburgh. Ich werde einfach etwas Geld für die Telefonrechnung dalassen. Ich folge den Anweisungen in meinem Reiseführer für Auslandsgespräche, stehe neben dem Kühlschrank und trommele mit den Fingern auf die Arbeitsplatte, während ich darauf warte, dass am anderen Ende jemand abhebt.

Nach dem bestimmt zwanzigsten Klingelton geht endlich jemand dran. »Hallo?«

Es ist die Stimme einer Frau, aber sie gehört nicht Leah. Ich beiße mir auf die Zunge und frage mich, ob ich mich verwählt habe.

»Hallo?«, wiederholt die Frau.

»Hi, ich wollte eigentlich Leah sprechen?«, antworte ich schließlich.

Eine Pause.

»Darf ich fragen, wer am Apparat ist?«, fragt die Frau.

Wer ist das? Vielleicht Jims Mutter? Ich erinnere mich, dass Leah erwähnte, sie wolle wahrscheinlich nach Texas kommen, um ihr zu helfen.

»Hier ist ihre Freundin Meg«, antworte ich. »Ich bin gerade in Schottland, falls meine Rufnummer Ihnen seltsam vorkommt.«

Vielleicht hat es deshalb so lange gedauert, bis sie ans Telefon gegangen ist. Aber warum bin ich nicht einfach auf der Mailbox gelandet?

»Oh ja. Natürlich, Meg«, sagt die Frau. Ihre Stimme klingt jetzt nicht mehr misstrauisch, sondern freundlich. »Hier ist Becca, Leahs Tante.«

Sogleich erinnere ich mich an sie. Sie ist jünger als jede meiner eigenen Tanten – Mitte dreißig oder so. Sie besitzt eine Farm und einen beliebten Landhausblog, der auch in einigen nationalen Zeitschriften abgedruckt wird. In unserer Collegezeit besuchten Leah und ich sie einmal auf der Farm. Aber sie lebt in Pennsylvania, nicht in Colorado.

»Hi, Becca«, antworte ich und wage es nicht zu fragen, warum sie da ist. »Kann ich Leah sprechen? Ich habe versucht, sie anzurufen und ihr zu schreiben, aber ich glaube, sie hat meine Nachrichten seit Tagen nicht mehr bekommen.«

»Oh nein«, sagt Becca und keucht beinahe. »Sie hat *überhaupt* noch nicht mit Ihnen *gesprochen*?«

Ich höre auf, mit den Fingern auf die Arbeitsplatte zu trommeln. Bei der Betonung des letzten Wortes gehen bei mir sämtliche Alarmanlagen an.

»Nein«, bestätige ich. »Was ist los?«

Sie seufzt am anderen Ende der Leitung schwer. »Nein, wahrscheinlich hatte sie dafür einfach den Kopf nicht frei … oh Meg. Es tut mir so leid, dass ich diejenige sein muss, die es Ihnen sagt … sitzen Sie? Ich glaube, Sie sollten sich setzen.«

Es gibt keinen Stuhl in der Nähe, und zum Teufel, ich will mich sowieso nicht setzen. »Sagen Sie mir, was passiert ist.«

»Es ist Jim«, sagt Becca, und ihre Stimme bricht. »Er ist gestorben.«

Die Knie geben unter mir nach, mein Hintern kommt auf dem Boden auf. Ich lehne mich gegen den Kühlschrank. Ich kriege keine Luft mehr. Ich kann Beccas Stimme kaum hören, als sie weiterspricht.

»… eine Staphylokokkeninfektion. Hat er sich nach dem Unfall zugezogen, im Krankenhaus. Sie wurde nicht rechtzeitig erkannt.«

»Oh mein Gott«, flüstere ich. Heiße, brennende Tränen rinnen mir die Wangen hinab, bevor ich überhaupt merke, dass ich weine. »Leah. Oh Gott, Leah. Es tut mir so leid.«

»Hier kümmern sich eine Menge Leute um sie und um alles, was für die Beerdigung vorbereitet werden muss«, fügt Becca hinzu.

Der Gottesdienst. Die Beerdigung. *Jims* Beerdigung. Ich schlage mir mit der Hand auf den Mund, um ein Schluchzen zu unterdrücken. Leahs Ehemann ist tot.

»Ich muss nach Hause«, schneide ich Becca das Wort ab. »Ich muss bei ihr sein.«

»Das würde sie sich sicher wünschen«, antwortet Becca. »Ich bin sicher, dass sie Sie anrufen wollte, aber … um ehrlich zu sein, sie steht seit ein paar Tagen unter Beruhigungsmitteln. Sie war einfach untröstlich.«

Meine Freundin. Meine arme Freundin. Ich nicke, als könnte Becca mich sehen. »Okay. Ich komme nach Denver. Ich habe keine Ahnung, wann ich da sein werde, aber ich fahre gleich zum Flughafen. Können Sie ihr das sagen?«

Mit zitternden Beinen stehe ich auf, und doch bin ich bereit, einen Marathon zu laufen.

»Das werde ich. Die Beerdigung findet in zwei Tagen statt. Am Samstag. Glauben Sie, Sie können es noch rechtzeitig schaffen?«

Zwei Tage? »Ich werde da sein. Ich werde irgendeinen Flug finden … ich schaffe das.«

Hoffe ich.

Wir verabschieden uns, wobei ich Leah noch einmal meine ganze Liebe schicke, und dann lege ich auf. Es fühlt sich an, als habe jemand ein Zentnergewicht an meine Ellbogen gehängt. Ich umklammere die Basisstation und versuche wie eine Verrückte, mir zu überlegen, was genau ich tun muss, um es rechtzeitig zur Beerdigung nach Denver zu schaffen.

Flüge.

Ich muss mir Flüge heraussuchen, aber ohne Internet … *Mist.*

Das heißt, ich muss die Airlines anrufen und mich in einen teuren Last-Minute-Sitz quetschen und meine Kreditkarte mit noch mehr Geld belasten. Doppelter Mist. Aber das spielt keine Rolle. Ich würde mich in Riesenschulden stürzen, nur um jetzt an Leahs Seite zu sein.

Während der nächsten halben Stunde tätige ich sämtliche notwendigen Anrufe und buche meinen vorzeitigen Rückflug von Edinburgh nach Boston. Von dort aus geht es direkt nach Colorado. Ich packe meine Koffer und stelle sie in die Eingangshalle neben der Tür ab. Dann setze ich mich auf eine der unteren Treppenstufen.

Finn.

Ich hab' mich nach Kräften bemüht, nicht an ihn zu denken. Er ist bei irgendeinem Meeting, und selbst wenn er ein Handy besitzt, kenne ich die Nummer nicht, deshalb kann ich ihn nicht anrufen oder ihm schreiben, dass ich abreisen muss. Ich checke die Uhrzeit auf meinem Handy. In einer Viertelstunde muss ich los, wenn ich meinen Flug in drei Stunden noch erwischen will. Ich brauche eine Stunde nach Edinburgh, und ich will noch genug Zeitpuffer haben, falls ich mich entweder verirre oder sich die Rückgabe des Mietwagens am Flughafen verzögert. Ich darf diesen Flug unter keinen Umständen verpassen. Denn dann würde ich den Anschlussflug in Boston nicht kriegen und auch nicht rechtzeitig zur Beerdigung in Colorado ankommen.

Ich muss los. Ich muss Schottland verlassen und Finn und dieses Schloss. Drummond Mull und Murdoch's Pub und Beatrice und Duff. Und das alles, ohne mich zu verabschieden.

Mir sinkt das Herz in die Magengrube, und ich lege die Stirn auf die Knie. Ich will nicht gehen, ohne mich zu verabschieden. Verdammt. Ich will eigentlich *überhaupt nicht* gehen. Es war noch nicht lang genug. Und doch lang genug, dass mir diese Welt hier am Herzen liegt. Und zwar sehr.

Dass mir Finn am Herzen liegt.

Es ist nicht nur die Zeit, die wir zusammen verbracht haben. Im Augenblick führt er da draußen irgendwo Verhandlungen, um das zu verkaufen, was er am meisten auf der Welt liebt, nur weil er sich selbst hasst. Weil er mit der Sorge lebt, seiner Frau vielleicht irgendetwas angetan zu haben und sich nur einfach nicht mehr daran erinnern zu können. Aber ich kann das nicht glauben. Der Finn, so wie ich ihn bislang kennengelernt habe, wäre zu so etwas nicht fähig. Der Finn, der mich zum Lachen gebracht hat, zum Lächeln und dazu, zu fühlen … und zwar auf eine Weise, die ich niemals für möglich gehalten hätte.

Ich stehe auf, obwohl mir speiübel ist, und greife nach meinen Koffern. Ich werde sie jetzt in den Fiat packen. Noch fünf Minuten warten. Und ihm dann einen Brief schreiben.

Draußen wälzen sich dunkelgraue Wolken über den schieferblauen Himmel. Na toll. Das bedeutet entweder noch mehr Schnee oder mehr Regen, und wenn es ein Eisregen ist wie gestern Abend in Inverness, hänge ich womöglich im Stau auf der A9 nach Edinburgh fest.

Ich wende den Blick von den unheilverkündenden Wolken ab und springe einen Schritt zurück, wobei ich mir den Ellbogen an meinem Fiat stoße.

»Duff?«

Er ist wie aus dem Nichts aufgetaucht und kommt auf dem schmalen Parkbereich zwischen dem Schlosseingang und der Scheune mit dem durchhängenden Dach auf mich zu. Wie üblich hat er die Hände in den Hosentaschen vergraben, den Tweed-Hut tief ins Gesicht gezogen und ein freundliches Lächeln auf dem Gesicht.

»Meg«, grüßt er mich mit leichtem Kopfnicken. Seine Augen landen auf dem Gepäck, das ich gerade auf den Rücksitz des Autos gewuchtet habe. »Fahren Se ab?«

»Ja, leider.« Ich habe einen Kloß im Hals, als ich Luft hole, um ihm vom Tod des Ehemannes meiner Freundin zu berichten.

Er schaut zur Eingangstür hinüber, dann zu den Fenstern des Schlosses. »Hatten Se mit Finley 'nen Streit? Hat er Se nich' gut behandelt?«

»Nein, gar nicht. Ich meine, einen kleinen Streit hatten wir schon, aber das ist nicht der Grund, warum ich früher abreise«, antworte ich und zögere es immer noch hinaus, von Leah zu sprechen. Ich würde wahrscheinlich schon beim ersten Wort in Tränen ausbrechen.

Duff kommt näher. »Ja, Finley kann manchmal echt jähzornig sein.«

Ich schüttele den Kopf, und mein Kinn zittert. »Nein, wirklich nicht, es ist nicht …«

Da bricht der Damm, und ich vergrabe mein Gesicht in den Händen. Aber wahrscheinlich ist es besser, wenn jetzt alles rauskommt, bevor ich auf Leah treffe. Es ist so ungerecht. Jims Leben ist so kurz gewesen, und Leah … ein solches Leid hat sie einfach nicht verdient. Mir tut das Herz ihretwegen weh. Um ihrer beider willen.

»Psst, Lassy«, sagt Duff und legt mir die Hände auf die Schultern. Er tätschelt sie. »Was er auch getan haben mag, Duff wird's besser machen.«

Ich wische mir die Augen, versuche immer noch, die Tränenflut zu stoppen. »Nein, wirklich, es liegt nicht an Finn. Er hat nicht …«

»Psst, hab' ich gesagt. Janie hat den Bub auch immer in Schutz genommen. Ich hab doch gesehen, was er ihr angetan hat.« Duffs Finger packen meine Schultern fester. »Aber sie ist immer wieder zu ihm zurückgekehrt, die dumme Kuh.«

Ich atme scharf ein, als ich höre, wie er Janie beleidigt, und nehme den intensiven Geruch seiner Kleider wahr – erdig, torfig und nach scharfem Menthol. Meine Kehle ist immer noch wie zugeschnürt, aber ich muss ihm unbedingt erklären, dass ich nicht weine wegen irgendetwas, das Finn getan hat. Also atme ich trotz des Geruchs ein und aus, wobei sich mit jedem Atemzug der schmerzhafte Druck in meiner Kehle lockert.

»Se gehen doch nich' zu ihm zurück, oder?«, fragt Duff. »Janie is' immer zurückgegangen.« Seine Finger graben sich fester in meine Schultern. Ich spanne sie an, lasse sie kreisen, um mich seinem Griff zu entwinden.

Aber Duff hält mich fest.

»Ich muss wirklich nicht gehen, weil …«

Eine Hand schießt von meiner Schulter herunter und legt sich auf meinen Mund, bringt mich zum Schweigen. »Er hatte Janie nich' verdient, Lassy. Er hat auch dich nich' verdient. Ich hab' nie gewollt, dass es so passiert. Oder anders. Aber er muss einfach weg.«

Ich senke die andere Schulter ab und reiße mich los. Der Schrecken schickt eine heiße Adrenalinwoge durch meine Gliedmaßen, sodass sie taub sind und zittern.

Hier stimmt etwas nicht. Nichts stimmt hier. Duff ist zu nah, und wie er jetzt dauernd von Janie redet … mir dreht sich der Magen um.

»Gleich geht mein Flug. Ich muss los«, sage ich, als ich

seine Hand endlich abschütteln und einen Schritt von ihm fort machen kann. Ich muss schnell in den Fiat steigen, die Tür hinter mir schließen und losfahren.

Verdammt. Wo ist der Schlüssel? Ich suche in meiner Manteltasche danach, krame darin herum, versuche, Duff dabei nicht anzusehen.

Das ist ein Fehler. Das weiß ich in dem Augenblick, als seine Hand auf meinem Unterarm landet.

»Duff, hören Sie auf …«

Er wirbelt mich herum, sodass er hinter mir steht, den Arm über meinem Oberkörper. Sein Mund ist ganz dicht an meinem Ohr, sein Griff unerwartet stark für so einen alten Kerl. Trügerisch stark.

»Genau wie Janie, ich kenn' euch alle. Ihr fallt auf seine charmante Art rein, springt mit ihm ins Bett und wollt dann weglaufen.«

Ich erschauere, als ich seinen Atem an meinem Ohr spüre, und stoße mit meinen Schultern nach ihm in dem Versuch, mich zu befreien.

»Aufhören!« Ich zermartere mir das Hirn nach den Verteidigungsgriffen, die ich mal gesehen habe. Ich werfe den Kopf zurück, aber er ist zu schnell und weicht aus, bevor mein Schädel irgendeinen Schaden anrichten kann.

»Ich hab' doch gesagt, Lassy, ich kann's besser machen«, grunzt er und schlingt die Arme nur noch fester um meinen Körper. Er bewegt sich rückwärts, schleift mich mit sich.

Ich strampele mit den Füßen, streife die seinen, aber er hebt mich jetzt nur vollends vom Boden auf. Dann lande ich einen heftigen Tritt gegen seine Schienbeine. Er stöhnt und flucht und lässt mich zu Boden fallen. Ich liege mit Händen und Knien im verharschten Schnee und Schlamm, springe aber sofort wieder auf. Er fängt mich genau in dem Augenblick ein, als ich die offene Fiat-Tür erreiche.

Ich lande bäuchlings auf dem Beifahrersitz, wobei meine Wange die angezogene Handbremse streift. Mir wird schwindelig und meine Ohren pfeifen von dem Schmerz an meiner Schläfe. Duff liegt jetzt über mir, sein Körper überraschend hart an meinem Rücken. In meinem Kopf dreht sich immer noch alles, als er mich mit Leichtigkeit auf die Seite dreht.

Ich schaue gerade noch rechtzeitig auf, um mitzubekommen, wie seine Hand auf mein Gesicht herabfährt. Er hält ein Taschentuch in der Hand. *Nein.* Ich schleudere den Kopf hin und her, aber die Handbremse trifft mich am Ohr. Das Taschentuch legt sich mir über Mund und Nase, der Geruch nach Menthol und etwas Süßlichem kriecht meine Atemwege hinauf.

Mir wird schwarz vor Augen. Das Letzte, was ich spüre, ist Duffs Hand, die mir das Haar aus der Stirn streicht.

»Nun, nun, psst, nun.«

Und voll panischem Schrecken bin ich nun wirklich still.

Kapitel 17

Ich zittere, mein Kopf dreht sich, und mein Magen krampft sich zusammen, als ich endlich wieder die Augen öffne. Es fühlt sich an wie das Erwachen nach einer wilden Nacht mit Mixbier, Wein und hartem Schnaps. Kenn ich schon. Hab' ich schon erlebt. Der Kater ist real, nur dass ich nicht selbst daran schuld bin. Ich habe nicht getrunken.

Mein Schwindel legt sich eine Sekunde lang, und jetzt kommt die Erinnerung.

Ich habe versucht zu flüchten. In mein Auto zu gelangen.

Fort von Duff.

Ich sehe nichts als Dunkelheit und spüre nur harten Boden am Rücken. Aber ich will mich nicht bewegen. Meine Beine und Arme sind halb taub, als gehörten sie nicht zu mir, und mein Magen krampft sich schmerzhaft zusammen. Mir ist speiübel. Mein Hinterkopf pocht, und jedes Pulsieren scheint mir den Schädel zu spalten.

Ich freue mich über die Kälte, die durch meine Kleidung dringt, und versuche, mir den Schmerz geradewegs aus dem Kopf zu frieren. Duff hat mich mit einer Substanz in seinem

Taschentuch schachmatt gesetzt, irgendwelche K.-o.-Tropfen oder so etwas. Wie lange war ich wohl bewusstlos?

Mein Flug. Ich werde ihn verpassen, wenn das nicht schon längst geschehen ist. Aber das ist im Augenblick wohl die geringste meiner Sorgen. Duff hat mich irgendwo eingesperrt. Mir bricht der kalte Schweiß aus.

Ich schließe die Augen, im Hinterkopf spüre ich nach wie vor diesen sengenden Schmerz. *Dieses Schwein.* Ich hatte ihn für meinen Freund gehalten. Ich hatte ihn für einen netten, alten Mann gehalten, dem meine Lage leidtut. Alt, ja ... aber jetzt weiß ich, dass er auch stark ist. Dann erinnere ich mich daran, wie behände er jenen Felsen unten am Loch Ross erklomm. Wie er herunterhüpfte. Er ist nicht schwach. Vielleicht sind sein schlurfender Gang und seine Altmännerklamotten auch alles nur Show.

Konzentrier dich, Meg.

Ich möchte ihn am liebsten umbringen. Ihm die Augen auskratzen. Ich fühle mich leer, bin stocksauer und komme mir ganz nackt vor, wie ich mich da so auf dem Boden zusammenrolle. Die Übelkeit ist beinahe unerträglich. Wie soll ich nur etwas unternehmen, solange ich mich dermaßen krank fühle.

Lass nicht zu, dass er gewinnt.

Ich nehme ein paar tiefe Atemzüge und besinne mich auf meinen Überlebensinstinkt. Ich kann nicht nur einfach schluchzend hier herumliegen. Er könnte jeden Augenblick wiederkommen. Ich muss nachdenken. Muss hier raus, *wo immer ich bin.*

Ich stütze mich mühsam auf die Ellbogen, und mein Kopf antwortet mit stechendem Schmerz. Es dauert einen Augenblick, bis sich mir nicht mehr alles vor den Augen dreht. Der Raum ist nicht komplett dunkel. In der Ecke sehe ich einen fahlen Silberstreifen, der die angrenzenden Wände und die Decke beleuchtet. Eine niedrige Decke. Ich könnte mich mit meinen eins sechsundfünfzig wahrscheinlich nicht einmal ganz aufrichten. Wo zum Teufel bin ich nur? Ich nehme einen vertrauten holzigen Geruch wahr – und noch etwas anderes: einen fauligen, ekligen Gestank. Meine Nasenflügel weiten sich in dem Versuch, ihn zu vertreiben. Mein Magen möchte das wenige Essen, das ich heute zu mir genommen habe, wieder von sich geben.

»Hallo?«, rufe ich. Es ist zu schwach, um wirklich als Ruf durchzugehen, und doch wird mir gleich klar, dass das ein Fehler war. Wenn Duff mich gehört hat, wird er sofort hier erscheinen.

Ich presse die Lippen aufeinander und warte, lausche. Mein Herz fühlt sich wie ein sich windendes Tier in meiner Brust an, das versucht, in die Freiheit zu gelangen. Ich zwinge mich zum Atmen und konzentriere mich dann wieder.

Wo ist die Tür?

Ich robbe auf den Knien voran, die Hände vor mir ausgestreckt, und versuche trotz des bohrenden Schmerzes in meinem Hirn nachzudenken. Plötzlich treffen meine Hände auf eine kalte grobe Wand, und ich lasse sie darübergleiten auf der Suche nach einem Türgriff oder Knauf oder Hebel. Nach irgendetwas. Aber während ich auf den Knien von einer Wand zur nächsten rutsche und dann wieder zur nächsten und jeden Zentimeter abtaste, sinkt mir der Mut. Ich kann einfach keinen Griff finden. Wieder kommen mir beinahe die Tränen.

Eine Wand habe ich noch nicht abgesucht, als meine Knie an etwas auf dem Boden stoßen. Ich wimmere und weiche zurück. Mich überkommt Panik bei dem Gedanken, dass Duff die ganze Zeit mit mir in diesem kleinen Raum war und nur darauf wartet, sich auf mich zu stürzen. Aber nach ein paar Sekunden, in denen nichts passiert, außer dass mein Herz schmerzhaft gegen meine Rippen schlägt, wird mir klar, dass er es nicht ist, dass ich allein bin. Wogegen ich da auch gestoßen sein mag … es hat sich nicht bewegt.

Ich raffe all meinen Mut zusammen, setze mich aufs Hinterteil und strecke den Fuß aus. Wieder trifft er auf den Klumpen. Ich berühre ihn mit den Fußspitzen, weil ich Angst habe, mit den Händen danach zu tasten. Natürlich kann ich nicht erkennen, worum es sich handelt, nicht solange die Sohlen meiner Stiefel das Ding berühren statt meiner Hände. Der Klumpen lässt sich allerdings leicht bewegen, wiegt mit jedem meiner zögerlichen Tritte hin und her.

Irgendwo jenseits des kleinen verschlossenen Raums höre ich Schuhe auf Stein scharren und erstarre. Da kommt jemand. Duff? Wer sollte es sonst sein? Er hat meinen Hilferuf anscheinend doch gehört, und ich könnte mich wirklich ausgiebig ohrfeigen, weil ich so verdammt blöd war.

Ich knie mich wieder hin und rutsche näher an den Klumpen heran. Vielleicht kann ich das Ding ja zur Selbstverteidigung nutzen. Aber warum sollte er mich hier zurückgelassen haben mit etwas, das ich als Waffe einsetzen könnte? Das Scharren von Duffs Füßen kommt näher, mein Mut wächst, und ich greife mit den Händen nach dem Klumpen.

»Bist du wach?«, flüstert er, während meine Hände den Klumpen betasten, jetzt nicht länger vorsichtig, sondern verzweifelt. Ich spüre Stoff. Jeans? Ich taste weiter, und von dem, was meine Hände erfühlen, mache ich mir im Geiste das Bild von einer Form. Ein langes, flaches Brett. Aber mit Jeansstoff überzogen? Das ergibt keinen Sinn.

Es ertönt ein lautes zitterndes Kratzen direkt über mir, als würde ein Möbelstück bewegt.

»Was für ein Pech, Lassy«, sagt Duff. Ich recke das Kinn zur Decke empor – in die Richtung, aus der die Stimme kommt. Ich krieche rückwärts. Die Tür befindet sich nicht an der Wand. Sondern an der *Decke*. Es ist eine Falltür.

Quietschend öffnet sie sich, und gedämpftes Licht strömt hinein. Ich war so lange im Dunkeln, dass ich meine Augen mit dem Arm beschirmen muss.

Und dann sehe ich es.

Der Klumpen, den ich berührt habe.

Jeans und ein Pullover. Ein Skelettkopf. Wirres dünnes, schwarzes Haar, unter dem die Kopfhaut sichtbar ist. Ein Gesicht. Oder was davon übrig ist.

Ich schreie und weiche panisch zurück, pralle gegen die Wand. Duff springt in den niedrigen Kellerraum und landet zwischen dem Leichnam und mir.

Janie. Ich habe von ihr nie ein Bild gesehen, aber ich weiß, dass sie es ist.

»Sie war eine süße Lassy«, sagt Duff und wirft noch nicht einmal einen Blick auf ihre verwesten Überreste. Daher kommt der schreckliche Gestank. Mein Magen dreht sich, und der Brechreiz wird unerträglich.

»Gut, dass ich noch nich' weg war, als ich gehört hab', wie du dich bewegst«, sagt er. Er hockt sich hin und kommt näher. »Dachte, ein Schlag auf den Kopf wär' genug.«

Das erklärt also den pulsierenden Schmerz in meinem Hinterkopf. Er kommt nicht von der Chemikalie, die er auf das Taschentuch geträufelt hat. Er hat mir einen Schlag auf den Kopf verpasst. Hat versucht, mich *umzubringen.* Genau wie er Finns Frau umgebracht hat. Er hat ihren Leichnam hier versteckt, und jetzt will er das Gleiche mit mir tun.

Oh, zum Teufel nein.

Ich bin ganz *bestimmt* nicht zum Sterben nach Schottland gekommen. Ich werde Leah *nicht* ohne Ehemann *und* ohne beste Freundin zurücklassen. Außerdem: Wenn ich verschwinde, wird jeder Finn die Schuld geben. Er war der Letzte, der mich gesehen hat. Ich habe mit ihm geschlafen. In seinem Haus gelebt. Und wenn ich verschwinde …, dann bedeutet das, dass zwei Frauen im Umfeld von Finley Drummond vermisst werden.

Da geht mir ein Licht auf. Genau das will Duff ja. Mein Gott, wie eifersüchtig er eben auf Finn zu sein schien. Er will, dass man Finn dafür zur Verantwortung zieht.

Ich schaue auf, an Duff vorbei zu der Falltür hinauf. Weiter oben besteht die Decke aus einem Netz aus Holzbalken und altem Putz. Nur an einer Stelle entdecke ich ein klaffendes Loch, das den Blick auf den dämmrigen Himmel freigibt. Die Scheune. Wir sind in der Scheune – genau neben Finns Schloss.

»Man wird euch beide hier finden«, sagt Duff, der merkt, dass es mir langsam dämmert. »Hab' ich nich' so geplant. Ich hab' Janies Ring in der Destillerie gelassen, damit es so aussieht, als ob se ihren Mann verlassen wollte. Aber du bist so 'ne süße Kleine, und wie du dich ihm an den Hals geschmissen hast … Er hat dich nich' verdient«, wiederholt er seine Worte von vorhin.

»Sie sind wahnsinnig«, flüstere ich und suche verzweifelt nach einer Möglichkeit zu entkommen. Ich habe keinerlei Waffe. Ich könnte natürlich versuchen, ihn zu überwältigen – aber Duff hat bereits bewiesen, wie stark er ist. Und doch. Ich werde jetzt nicht die Hände in den Schoß legen und mich ergeben.

Ich springe auf die Füße und gleichzeitig schräg nach vorn, wobei mein Oberkörper durch die geöffnete Falltür schnellt. Duff hält mich fest, ich hole mit dem Bein aus und ramme ihm das Knie zwischen die Beine. Er grunzt, bricht aber nicht so zusammen wie die Männer im Film, sondern schlägt mein Knie fort und stößt mir die Faust in den Magen, sodass mir die Luft wegbleibt. Ich lande hart auf den Knien und keuche nach Luft, wobei der Schmerz in meinem Schädel mich wieder zum Leben erweckt.

Wahrscheinlich weil er ihn für meine Schwachstelle hält, umfasst er meinen pochenden Kopf. Ich prügele auf seine Hüften, seine Beine und seinen Unterbauch ein, aber er packt nur noch fester zu.

»Nicht wehren, Lassy«, sagt er mit beruhigender Stimme, als wolle er ein Baby in den Schlaf wiegen.

Ich höre auf, ihn zu schlagen, klammere mich stattdessen an sein Jackett. Da entdecke ich etwas Weißes, das aus seiner Tasche herausschaut.

Das Taschentuch. Getränkt mit etwas, das einen Menschen bewusstlos machen kann. Das muss ich in die Finger bekommen. Also muss ich Duff ablenken.

Ich schlucke die Galle, die mir in die Kehle steigt, herunter und vergrabe den Kopf bewusst in seinem Schritt. Er keucht und stöhnt leise, was ihn lang genug von mir ablenkt, dass ich das Taschentuch zu fassen bekomme, während ich mühsam aufzustehen versuche.

Strauchelnd komme ich auf die Füße, klammere mich an ihn, mime einen Schwächeanfall, sodass ich wieder zu stürzen drohe – und knalle ihm dann das Taschentuch über Gesicht und Nase. Ich halte es fest, während er mich von sich zu stoßen versucht, und umklammere ihn mit den Beinen, den anderen Arm um seine Schultern gelegt. Seine Faust trifft erneut meinen Magen; drei schnelle Schläge. Aber ich halte weiterhin fest, reiße mich ungeheuer zusammen. Als er mich an die niedrige Wand schiebt und meinen Kopf gegen den Stein schlägt, muss ich dann doch loslassen und lande auf dem Hintern – aber ich bin nicht die Einzige, die fällt.

Duff geht zu Boden, stützt sich aber mit dem Ellbogen auf, bevor er vollends auf Janies sterblichen Überresten landen kann. Mein Schädel fühlt sich wie eine geborstene Cantaloupe-Melone an, aber ich muss den Augenblick trotzdem nutzen. Was immer auf diesem Taschentuch ist, hat ihn schwindelig gemacht und ihm die Orientierung geraubt. Mühsam komme ich auf die Füße und springe zur Falltür hinauf. Meine Unterarme krallen sich an der Kante fest, aber ich bin nicht stark genug, um mein restliches Körpergewicht hochzuziehen.

Duff greift vom Boden aus nach meinen Fußgelenken. Ich trete ihn, ziele mit dem Fuß auf seine Schulter und nutze sie so zufällig als Trittstufe. Dann schwinge ich mich durch die Öffnung, sodass mein geschundener Magen flach auf dem Boden über dem Keller landet. Duffs Finger streifen meine Füße erneut, aber ich reiße mich los und komme auf die Knie. Eigentlich will ich nur noch davonlaufen, aber ich halte trotzdem lang genug inne, um die Falltür wieder herunterzuknallen, genau auf seinen Oberkopf, denn soeben hat er sich benommen aufgerichtet.

Nirgends ist ein Schloss zu sehen, nur ein riesiges Fass, auf dem das Loch-Ross-Siegel aufgeprägt ist. Wahrscheinlich hat Duff das auf die Falltür geschoben. Seltsam, was der Verstand in ein paar Augenblicken der Panik so alles zu erkennen vermag. Wie zum Beispiel den perfekten Kreis aus dunklerem Holz, den ich auf der Falltür entdecke. Innerhalb weniger Sekunden wird mir klar, dass das Fass dort schon zwei Jahre stehen muss.

Ich versuche, es zu bewegen, aber es rührt sich nicht vom Fleck. Die Klappe der Falltür zittert und vibriert, weil Duff dagegenhämmert, und mir ist klar, dass die Zeit gegen mich arbeitet. Ich renne im Zickzack durch die Scheune, umrunde alte, rostige Autos, noch mehr Fässer, irgendwelche Gegenstände unter Abdeckplanen und krache auf ein altes Fahrrad, wobei meine Knie gegen das scharfe Pedal und die Gangschaltung knallen.

Als ich einen *dumpfen* Knall vernehme, halte ich den Atem an und horche. Es kam nicht von hinten, aus dem Kellerloch, sondern von draußen.

Und es klang wie eine Autotür.

»Hilfe!«, schreie ich und befreie mich von dem umgefallenen Fahrrad. Ich renne zu den alten Scheunentoren, die ebenfalls in den Angeln durchhängen und stürme hindurch auf den Parkplatz.

Mein Mietwagen ist verschwunden, aber Finns weißer Van parkt am üblichen Ort. Und dort ist auch Finn, der mit beunruhigter Miene auf die Scheune zukommt. Meine Beine geben beinahe unter mir nach, als ich auf ihn zueile.

»Meg? Was zum Teufel ist …«

Ich werfe mich in seine Arme, dränge ihn zurück, fort von der Scheune. »Es ist Duff! Es ist Duff!«

Er packt meine Arme und schiebt mich nach hinten, um mir ins Gesicht sehen zu können. Seine Augen wandern zu meiner Wange, wo noch die Spuren der Handbremse zu sehen sind. »Was ist passiert?«

»Er kommt«, rufe ich und versuche immer noch, Finn von der Scheune fortzudrängen. »Er kommt, und er will uns etwas antun.«

»Duff?« Er verzieht verwirrt das Gesicht. »Was meinst du damit, dass er uns etwas antun will? Mein Gott, war das hier etwa *Duff*?«

Finn streckt die Hand nach meiner Wange aus, aber da erfasst mich eine unerwartete Woge des Zorns, und ich schlage seine Hand fort, bevor er mich anrühren kann. »Ja! Er ist in der Scheune, und er … oh Gott.« Ich stolpere ein paar Schritte zurück. Mir sinkt der Magen in die Kniekehlen, das Herz tut mir weh. »Sie … sie ist da drin. Janie.«

Die Verwirrung in seinen Augen verschwindet. Er sieht mich an, und nun steht etwas anderes in seinem Gesicht. Unglaube. »Was hast du gesagt?«

Ich habe keine Möglichkeit mehr, zu antworten.

Duff steht schon hinter Finn, als ich ihn bemerke. Er hat die Arme hocherhoben, einen länglichen Gegenstand in den Händen, und noch bevor ich schreien kann: »Hinter dir!«, schmettert Duff den Gegenstand Finn auf den Hinterkopf.

Finn geht zu Boden, ist aber nicht bewusstlos. Er fasst sich an den Kopf und rollt sich herum, um zu sehen, wer ihn angegriffen hat. Sein Fuß schnellt hervor und hakt sich um

Duffs Bein, sodass der alte Mistkerl ebenfalls zu Boden geht. Duff schwingt den Gegenstand erneut – eine lange Eisenschaufel – und trifft diesmal Finns Knie.

Finn grunzt vor Schmerz, umklammert sein Knie, stößt sich aber mit dem anderen Bein ab. »Was zum Teufel *soll* das?«, schreit er Duff an, der ebenfalls wieder aufgestanden ist.

»Du hätt'st se nie kriegen dürfen«, lallt Duff, wahrscheinlich immer noch unter dem Einfluss des getränkten Taschentuchs.

»Er hat Janie umgebracht«, sage ich, obwohl ich doch besser den Mund gehalten hätte.

Finns Kopf wirbelt zu mir herum, sodass er nicht aufpasst, als Duff erneut mit der Schaufel ausholt. Deren scharfe Kante trifft Finn an der Schläfe, und diesmal geht er zu Boden, ist bewusstlos. Oder Schlimmeres.

»Nein!« Ich stürze auf ihn zu, aber Duff holt mit der Schaufel wieder aus, und ich kann kaum weit genug zurückspringen, um nicht davon am Kinn getroffen zu werden.

Ich wirbele herum und renne zu dem Van in der Hoffnung, einsteigen zu können und den Zündschlüssel im Schloss vorzufinden. Ich könnte wegfahren und Hilfe holen – aber dann wäre Finn Duff hier ausgeliefert. Er wird ihn umbringen. Nachdem ich Janies Leichnam gesehen habe, zweifele ich nicht mehr daran. Also weiche ich dem Van aus und renne stattdessen auf die Eingangstür des Schlosses zu. Ich werde sie hinter mir verschließen und dann zum Telefon in der Küche rennen. Keine Ahnung, was man in Schottland statt 911 wählt, aber das kriege ich schon raus. Eine 0 vielleicht. Keine Ahnung – ich muss nur hineingelangen. Da drin finde ich sicher auch eine Waffe.

Ich strecke die Hand nach der Klinke aus – und werde mit dem ganzen Körper gegen die geschlossene Tür geknallt. Zumindest hat Duff die Schaufel nicht mehr in der Hand, aber er ist wieder da und umklammert mich nun mit seinen Armen.

»Loslassen!« Ich stemme beide Füße gegen die Tür und schiebe ihn so energisch wie möglich zurück.

Duff verliert den Halt, und wir gehen beide zu Boden, wobei sein Rücken und seine Brust meinen Sturz abfedern. Ich führe die Ellbogen zusammen und ramme sie ihm in die Rippen, wie ich es bei den MMA-Fighters gesehen habe, wenn meine Brüder den Fernseher meiner Eltern mal wieder in Beschlag genommen hatten. Es funktioniert. Duffs Griff lockert sich und ich schieße empor, wobei ich ihm noch einen Tritt mit dem Absatz meines Stiefels verpasse. Jetzt versperrt er das Schlosstor, also drehe ich mich wieder in Richtung Finn um.

Der liegt immer noch am Boden. Immer noch reglos. Ich muss Duff von ihm ablenken.

Ich ignoriere das dringende Bedürfnis, zu Finn zu laufen, stolpere fast über meine eigenen Füße und laufe davon. Ich muss Duff einfach in Bewegung halten. Vielleicht hat Finn dann Zeit genug, wieder zu sich zu kommen und Hilfe zu organisieren.

Ich renne also die Auffahrt hinab, frage mich, was wohl aus meinem Mietwagen geworden ist. Duff hat ihn offenbar irgendwo versteckt. Vielleicht damit es so aussieht, als wäre ich einfach nur abgereist. Die Amerikanerin musste ja sowieso irgendwann nach Hause. Niemand würde mich vermissen, bis meine Familie in den Staaten merkt, dass ich nie zurückgekehrt bin.

Zu viele Gedanken bedrängen mein Hirn, als ich immer weiterrenne. Mein Atem droht meine Brust zu verbrennen, mein Hirn fühlt sich immer noch an wie lose Steine in einer Schachtel. Es ist inzwischen zu dunkel, als dass ich die Höhen und Senken auf dem unebenen Boden erkennen könnte, weshalb ich alle paar Schritte stolpere. Ich verdrehe mir den Knöchel und ein sengender Schmerz lodert meinen Unterschenkel hinauf.

Und natürlich höre ich ausgerechnet in diesem Moment seinen rasselnden Atem hinter mir.

Duff. Er kommt, genau wie ich gehofft habe. Wie ich befürchte. Mein Plan ist total ätzend. So viel steht fest, während ich vom Weg herunter und ins Unterholz einschere. Ich denke immer nur ein paar Sekunden lang im Voraus, aber ich weiß, dass es ein Fehler wäre, auf dem Weg zu bleiben. Dann könnte er mich klar erkennen und sich gleich auf mich stürzen. Seine Beine sind länger. Meine Schritte kürzer. Vielleicht kann ich ihn zwischen den Bäumen eher abhängen.

Natürlich ist es nicht nur gefährlich, im Dunkeln durch den Wald zu stürmen. Es ist auch laut. Er folgt mir mit Leichtigkeit, wobei sein Schnaufen und Keuchen immer noch zu nahe sind, um mich auch nur ein Fitzelchen zu beruhigen. Ich laufe mit nach vorn ausgestreckten Händen, aber wenn ich einen Zweig wegschiebe, schlägt mir gleich der nächste ins Gesicht. Ich hebe die Füße unnatürlich hoch, hüpfe eigentlich mehr, als dass ich laufe, denn ich will vermeiden, dass sich meine Füße unter irgendetwas verfangen und ich buchstäblich auf die Nase falle.

Die Schwärze der Bäume und Büsche lässt nach, und ich stürme in die tiefblaue Dämmerung hinaus. Nun, da ich zumindest wieder einen Hauch sehen kann, erkenne ich den weit offenen Himmel und die Silhouette der Hügel und Berge – und unter mir einen steilen Abhang in den Loch Ross.

Kurz vor dem Abgrund will ich schlitternd zum Stehen kommen, damit ich nicht über die Kante und die scharfen Klippen hinab ins Wasser stürze. Ich lande auf der Seite, meine Finger krallen sich in die Erde. Ich habe so viel Schwung, dass ich noch weiterrutsche, und eine panische Sekunde lang befürchte ich, dass dies das Ende ist. Meine Füße gleiten schon über die Kante der Klippen, bis zu den Knien, dann finde ich endlich Halt. Meine Fingernägel haben sich umgebogen, und ich spüre den Dreck, der sich tief darunter in meine Haut eingegraben hat.

Zwei Hände umfangen meine Handgelenke, und ich schreie. Duffs moderiger Menthol-Geruch steigt mir in die Nase.

»Ich mach's dir leichter«, haucht mir Duff ins Ohr. Er drängt sich gegen mich, und ich rutsche noch weiter auf den Abhang zu.

»Nein!« Ich wehre mich, versuche ihn abzuschütteln. Aber ich bin viel schwächer als er. Meine Schenkel gleiten über die Kante.

»Nein!«, schreie ich, kämpfe immer noch gegen seine Hände an, mit denen er meine Handgelenke gepackt hat.

»Tut mir leid«, wiederholt er, und das Kranke daran ist, dass er es wirklich ernst zu meinen scheint. *Tut mir leid, dass ich dich umbringe, aber mir bleibt keine Wahl.*

Aber so ist es. Er hat tatsächlich keine Wahl, wenn er aus der Sache als freier Mann hervorgehen will, so wie nach dem Mord an Janie. Er wird mich über die Klippe stoßen, dann

Finn umbringen und die ganze Sache so aussehen lassen, als hätte sie mit ihm nichts zu tun.

Es sei denn, ich halte ihn auf. Unternehme etwas.

Reiße ihn mit mir in die Tiefe.

Ich will nicht sterben. Alles in mir will sich zur Wehr setzen, am Leben bleiben. Aber Duff hat mehr Kraft und eine bessere Position, und zum Teufel – mich zur Wehr zu setzen macht nicht den winzigsten verdammten Unterschied. Egal, was ich mache, er wird mich über die Klippe stoßen, und dann bin ich tot.

Also höre ich auf, ihn von mir zu stoßen, und umklammere stattdessen seine Unterarme – und ziehe daran. Heftig.

Die Bewegung überrascht uns beide. Ich höre, wie er erschrocken einatmet und einen Schreckensschrei ausstößt, als er nach vorn stürzt, kopfüber, über den Felsvorsprung. Er versucht verzweifelt, weiter festen Boden unter den Füßen zu behalten, weshalb sich sein Griff unwillkürlich lockert. Dann lässt er eins meiner Handgelenke sogar los, um sich festzuhalten. Aber die Schwerkraft siegt, und er fällt – so langsam, dass es Minuten zu dauern scheint, bis sein Körper über die Kante stürzt, die ich in diesem Augenblick zu fassen bekomme. Eine Hand hat er immer noch um mein Handgelenk geschlungen, und im Fallen renkt mir sein Körpergewicht die Schulter aus. Sengendes Feuer durchzuckt mich.

Mein erneuter Schrei verebbt zu einem schrillen Schluchzen. Es klingt über den See hinweg, während Duff sich an meinen Arm klammert. Er ist nicht mehr als eine schlaffe Leine, hängt lose und nutzlos herab. Mit dem anderen Arm umklammere ich weiter den Felsvorsprung, aber er wird mit jeder Sekunde schwächer. Ich werde mich sicher nicht ewig festhalten können. Mit letzter Kraft versetze ich Duff einen Tritt, und anscheinend kommt er zu dem Schluss, dass es besser ist, sich an mein Bein zu hängen, denn er lässt meinen Arm los und umklammert nun das Bein. Ich spüre und höre, wie er mit den Füßen scharrt, um am Hang der Klippen noch irgendwo Halt zu finden. Kraft im Oberkörper hatte ich noch nie sonderlich. Bei Klimmzügen machte ich auf der Highschool schon immer eine denkbar schlechte Figur, ebenso wie auf der Matte, wo ich nicht mehr als fünf Liegestützen hinbekam, ohne dass sich hinterher meine Arme wie Wackelpudding anfühlten. Mein verletzter Arm hängt komplett nutzlos herab, und mein anderer gibt langsam auf. Duff wiegt mindestens achtzig Kilo, aber jetzt, wo er mit seinem ganzen Gewicht an mir hängt, fühlt es sich an wie doppelt so viel.

»Loslassen!«, stoße ich zwischen zusammengebissenen Zähnen hervor, und meine Muskeln zittern vor Erschöpfung. Ich versuche, mit dem Bein auszuschlagen, aber es bewegt sich kaum einen Zentimeter.

»Meg!«

Mein Kopf fährt ruckartig nach oben. Finns Stimme gibt meinem zitternden Arm wieder ein wenig Kraft. »Hier! Ich bin hier!«

Er kann mich nur finden, wenn er dem Klang meiner Stimme folgt. Die tiefblaue Dämmerung ist nun dunkler Nacht gewichen, und von hier aus ist nicht einmal ein elektrisches Licht aus den Schlossfenstern zu sehen.

»Meg! Red' weiter!«, schreit er mit heiserer Stimme.

Ich gehorche, schreie, dass ich am Felsvorsprung hänge, dass mir nicht mehr viel Zeit bleibt, dass ich Hilfe brauche, und flechte noch ein paar deftige Flüche mit ein. Ich schreie weiter, auch als ich spüre, wie Duffs Hände sich langsam an meinem Schenkel emporarbeiten. In den Pausen zwischen meinem Keuchen höre ich dann das Knirschen von sich nähernden Schritten. Und dann ein paar Hände auf meinem Arm, stark und fest, und ich weiß, dass alles gut wird.

»Ich hab' dich«, flüstert Finn, klemmt seine Hände unter meine Achselhöhlen und versucht, mich hochzuhieven. Ich schreie auf, denn der Druck auf meine verletzte Schulter schickt eine neue Woge des Schmerzes durch meinen ganzen Körper.

»Sie ist ausgekugelt«, wimmere ich. »Meine Schulter.«

Finn flucht, als er mühsam versucht, mich hochzuziehen.

»Und er hängt an meinen Beinen«, erkläre ich, woraufhin Finn erneut flucht.

»Du bist in Sicherheit, Meg, halt dich nur an mir fest«, sagt er. Seine Stimme hallt tief in meiner und seiner Brust wider, als er mich noch höher zieht und an sich presst.

Da taucht Duffs Kopf über dem Felsvorsprung auf, und Finn holt mit dem Fuß aus und versetzt ihm einen Tritt – mitten ins Gesicht. Einmal. Zweimal. Und dann ein drittes Mal, sodass Duff endlich meine Schenkel loslässt.

Einen Augenblick fühle ich mich wie schwerelos, fliege in Finns Arme, während ich Duffs kurzen Schrei höre, der von den Klippen zu uns hinauf hallt. Ich klammere mich mit meinem funktionstüchtigen Arm an ihn, der andere ist nur eine Masse aus Schmerz und pulsierendem Feuer.

Finn legt mich auf den Boden und beugt sich über mich, schiebt mir das Haar aus dem Gesicht. »Alles in Ordnung, Meg. Ich habe dich, und Duff ist fort. Niemand wird dir mehr wehtun. Okay?«

Ich nicke. Ich weiß das zwar, und doch rinnen unaufhörlich Tränen meine Wangen hinab. Und ich habe die irrationale Angst, dass Duff jeden Augenblick wieder die Klippen hinaufklettert und uns angreift.

Aber er ist tot. Ich habe seinen Schrei gehört. Ich weiß, dass er in die Tiefe gestürzt ist.

»Ich habe Erfahrung im Einrenken von Schultern«, sagt Finn und versucht, gut gelaunt und leichthin zu klingen, obwohl er außer Atem ist, und seine Stimme zittert. »Vertraust du mir?«

Ich nicke wieder, was er wohl eher spüren als sehen kann. Ohne viel Federlesens stützt er mein Schlüsselbein ab und ruckt an meinem Arm, sodass er wieder in die Gelenkpfanne zurückspringt. Der Schrei, den ich dabei ausstoße, ist lauter als der beim Auskugeln der Schulter.

Finn zieht mich an sich und presst mir die Lippen auf die Stirn. Meine Haut ist feucht und heiß. Er wiegt mich vor und zurück, während der heftige Schmerz sich in ein dumpfes Pulsieren verwandelt.

»Tut mir so leid«, flüstere ich an seiner Brust.

Sein Atem streift heiß meine Stirn. »Was sollte dir denn leidtun?«

»Janie«, antworte ich mit versagender Stimme. Finn hört auf, mich zu wiegen und erstarrt.

Nach einem tiefen Atemzug fragt er: »In der Scheune?«

Ich nicke. Finns Brust spannt sich an und erzittert, und seiner Kehle entfährt ein gequältes Krächzen.

»Hat er gesagt, wieso?«, fragt er, und seine Stimme bricht, als er ein Schluchzen unterdrückt.

»Nichts von all dem ergab einen Sinn«, antworte ich. »Er wollte nicht, dass sie mit dir zusammen ist. Du hättest sie nicht verdient. Ich denke … ich meine, ich denke, dass er vielleicht besessen war oder …«

Mein Gott, ich habe keine Ahnung. Der Kerl war einfach nur total durchgeknallt und hat sie alle hinters Licht geführt. Sogar Janies Mutter. Er hat seine eigene Stieftochter in ein Loch unter einer verfallenen Scheune gestopft und sie dort verrotten lassen.

Finns Hand zittert, als er mir damit übers Haar streicht. »Es ist alles gut, Hühnchen. Du musst jetzt nicht darüber reden. Aber wir müssen Hilfe holen.«

Er hat recht. Wir müssen aufstehen und fort von den Klippen. Zurück ins Schloss. Die Polizei anrufen. Und Leah. Jetzt schaffe ich es bestimmt nicht mehr vor der Beerdigung nach Colorado. Ich bin wie betäubt, als wir aufstehen und durch die Bäume zurückkehren. Betäubt, aber lebendig. Ich atme aus und lehne mich an Finn.

Ich lebe.

Kapitel 18

Am darauffolgenden Morgen entdeckte ein Officer der Drummond-Mull-Polizei anhand von Reifenspuren im verharschten Schnee und auf dem Feld meinen Mietwagen in einer Scheune, die sich auf dem an Finns Grundstück angrenzenden Gelände befindet. Er war abgedeckt mit einer nagelneuen blauen Plane, und die Frau, der die Scheune gehört, gab an, dass sie ihn dort wahrscheinlich niemals bemerkt hätte. Die Scheune ist heruntergekommen, fällt beinahe schon in sich zusammen, und sie nutzt sie ganz sicher nie.

Duff muss meinen Fiat über die Felder und durch ein paar Koppeltore gefahren haben, um ihn zu verstecken, während ich bewusstlos in dem Kellerloch unter dem Scheunenboden gelegen habe.

Ich verbrachte einen Großteil der Nacht damit, die Geschehnisse dem diensthabenden Inspector zu schildern und später noch einmal dem Chief Inspector. Und als zwei Stunden später auch noch ein Divisional Commander der Schottischen Polizei eintraf, musste ich alles noch ein drittes Mal durchgehen.

Finn blieb bei mir, bis seine Mutter ihn ablöste. Beatrice stand mir zur Seite, hielt meine Hand und drückte sie ermutigend, wenn ich ins Stocken geriet. Ich wusste, wohin Finn gegangen war. Er und die anderen Beamten hatten die Scheune betreten, um Janies Überreste in Augenschein zu nehmen. Die Vorstellung war mir verhasst, dass er genau das Gleiche sehen würde, was ich gesehen hatte. Zu wissen, dass sie die ganze Zeit über dort gewesen war. Unterdessen stellten Feuerwehrleute und Sanitäter Flutlichter auf und suchten die Klippen nach Duffs Leichnam ab.

Mehr sagte man mir nicht, als ich nachfragte.

Mittlerweile erhebt sich die Dämmerung am Horizont. Ich bin immer noch wach, und überall auf dem Grundstück und in der Scheune sowie im Schloss schwirren die Einsatzkräfte herum. Von der Küche aus, in der ich die ganze Nacht über mit Tee und Kaffee und Keksen versorgt wurde, beobachte ich, wie der Himmel erst orange und dann pink wird. Die heißen Getränke sollten mir helfen, wieder warm zu werden, und Beatrice beschwor mich, etwas zu essen. Doch die Magenkrämpfe wollten einfach nicht nachlassen, sodass ich die Kekse nicht anrührte.

Finn betritt die Küche, seine Schuhe scharren auf den Fliesen. Ich weiß, dass er es ist, noch bevor ich mich überhaupt umdrehe. Vielleicht sagt es mir mein Instinkt, vielleicht kommt es aber auch daher, weil mir sein Schritt mittlerweile so vertraut ist. In den letzten paar Stunden scheine ich alles mit größerer Klarheit zu fühlen, zu hören und wahrzunehmen als sonst. Das Sonnenlicht funkelt grell durch die Fenster, und die Polizeisirene draußen scheint mir direkt ins Ohr zu tönen. Die Sanitäter meinten, dass ich wahrscheinlich unter Schock stünde, und ich frage mich, ob meine erhöhte Sensibilität eine Folge davon ist.

»Wie geht es dir, Hühnchen?«

Er stellt sich hinter meinen Stuhl, greift um meine Schulter herum und gießt eine großzügige Portion Whisky aus einer Flasche Loch Ross in meine Teetasse.

»Warum ist denn bis jetzt noch niemand auf diese Idee gekommen?«, frage ich, nippe an meinem Tee und merke, wie gut mir das tut.

Er beugt sich herab, um mir einen Kuss auf die Schläfe zu geben. Dann zieht er seinen Stuhl neben meinen. Kaum dass er sitzt, lässt er die Schultern hängen und stützt die Ellbogen auf den Tisch. Er sieht mitgenommen aus. Seine Bartstoppeln sind seit unserem Ausflug nach Inverness wieder gewachsen und nun von Grau durchzogen. Trotzdem ist er der bestaussehendste Mann, den ich kenne. Doch im Augenblick wirkt er auch wie der traurigste.

»Es tut mir so leid«, flüstere ich und lege die Finger um die Tasse. Finn nickt, die Augen auf den Tisch geheftet, auf den er einen unregelmäßigen Takt trommelt.

Duff. Wie konnte er die eigene Stieftochter töten?

Ich habe mir mit den Jahren genug Nachrichten angesehen, um zu wissen, dass es eine Menge kranker, abgedrehter Leute auf der Welt gibt. Menschen, die das Böse, das ihnen innewohnt, hinter Lächeln und hübschen Klamotten verbergen, hinter guten Jobs und einflussreicher Stellung. Dieser Mann tat es hinter Falten und einem schlurfenden Gang.

Ich hätte allerdings nie gedacht, dass ich selbst auch einmal auf einen solchen Menschen treffen würde.

»Die Vans der Nachrichtenstationen sind da«, sagt er und entkorkt den Loch Ross erneut. Er hebt die Flasche an die

Lippen und trinkt einen herzhaften Schluck. Oder vielmehr: Er kippt ihn hinunter.

Hitze durchströmt meinen Körper, und mir sinkt der Magen in die Kniekehle. Ich will nicht im lokalen Fernsehen zu sehen sein. Ich will mich nur in ein paar Decken wickeln und hier in meinem Kokon bleiben. Für immer. Dieser Gedanke ist vielleicht nicht sonderlich mutig, aber ich finde, ich war in den vergangenen Stunden mutig genug, dass es für mein ganzes restliches Leben reicht.

»Sie wollen dich interviewen?«, frage ich.

»Irgendwann werde ich schon noch mit ihnen reden. Im Augenblick geben sie sich damit zufrieden, die Polizisten zu befragen und wahrscheinlich auch sämtliche Nachbarn.« Er schwenkt die Flasche, lässt den Scotch darin kreisen. »Meine Mom wird wahrscheinlich auch ihren Senf dazugeben.«

Beatrice war vor etwa einer Stunde heimgefahren, um sich umzuziehen und frisch zu machen. Sie wird zurückkommen und vor den Kameras sicher eine gute Figur machen.

Finn stellt die Flasche ab und setzt sich so schnell vor, dass die Stuhlbeine über den Boden schaben. Dann löst er meine Finger von der Teetasse und nimmt sie in seine Hände. Sie sind heiß, und erst jetzt wird mir bewusst, wie kalt meine Finger sind. Auch das weist den Sanitätern zufolge auf einen Schock hin.

»Meg«, sagt er und führt unsere ineinander verschlungenen Hände an die Lippen. Er schließt die Augen, und sein warmer Atem streift meine Finger. »Meg, das alles ist meine Schuld …«

»Nein«, unterbreche ich ihn, denn ich errate, was er sagen will. »Du musst dich nicht für Duff entschuldigen. Du trägst keine Schuld.«

»Du hättest getötet werden können«, sagt er mit noch mehr Nachdruck. »Ich wollte, dass du auf Drummond Hall bleibst und habe dich dadurch in Gefahr gebracht.«

Ja. Ich hätte getötet werden können. Beinahe wäre ich es auch. Nach ihrer Ankunft bestand die erste Amtshandlung der Sanitäter darin, mich im Krankenwagen zu untersuchen. Außer einer schweren Gehirnerschütterung, Schürfwunden, Prellungen und meiner ausgerenkten Schulter, hatte ich Glück gehabt. Wahrscheinlich hätte ich ins Krankenhaus gehen sollen, aber ich hatte sie überredet, mich auf Drummond Hall zu lassen.

Ich entziehe Finn meine Hand und lege sie ihm auf seinen Unterarm. »Hör auf. Jede andere Frau, die du irgendwann hergebracht hättest, wäre ebenfalls in Gefahr gewesen. Duff war eifersüchtig auf dich. Wahnsinnig eifersüchtig. Entweder das, oder er … keine Ahnung, war von Janie irgendwie besessen.«

Ich erinnere mich, wie er mir erzählte, dass er Deb vor fünf Jahren geheiratet hatte. Ob er es schon damals auf Debs Tochter abgesehen hatte? Oder war das erst im Lauf der Zeit entstanden? Aber Duff ist tot, und ich frage mich, ob wir die Antwort auf all diese Fragen je bekommen werden.

»Aber du warst es, die ihn aus der Reserve gelockt hat«, antwortet Finn mit tief gerunzelter Stirn. »Bist du sicher, dass er dir nichts … getan hat? Oder dich irgendwie berührt hat?«

Er zuckt zusammen, wie um sich auf die schlimmstmögliche Antwort vorzubereiten.

Nachdem mir einer der Sanitäter eine Schulterschlinge angelegt hatte, hatte er sich erkundigt, ob ich Opfer eines sexuellen Übergriffs geworden sei. In diesem Augenblick musste ich den Blick von Finn abwenden, der die ganze Zeit dabeigestanden hatte. Er war erstarrt und hatte ausgesehen, als wolle er der Seite des Krankenwagens mit bloßer Faust eine Beule verpassen. Wie erleichtert war ich, dass ich nur antworten musste, Duff habe nichts dergleichen versucht, sondern mir lediglich den Schädel einschlagen wollen!

Ich lehne mich zurück. »Ich bin sicher, ja«, flüstere ich.

Ob er Janie vergewaltigt hat oder nicht, ist nicht bekannt und wird vielleicht nie geklärt werden. Aber es ist vorbei. Das Geheimnis um Janies Verschwinden ist gelöst, und jeder in der Stadt – und der Rest Schottlands scheinbar ebenfalls – kann aufhören, Finn des Mordes zu bezichtigen. Er hat nichts Böses getan, und nun werden es alle Menschen erfahren, also auch jene, die früher seine Freunde waren. Das Leben kann weitergehen.

Nur nicht für Janie.

Und beinahe wäre ich ein weiteres von Duffs Opfern gewesen. Mir läuft es kalt über den Rücken, und ich bekomme eine Gänsehaut. Ich müsste mit jemandem darüber reden, das Erlebte verarbeiten. Mit einem Profi. Nur dass ich im Augenblick keine Lust habe, überhaupt etwas zu sagen.

»Meine Mom hat mir von dem Ehemann deiner Freundin erzählt«, sagt Finn schließlich, nachdem wir ein paar Minuten lang nur schweigend am Tisch gesessen und an dem Scotch beziehungsweise an dem mit Scotch versetzten Tee genippt haben.

Ich hatte Beatrice im Verlauf der Nacht von Jim berichtet.

»Ich muss zum Flughafen«, antworte ich leise. Als ob es leichter wäre, die Worte auszusprechen, wenn ich meine Stimme dämpfe.

Ich muss wirklich gehen, aber Finn alleinzulassen, ausgerechnet jetzt, wo alles im vollkommenen Chaos versinkt, kommt mir falsch vor. Falsch und gefühllos. Ich habe darüber bereits mit den Polizeibeamten gesprochen, die mir versicherten, ich könne nach Amerika zurückkehren, wann immer ich wolle. Niemand erhebt Anklage gegen mich, und wenn sie weitere Aussagen benötigen, oder ich weitere Fragen beantworten muss, können sie stets anrufen oder skypen.

»Ich fahre dich nach Edinburgh«, antwortet er genauso leise.

»Deine Mom hat schon ein Auto organisiert, das mich hinbringt.« Sie rief ein Taxiunternehmen an, kaum dass die Polizisten mir die Abreiseerlaubnis gegeben hatten. Der Fahrer wird in einer Stunde hier sein.

Finn nickt, und Schweigen breitet sich zwischen uns aus. Es gibt so viel zu sagen. Etwas Bedeutsames ist zwischen uns geschehen, aber der Schrecken der vergangenen Nacht hat einen Schatten darüber geworfen. Finn muss jetzt über andere, wichtigere Dinge nachdenken. Wie zum Beispiel über die Beerdigung seiner Frau.

Ich stehe von meinem Stuhl auf, meine Beine fühlen sich steif wie zwei Eisenstangen an. Ich berühre ihn an der Schulter, wage es aber nicht, mich zu ihm hinabzubeugen. Ich will ihm keinen Abschiedskuss geben, denn genau das wäre es.

Ich will ihm danken. Ihm sagen, dass die letzte Woche die ereignisreichste, romantischste und beängstigendste Woche meines ganzen Lebens war. Ich will ihm sagen, dass ich mir erhofft hatte, mehr Zeit mit ihm zu verbringen. Dass ich tief im Herzen gar nicht gehen will. Aber das meiste davon klänge angesichts dieses Augenblicks unsensibel. Und der

Rest ist vollkommen unmöglich und unvernünftig. Also nehme ich ihm stattdessen die Flasche Loch Ross aus der Hand und kippe einen Schluck hinunter – genau wie er es eben getan hat.

Das sofortige Inferno in meiner Kehle schockiert mich diesmal nicht im Geringsten.

»Schmeckt immer noch, als ob man einen Baumstumpf ableckt«, sage ich.

Er lacht, wenn auch nur kurz und erschöpft. »Du kannst nicht behaupten, dass ich es nicht versucht hab'.«

Er hat recht. Das kann ich nicht. Er hat mir gezeigt, was er liebt und warum, und obwohl ich jetzt viel lieber ein Glas Wein hätte, liebe ich diesen Whisky irgendwie ebenfalls. Und wenn auch nur deshalb, weil er es tut.

Unruhe, die sich in der Eingangshalle breitmacht, durchbricht die Stille. Ich kann die strenge Stimme eines Officers hören und das schrille Gezeter einer Frau, die einander übertönen. Nach einem Augenblick der Verwirrung erkenne ich die Stimme.

»Aus'm Weg. Is' mein gutes Recht, ihn zu seh'n! Finley? Finley!«

Langsam erhebt Finn sich von seinem Stuhl, wie ein Mann, der gleich vor dem Richter steht und sein Urteil erwartet. Meine Lungen ziehen sich schmerzhaft zusammen, während wir beide darauf warten, dass sie die Küche betritt. Und als sie es tut, das blonde Haar eine zottelige Mähne, die sie zu einem zerzausten Pferdeschwanz zusammengefasst hat, ihre Mascara unter den Augen verwischt, die Nase rot, die Lippen bleich, weiß ich plötzlich, wie tiefe Qual aussieht. Diesen Anblick werde ich nie mehr vergessen.

Deb bleibt in der Küche stehen. Ihr Blick richtet sich direkt auf Finn, und ich erkenne in ihren Augen den Widerstreit der Gefühle. Sie hat ihre Tochter verloren. Sie hatte gefühlt, dass Janie tot war. Rechtfertigung funkelt in ihren blauen Augen, während Finn und sie einander schweigend anstarren.

Aber sie hat sich auch geirrt. Sie hat den falschen Mann beschuldigt, ihre Tochter umgebracht zu haben, während der wahre Mörder mit ihr unter demselben Dach gelebt hat. In ihrem Bett geschlafen hat. Sie hat diesen Mann in Janies Nähe gebracht, und als sie die Lippen so fest aufeinanderpresst, dass ihr Kinn ganz schrumpelig wird, und die Augen schließt, erkenne ich Reue und Schuld in ihren Zügen und jene Art von Schmerz, der tiefer geht, als jegliche Klinge es zu tun vermöchte.

»Oh Finley«, schluchzt sie und bedeckt das Gesicht mit den Händen. Sie krümmt sich, als bekäme sie keine Luft mehr.

Und dann durchquert Finn die Küche, nimmt Deb in den Arm und presst sie an die Brust. Er hält sie fest, streicht mit der Hand über ihren unordentlichen Pferdeschwanz und flüstert ihr zu, dass es schon gut ist. Dass alles wieder gut wird.

»Es tut mir so leid«, keucht sie mit erstickter Stimme an seiner Schulter. »So leid.«

Finn murmelt, dass es gut ist, dass er nicht wütend auf sie ist und niemals sein wird. Ich beobachte, wie beide weinen, einander Worte ins Ohr flüstern, und ich erkenne, dass ihr Verlust zu tief geht, um nachvollziehbar für mich zu sein. Sie brauchen jetzt Privatsphäre. Und ich muss nach Hause.

Ich umrunde die beiden und wende mich Richtung Flur, versuche dabei, möglichst keinen Lärm zu machen. Finn hört mich dennoch, und obwohl er Deb weiterhin in den Armen hält und weinen lässt, blickt er sich über die Schulter hinweg um und mich an.

Ich ringe mir ein zittriges Lächeln ab. *»Bye«*, forme ich mit den Lippen.

Er zieht die Augenbrauen zusammen und eine andere Art von Schmerz zeichnet sein Gesicht. Er erwidert mein Lächeln nicht. Er formt auch kein Auf Wiedersehen mit den Lippen. Er nickt nur einmal.

Und lässt mich gehen.

Kapitel 19

Es dauert nicht lang, bis ich das Gefühl habe, Schottland habe niemals stattgefunden. Seltsam, wie ein wenig Zeit und Distanz einen Ort, von dem ich weiß, dass ich in ihm so viel erlebt habe, in etwas verwandeln kann, das weniger als eine Erinnerung ist. Ich habe das Land unter meinen Füßen gespürt, die Luft geatmet, war Teil Schottlands, zumindest für eine Weile. Und doch kommt es mir jetzt, zwei Monate später, vor, als gehörten diese Erinnerungen nicht mir selbst.

Sicher zurück in meinem Bostoner Alltag fühlt es sich an, als sei damals ein anderer Mensch nach Schottland gereist. Hätte einen gut aussehenden, witzigen und komplizierten Mann kennengelernt. Wäre in einem kleinen schottischen Dorf das Zentrum des allgemeinen Klatschs geworden. Wäre beinahe ermordet worden.

Aber das war nicht ich.

Nicht die langweilige Meg, die jeden Morgen auf ihrer täglichen Fahrt in die Stadt einen Dunkin' Donuts dark roast und einen Blaubeermuffin in die Red Line trägt. Nicht die alltägliche Meg, die ihren Tag an einem Computer in einer seelenlosen grauen Arbeitsnische verbringt und die Bilder von glücklichen, wohlhabenden, verdächtig schönen Familien betrachtet, die in der nächsten Ausgabe von *The Family Tribune* erscheinen werden. Nicht die stumpfsinnige Meg, die dann wieder mit dem Zug in ihr Einzimmerapartment fährt und an guten Abenden etwas vom Thailänder und an schlechten Ramen-Nudeln isst.

Aber das ist nun mal die wahre Meg. So bin ich in Wirklichkeit, und seit ich in mein regel- und planmäßiges Leben zurückgekehrt bin, habe ich versucht, mich damit abzufinden.

Manchmal wünschte ich, nie nach Schottland gereist zu sein. Oder direkt, nachdem Leah mir mitteilte, dass sie nicht kommt, wieder abgeflogen zu sein. Schottland hat mich das Leben schmecken lassen, das ich mir wünsche – von dem ich immer schon geträumt habe –, und nun, da ich weiß, dass es eine reale Möglichkeit ist, nur nicht für mich, na ja … das ist schon echt, *echt* ätzend.

Das einzig Positive an der Reise war die Geschichte, die ich dort zu schreiben begonnen habe, über den Einhorn-Wandteppich und das seltsame, unheimliche Gesicht in den Wäldern. Dadurch hatte ich zumindest etwas, auf das ich mich während der vergangenen Monate konzentrieren konnte, und nun, da ich mich den letzten Kapiteln des ersten Entwurfs nähere, habe ich endlich das Gefühl, dass ich wirklich ein Buch schreiben kann. Ich habe mir sogar schon eine Widmung ausgedacht: für Leah und GranBetsy. Vielleicht muss ich ja eines Tages tatsächlich nicht mehr zur Arbeit trotten. Vielleicht kann ich mich dann in mein beschissenes kleines Apartment zurückziehen und einfach nur schreiben. Vielleicht kann ich dann wenigstens ein bisschen von meinem Traum leben.

Um sieben Uhr kann ich endlich Feierabend machen. Der Tag, bevor eine Ausgabe in Druck geht, ist immer hektisch, und am Ende habe ich meistens Kopfschmerzen. Heute Abend ist es nicht anders. Und weil wir Mitte Februar haben, ist es draußen stockduster und meinem Handy zufolge minus zehn Grad. Ich erschauere und reibe während der Zugfahrt zu meinem Apartment in Chelsea die Beine aneinander, um mich warm zu halten. Heute lasse ich es mal so richtig krachen und bestelle indisches Essen.

Während wir zur North Station hinausrumpeln, scrolle ich meinen Chat mit Leah von heute Morgen durch. In Colorado war es erst fünf Uhr morgens, aber Leah war schon wach.

Kann nicht mehr schlafen.

☹ Meinst du, Pillen könnten helfen? Du brauchst Schlaf.

Ich vermisse ihn so sehr. Bett ist leer. Haus auch.

Sie will keine Medikamente nehmen. Das sähe Leah auch nicht ähnlich. Ich weiß das, aber ich musste es ihr zumindest vorschlagen. Wie erwartet, macht sie eine schlimme Zeit durch, und ich wünschte, ich könnte weiterhin in Colorado an ihrer Seite sein.

Nachdem ich endlich bei ihr angekommen war, am Tag nach der Beerdigung, blieb ich noch eine Woche. Sie ging zunächst umher wie im Nebel. Also berichtete ich ihr nur, dass das mit den Flügen total schwierig gewesen sei und ich deshalb unmöglich pünktlich hatte kommen können. Leah hatte ohnehin schon ein schlechtes Gewissen, weil sie nicht angerufen beziehungsweise mich nicht selbst vom Tod ihres

Mannes benachrichtigt hatte. Ich tat das mit einer Handbewegung ab und betonte immer wieder, dass ich Verständnis dafür hätte. Es war nicht der richtige Zeitpunkt gewesen, ihr von Duff und dem wahren Grund, warum ich die Beerdigung verpasst hatte, zu berichten. Der kam erst ein oder zwei Tage später. Ich erzählte ihr alles, und Leah hing mir förmlich an den Lippen. So seltsam es klingt, sie zog es wahrscheinlich vor, über meine Tortur nachzudenken und zu reden, weil sie das von ihrem eigenen Leid ablenkte, mit dem sie Tag für Tag konfrontiert wurde.

Heute Morgen hatte ich ihr noch eine andere Nachricht geschickt und sie etwas gefragt, was ich schon mehrfach angesprochen hatte.

Hast du darüber nachgedacht, eine Weile herzukommen?

Vielleicht half es ja, wenn sie einen räumlichen Abstand zwischen sich und all die Erinnerungen an Jim schuf. Außerdem hat sie dort keine Familie. Sie ist ganz allein und pendelt lediglich zwischen ihrem Haus und ihrer Arbeit im Restaurant seines Skiresorts hin und her. Jeder einzelne Ort erinnert sie an Jim und an das, was sie im Bruchteil einer Sekunde verloren hat.

Denke drüber nach. Muss los. Später telefonieren?

Ich schrieb ihr *klar*, aber ich merkte, wie vage ihre Antwort ausfiel. Sie will nicht gehen. Noch nicht. Ein Teil von Jim ist immer noch dort, und abzureisen wäre nur ein Eingeständnis, dass er fort ist.

Ich denke jetzt darüber nach, sie anzurufen, wie sie vorgeschlagen hat, aber in Denver ist es jetzt erst fünf Uhr, und sie ist noch bei der Arbeit. Ich weiß, dass sie dort nicht reden will. Dann bricht sie nur wieder in Tränen aus, und vor ihren

Angestellten hasst sie das. Also stecke ich das Handy wieder ein und mustere mein Spiegelbild im Zugfenster. Die Verletzungen von Duffs Angriff sind schon vor einer Weile verblasst, obwohl meine damals ausgekugelte Schulter immer noch hin und wieder schmerzt.

Nur einmal noch habe ich etwas von einer Kriminalbeamtin gehört, die mit dem Fall betraut war. Die Frau hatte noch ein paar Fragen zu meiner Aussage über die Ereignisse nach Duffs Tod, aber es war nichts allzu Wichtiges gewesen. Definitiv nicht wichtig genug, um mich zu einer Rückkehr nach Schottland zu bewegen oder auch nur um ein Vier-Augen-Gespräch über Skype zu bitten. Es stand schließlich außer Frage, dass er der Schuldige war. Sie hatten seine DNA an Janies sterblichen Überresten gefunden. Die Autopsie hatte einen Schädelbasisbruch und einen gebrochenen Halswirbel ergeben. Die Beamtin hatte mir am Telefon versichert, dass Janie beinahe sofort tot gewesen war, und dass ich zweifellos großes Glück gehabt hätte.

Doch ich hatte deshalb Schuldgefühle. Warum hatte ich Glück gehabt und Janie nicht?

Ich vermute, sie haben sie beerdigt; und zu wissen, was mit seiner Frau passiert ist, ist für Finn sicher eine Art Erleichterung. Aber ähnlich wie Leah musste er sich nun eingestehen und akzeptieren, dass seine Frau ein für alle Mal tot ist. Tief im Herzen hatte er sicher an der Hoffnung festgehalten, dass sie lebte und es ihr gut ging. Dass sie irgendwo da draußen lebte. Und ihn einfach nur nicht mehr liebte. Diese Vorstellung war wahrscheinlich besser gewesen, als zu wissen, dass sie von jemandem überfallen und ermordet worden war, dem sie vertraute. Von jemandem, dem sie *beide* vertrauten.

Ich bemühe mich nach Kräften, nicht an Finn zu denken, aber das gelingt mir nicht immer. Ich frage mich, wie es ihm jetzt geht. Kontakt mit ihm aufzunehmen, ist keineswegs ein Ding der Unmöglichkeit. Ich kenne zwar seine Telefonnummer nicht, aber ich habe immer noch Debs Kontaktdaten, über die Leah das Schloss gemietet hat, und selbst Murdoch's Pub habe ich online gefunden. Ich war verblüfft, wie professionell die Homepage ist. Man kann darüber sogar Whisky und Bier aus der Region ordern. Loch Ross gehört auch dazu.

In einem schwachen Moment googelte ich in der ersten Woche nach meiner Rückkehr Drummond Hall und fand ein paar Websites über die Geschichte des Schlosses, einschließlich der Geschichte von Robert Drummond und Ian MacDonnough, die Finn mir erzählt hatte, aber nicht viel mehr.

Danach hörte ich auf, Drummond Hall im Internet zu stalken. Seit zwei Monaten setze ich jetzt alles daran, die Sache hinter mir zu lassen, nicht diesen Schmerz in meiner Brust zu fühlen, der wie ein schwarzes Loch meine Rippen auseinanderzubrechen droht und mich in die Tiefe reißen will. Ich kannte Finn doch nur eine einzige Woche. Eine mickrige Woche.

Da sollte ich ihn nicht so vermissen.

Ich steige an meiner Haltestelle aus und lege die beiden Straßen zu meinem Apartment zu Fuß zurück. Im Laufe des Tages gab es Eisregen, sodass der Bürgersteig glatt ist. Ich rutsche aus und falle vor der Tür meines Wohnhauses beinahe hin. Ich fluche leise, ziehe die Tür auf und krame in meiner Tasche nach meinen Schlüsseln. Ich schließe meinen Briefkasten auf, der mit all den anderen an der Wand hängt, und sammele meine Post ein: Werbung und eine Rechnung.

Seufzend verlasse ich das Foyer und steige die teppichverkleideten Stufen zu meiner Wohnung im zweiten Stock hinauf. Der Typ, der mir gegenüber in 2B wohnt, hat heute irgendwann wohl Pot geraucht; der Geruch danach begleitet mich hier schon seit meinem Einzug. Aber es ist mir nicht wichtig genug, um mich zu beklagen. Immer noch besser als kalter Zigarettenrauch.

Ich stecke meinen Schlüssel ins Schloss und will gerade eintreten, als die Tür zu 2B aufgerissen wird. Aus den Augenwinkeln entdecke ich Bill.

»Hey 2A«, sagt er mit krächzender Stimme, als sei er gerade erst aufgewacht. Ich habe ihm meinen Namen schon ein paar Mal genannt, aber ihm scheint 2A besser zu gefallen als Meg.

»Hey 2B«, antworte ich.

»Ich glaube, das hier ist für dich?«

Ich drehe mich zu ihm um und entdecke einen weißen Umschlag in seiner Hand. Er streckt ihn mir entgegen, und als ich danach greife, sehe ich tatsächlich meinen Namen und meine Adresse auf dem kleinen Schild, das darauf klebt. Der Absender lautet Graeme Patrick Promotions.

In Schottland.

Ich starre den Umschlag an, während Bill aus 2B im Türrahmen herumlungert. »Sorry, eigentlich wollte ich es dir unter der Tür hindurchschieben.«

Er kratzt sich am Hinterkopf und zuckt mit den Schultern. Ich betrachte den Poststempel und sehe, dass der Brief vor mehr als zwei Wochen losgeschickt wurde. Womöglich ist er versehentlich in Bills Briefkasten gelandet und hat seitdem in seiner Wohnung herumgelegen. Na toll.

Ich ringe mir ein schmallippiges Lächeln ab. »Danke.«

Wahrscheinlich ist das sowieso nur jemand, der eine Story über Duff schreiben will. Finn hatte gesagt, dass die Nachrichten voll davon sein würden, und nachdem ich die Tür geschlossen, meine Stiefel von mir geschleudert und meinen Mantel und die Tasche einfach auf den Boden fallen gelassen habe, werfe ich meine Post einschließlich des weißen Briefumschlags auf den Tisch.

Eigentlich bin ich überrascht, dass sie so lange gebraucht haben, um Kontakt zu mir aufzunehmen. Vor zwei Monaten fand ich online einige der Artikel und Filme, die dort zu der Story veröffentlicht worden waren, nur um zu sehen, was sie berichteten – und ja, um vielleicht einen Blick auf Finn zu erhaschen –, aber überwältigend war die Berichterstattung nun nicht gerade gewesen. Ich hatte ein paar Fotos von Finn entdeckt, aber auf keinem einzigen blickte er in die Kamera.

Ich bestelle etwas beim Inder und streife meinen Pyjama über. Dann schalte ich den Fernseher an und zappe die Kanäle durch auf der Suche nach etwas Sehenswertem. Das Einzige, auf dem mein Daumen verharrt, ist ein Film. *Braveheart.* Mel Gibson mit seinem halb blauen Gesicht und dem wilden Haar.

Ich zappe weiter.

Es ist einfach nicht mehr das Gleiche wie früher. Der Film deprimiert mich, und als ich dann bei einer britischen Kochshow lande, ertappe ich mich dabei, wie ich den weißen Umschlag auf meinem Poststapel mustere. Ein perfektes

Quadrat, und als ich ihn vorhin in der Hand hielt, fühlte er sich steif an. Als sei eine Karte darin und kein zusammengefaltetes Papier.

Es klingelt an der Tür, und ich springe auf, um mir mein indisches Essen zu holen. Nachdem ich bezahlt und die Tür wieder verschlossen habe, verspricht der Duft nach Curry in der Styroporschachtel, dass dieser Abend doch kein gänzlicher Flop werden wird. Also betrachte ich den Umschlag erneut.

Ich nehme ihn wieder in die Hand. Definitiv eine Karte.

»Was zum Teufel ist das?«, murmele ich bei mir, stelle das bestellte Essen auf den Tisch und öffne mit dem Zeigefinger den Kleberand. Ich schaue in den Umschlag und hole ein elegantes Stück Cardstock-Karton heraus. Er ist im Stil einer Postkarte gehalten mit einem leuchtend gelben Klebezettel, der darauf haftet. Und in kleinen schrägen Buchstaben stehen darauf die Worte:

Margaret Meg Meg –

Kommst du? Ich hoffe es. Ich vermisse dich, Hühnchen.

– Finn

Mein Mund wird ganz trocken. Meine Hände sind schweißnass. Ich reiße den Klebezettel ab, um mir die Vorderseite der Postkarte anzusehen, wobei mein Herz wie ein Ungewitter in meiner Brust tost. Es ist eine Einladung. Zu etwas, das sich *The Men of Malt* nennt. Ein Foto von einem Whiskyfass umgeben von einer Bildercollage: gut gekleidete Männer und Frauen, die der Kamera mit kleinen Whiskygläsern zuprosten, ein Mann, der einen Schluck in ein Shot-Glas gießt, und drei gut aussehende Männer mit Scotch Flaschen in der Hand, die in die Kamera lächeln.

Einer davon ist Finn.

Meine Lippen verziehen sich beim Anblick des Lächelns, das er in die Kamera richtet, automatisch ebenfalls. Ich erwidere das Grinsen, unfähig, das Aufkeimen von Sehnsucht und Freude in meiner Brust zu verhindern. Er sieht so glücklich aus, so voller Stolz, wie er dasteht, in der großen Hand eine Flasche mit Loch Ross.

Er sieht so *real* aus. Meine Erinnerungen an ihn, die bereits zu verblassen beginnen, überfluten mich erneut. Das Herz dröhnt mir in den Ohren.

Ich reiße die Augen von seinem Gesicht fort und lese, was auf der Einladung geschrieben steht. Der Event findet am Faneuil Hall Marketplace statt, in einem der irischen Restaurants dort. Aber das Datum kann doch nicht stimmen. Ich schaue zweimal hin, bevor ich mein Handy hervorhole und das heutige Datum checke.

Verdammter Mist.

Der Event findet *heute Abend* statt.

Oh Gott. Er hat *vor drei Stunden* angefangen.

Ich umklammere mein Handy und verknicke dabei die Ecken der Einladung, so heftig ist mein Wunsch, Bills Tür einzutreten und ihn anzuschreien. Ich muss zurück in die Stadt. Muss mir etwas zum Anziehen heraussuchen. Darf nicht hyperventilieren.

Finn ist hier. Hier! Und er will mich sehen.

Ich schaue wieder auf die Uhr, habe mein indisches Curry vollkommen vergessen. Es ist fast neun Uhr. Der Event ist vielleicht vorbei, bevor ich mit dem Zug wieder in der Stadt bin. Also renne ich in meinem Zimmer herum, reiße mir den Pyjama vom Leib und ziehe den schwarz-weiß gestreiften Maxirock samt schwarzen Rundhalspullover wieder an, den ich den ganzen Tag schon anhatte. Ich habe keine Zeit, mich jetzt lang und breit um meine Klamotten zu kümmern. Ich muss einfach dorthin gelangen, bevor er wieder geht. Bevor er noch denkt, dass ich seine Einladung ignoriert habe. Dass ich ihn nicht wiedersehen will.

Mir schnürt sich die Kehle zu, und ich habe einen Kloß im Magen. Meine Gedanken überschlagen sich, als ich schließlich meine Stiefel überstreife, nach meiner Tasche und meiner Jacke greife und die Tür hinter mir zuknalle.

»Du bist ätzend, 2B!«, schreie ich, als ich die Treppenstufen hinunterpoltere.

Bill öffnet die Tür, als ich gerade die letzten beiden Stufen hinunterhaste.

»Was hab ich denn verbrochen?«, ruft er hinunter.

Ich habe keine Zeit, stehen zu bleiben und ihm zu erklären, dass er mir womöglich die ganzen restlichen Tage meines Lebens versaut hat. Während ich mein Handy und die Einladungskarte aus der Tasche hole, um herauszufinden, wie ich am schnellsten zu dem irischen Restaurant komme, eile ich durch die Schwingtür im Foyer und dann durch die Eingangstür auf den Bürgersteig – und rutsche prompt auf der Eispfütze aus, die ich vorhin gerade noch so gemeistert hatte. Diesmal jedoch lassen meine Reflexe mich im Stich.

Ich lande auf dem Hintern und falle rücklings mit dem Kopf auf den Asphalt. Die sofort einsetzende Scham darüber, dass mich vielleicht jemand gesehen haben könnte, pumpt eine Flut von Adrenalin durch meinen Körper, aber sie reicht nicht aus, um mich wieder auf die Füße zu bringen. Ich liege da, die Kälte sickert mir durch die Kleider. Ich schließe die Augen, und ein seltsames Klingeln erfüllt meine Ohren.

»Meg?«

Diese Stimme gehört nicht Bill.

Ich halte die Augen geschlossen. Denn das kann einfach nicht sein. Das bilde ich mir sicher ein. Vielleicht bin ich ja ohnmächtig geworden und halluziniere.

»Meg, bist du das?«

Diesmal ist die Stimme näher, und sie ist eindeutig real. Sie gehört eindeutig *ihm*.

Ich öffne die Lider und stütze mich vor Schmerz stöhnend auf die Ellbogen.

Finn hockt sich neben mich und packt meine Arme. Seine Hände greifen nach mir und halten mich fest, während sich alles um mich herum dreht.

»Was tust du denn hier?«, frage ich und blinzele, um ihn wieder klar sehen zu können. Er duftet fantastisch; sein Schottland-Geruch in dieser Umgebung aus Beton und Stein wirft mich jetzt nur noch mehr aus der Bahn.

Er zieht mich auf die Füße. »Alles in Ordnung mit dir, Hühnchen? War ja ein ganz schöner Sturz.«

Verdammt. Jemand hat mich also doch gesehen. Der wichtigste Jemand überhaupt. Heiße Röte überzieht mein Gesicht, doch ich blinzele weiter, versuche immer noch, einen klaren Kopf zu bekommen, damit ich ihn richtig sehen kann. Finn. Hier. Bei mir.

»Ich bin … aber eigentlich solltest du doch in Faneuil Hall sein«, sage ich, und eine seltsame Verlegenheit schleicht sich zwischen uns ein.

Ich kann nicht richtig denken. Kann nichts anderes tun als zu blinzeln und die Augen zusammenzukneifen. Vielleicht habe ich eine Gehirnerschütterung.

Schon wieder.

»Ja, aber als du nicht gekommen bist …«

»Ich habe die Einladung gerade erst gesehen«, unterbreche ich ihn und würde Bill am liebsten erwürgen und seinen Grasvorrat die Toilette hinabspülen. »Sie ist irrtümlich bei meinem Nachbar gelandet, und bis vor fünf Minuten hatte ich ja keine Ahnung. Ich wäre gekommen. Ich war gerade auf dem Weg.«

Finns Miene entspannt sich, und er strahlt. Das gleiche Megawatt-Lächeln, das er auf diesem Bild auf der Einladung zur Schau stellt. Nur jetzt, live und persönlich, trifft es mich mit der Kraft der Sonne. Obwohl es draußen dunkel ist, habe ich das Gefühl, dass die Welt jetzt nicht mehr schwarz-weiß, sondern endlich wieder in Farbe zu sehen ist.

»Ich hatte deine Adresse, deshalb hab' ich mir gedacht …« Er presst die Lippen aufeinander, und sein Lächeln wird schamhaft. Zögerlich. »Ich reise morgen früh wieder ab, und ich wollte nicht gehen, ohne dich noch mal zu sehen.«

Morgen schon. *Oh.*

»Was ist das eigentlich?«, frage ich und halte die Karte mit der Einladung in die Höhe, die ich immer noch zusammen mit meinem Handy umklammere. Letzteres ist unbeschadet, nur die Karte sieht jetzt aus, als habe man sie durch die Mangel gedreht. »*The Men of Malt*?«

Nun, da ich wieder festen Boden unter den Füßen habe, lässt Finn meine Arme los. Sein Blick ist voll offensichtlichem Stolz, als er mit einem Kopfnicken auf die Einladungskarte deutet. »Das ist eine Marketingkampagne, die auch Loch Ross betrifft. Eine Art Werbereise für private Branntweinhersteller. Haben sogar einen Burschen aus Japan dabei«, erklärt er und deutet auf die zerknitterte Karte.

Ich hatte ihn auf dem Bild mit Finn entdeckt, aber natürlich nicht weiter darauf geachtet. Er interessierte mich einfach nicht, denn dort blickte das Gesicht, von dem ich die gesamten, letzten beiden Monate geträumt hatte, zu mir hinauf.

»Warte«, sage ich, als mir aufgeht, was er da sagt. »*Private* Branntweinhersteller?«

Er schiebt die Hände in die Hosentaschen. In diesem Augenblick registriere ich, dass er in seinem Anzug aussieht, wie frisch aus dem *Gentlemen's Quarterly* entsprungen. Wie ein Cover-Model. Ich hätte in dem Outfit, das ich gerade trage, neben ihm total abgerissen gewirkt.

»Hab' die Destillerie nich' verkauft. Du hattest recht – dafür liebe ich sie zu sehr. Und jetzt, da ich alles hinter mir lassen kann … es ist, als sei eine Mauer gefallen. Ich kann einen neuen Anfang machen.«

Loch Ross gehört ihm noch. Aus irgendeinem Grund macht mich das beinahe genauso glücklich wie die Einladung und sein Anblick. Er hat keine Schuldgefühle mehr. Das hier ist ein Neubeginn, und den hat er sich redlich verdient.

»Als Nächstes fliegen wir nach New York. Dann nach Chicago und von dort aus geht's nach San Francisco«, fügt er hinzu.

»Klingt toll.« Ich weiß nicht, was ich sonst noch sagen soll. Morgen reist er wieder ab. Jettet davon, um seinen Scotch zu vermarkten und ihn zweifellos an exklusive Clubs und Bars in den Staaten zu verkaufen. Er besitzt Charme und Leidenschaft, und er wird Erfolg haben. Daran zweifele ich keinen Augenblick.

Nach einem Augenblick des Schweigens wirft Finn einen Blick zu meinem Wohnhaus hinauf. Es ist ein Betonklotz mit Flachdach. Stillos. Ohne Ausstrahlung. Mit neun Wohnungen, aber der einzige Bewohner, mit dem ich überhaupt rede, ist Bill.

»Hier wohnst du?«, fragt Finn. Seine Stimme klingt nicht tadelnd, aber toll findet er es offensichtlich nicht.

»Ja«, antworte ich, und meine Erinnerung an Drummond Hall wird plötzlich wieder lebendiger. Wahrscheinlich weil ich neben dem Besitzer stehe.

»Und du arbeitest in Boston? Bei einer Zeitung?«

»Einem monatlich erscheinenden Magazin«, antworte ich und mache mir gar nicht die Mühe, ihm zu erklären, dass es sich eigentlich nur um ein verkapptes Werbeblättchen handelt, mit Storys über Leute oder Orte oder Events, die Werbefläche in der Ausgabe gebucht habe. *Total lahm.*

»Aber ich bin beinahe mit meinem Buch fertig«, füge ich hinzu.

Finn schaut die Straße entlang, in der nichts außer Ladenzeilen und ein paar Wohnhäusern zu sehen ist. Er richtet den Blick wieder auf mich und lächelt erneut. Nie wieder möchte ich mich aus dem Bannkreis dieses Lächelns entfernen.

»Fantastisch. Darf ich es lesen?«

Ich nicke, auch wenn mir bei der Vorstellung leicht übel wird. Aber wie gesagt, dass könnte auch an einer neuerlichen Gehirnerschütterung liegen.

»Na ja … sicherlich arbeite ich noch eine ganze Weile bei *The Family Tribune*«, antworte ich achselzuckend.

Finn lächelt weiter, allerdings nicht mehr offen und aufgeregt, sondern vielmehr durchdringend. Als wolle er mir ein Geheimnis anvertrauen. Oder eine Frage stellen.

»Bist du hier glücklich?«

Eine Frage also. Eine vollkommen ehrliche und ernsthaft gemeinte Frage. Meine Standardantwort auf diese spezielle Frage, die mir normalerweise meine Eltern oder mein älterer Bruder stellen, lautet: »Ja, natürlich!«, wenn auch mit etwas zu wenig Begeisterung. Nur um zufrieden zu wirken und mir keinen Vortrag anhören zu müssen. Aber diesmal kann ich so nicht reagieren. Finn will die Wahrheit hören, und nichts anderes will ich ihm geben.

»Nein.« Ich schüttele den Kopf und lache dann über meine eigene Aufrichtigkeit. »Nicht wirklich.«

Finn nickt, als sei diese Antwort vollkommen normal. Er hat die Hände weiter in den Taschen vergraben und runzelt ernst und konzentriert die Stirn. Dann stellt er eine weitere Frage.

»Glaubst du, du könntest mit mir glücklich sein?«

Ich starre ihn an, und das Lachen bleibt mir im Halse stecken. Er schreckt nicht zurück. Er wendet den Blick nicht ab. Finn sieht mir nur in die Augen und wartet auf eine Antwort.

»Mit dir?«, flüstere ich. Er nickt wieder, aber diesmal zögerlicher, und sein Lächeln verblasst. Er presst die Lippen aufeinander.

»Aber … wo? In Schottland oder … ich meine, eine Fernbeziehung oder …«

»In Schottland«, antwortet er.

Ich muss mich trotzdem weiter vergewissern, denn er

kann mich unmöglich das fragen wollen, was ich glaube. Was ich mir *wünsche*. »Du willst, dass ich … nach Schottland komme?«

»Nach Drummond Hall«, antwortet er und nickt jetzt etwas zu heftig, als hätte ich ihn mit meiner Frage genervt. Und doch kann ich nicht aufhören.

»Du willst, dass ich mit dir lebe?«

Finn nimmt die Hände aus den Taschen und reibt sie aneinander, jetzt doch ziemlich nervös. »Ich habe Kenntnis, dass ich ziemlich verrückt klinge. Wir kennen uns noch nich' lang – nur eine Woche oder so, wenn man die Tage zusammenzählt. Vielleicht funktioniert's ja auch gar nich', aber Meg … ich will mehr sein als nur dein Urlaubsflirt.«

Die Straßenbeleuchtung scheint auf uns herab, beleuchtet sein dunkles Haar und seine Augen und den wilden Zweitagebart. Offenbar hatte er keine Lust, sich zu rasieren. Er sieht müde und gut aussehend aus, und ich kriege keinen Ton heraus. Am liebsten würde ich aus diesem Traum nie wieder aufwachen.

»Ist schon in Ordnung, wenn du Nein sagst«, fängt er an, weil er mein verwirrtes Schweigen für Ablehnung hält. »Ich musste dir nur einfach sagen, was ich fühle, und wenn du …«

Ich lasse mein Handy und die Einladung fallen und stürze mich auf ihn, vergrabe meine Fäuste in seinem Anzugstoff. Ist mir egal, ob mein Handy kaputt ist oder ob ich einen Fehler mache, ich zerre ihn nur an mich und küsse ihn. Verwirrt presst er erst die Lippen zusammen, doch dann versteht er, was hier passiert. Was ich damit sage.

Ja.

Finn erwidert meinen Kuss, zieht mich sogar noch näher zu sich heran, umfängt meine Taille mit seinen muskulösen Armen und hebt mich komplett vom Bürgersteig hoch. Seine Zunge schmeckt nach Scotch und Zimt, und ich trinke von seinen Lippen, lasse mich von ihm erfüllen, während wir uns aneinanderklammern.

»Sag mir, dass das Ja heißt«, flüstert er an meinem Mund, mich immer noch im Arm haltend.

»Ich werde mitkommen. Aber nur wenn du mir versicherst, dass ich durch den Sturz eben nicht ohnmächtig geworden bin und mir das hier alles nur einbilde«, flüstere ich zurück.

Finn fährt mir mit der Hand durchs Haar und reibt mir sanft über den Hinterkopf. Ein pulsierender Schmerz war noch nie so beruhigend.

»Du bist wach, Hühnchen«, antwortet er, lässt Küsse an meinem Kinn entlangregnen und gibt mir dann ein letztes Küsschen auf die Nasenspitze. »Obwohl du vielleicht eine Gehirnerschütterung hast.«

Als er mich wieder auf dem Bürgersteig absetzt, habe ich immer noch das Gefühl, keinen festen Boden unter den Füßen zu haben. Dann bückt er sich, um mein Handy aufzuheben, dessen Display gesprungen ist. »Und du brauchst ein neues Handy.«

Ich tue es mit einem Achselzucken ab. Auf Drummond Hall ist es sowieso nutzlos. Ich kehre zurück. Finn will, dass ich mit ihm zusammenlebe, und nichts hat sich jemals so richtig angefühlt.

»Weißt du, was es bedeutet, wenn ich eine Gehirnerschütterung habe?«, frage ich, nehme Finn an die Hand und führe ihn zur Eingangstür meines Wohnhauses. »Ich darf eine ganze Weile nicht einschlafen.«

Er stöhnt leise und kehlig und führt mich um die Eispfütze herum. »Oh Hühnchen, du wirst so schnell auch nicht mehr zum Schlafen kommen.«

Schlafen ist im Augenblick das Letzte, woran ich denke. Es gibt viel zu viel zu tun und zu sagen. Und als ich ihn in meine Wohnung bringe und damit offiziell in meine Welt einführe, macht mein Leben etwas Seltsames. Es ist, als hätte jemand den Resetknopf gedrückt.

Und so fängt mein neues Leben an.

Amy E. Reichert
Nur wer loslässt, hat das Herz frei
Roman
HEYNE